Arena-Taschenbuch
Band 50665

Weitere Titel von Gabriella Engelmann im Arena-Taschenbuch:

Küss den Wolf (Band 50666)
Wachgeküsst (Band 50667)
Im Pyjama um halb vier (Band 50692)

Weitere Titel der Autorin im Arena Verlag:

Weiß wie Schnee, Rot wie Blut, Grün vor Neid.
Ein mörderischer Schneewittchenroman

Goldmarie auf Wolke 7. Eine himmlische Liebesgeschichte

Gabriella Engelmann
Die gebürtige Münchnerin entdeckte in Hamburg ihre Freude am Schreiben. Nach Tätigkeiten als Buchhändlerin, Lektorin und Verlagsleiterin genießt sie die Freiheit des Daseins als Autorin von Erwachsenenromanen sowie Kinder- und Jugendbüchern. Märchen stand sie bisher eher skeptisch gegenüber – was sich seit „Weiß wie Schnee, Rot wie Blut, Grün vor Neid“ schlagartig geändert hat.

Gabriella Engelmann

Cinderella Undercover

Aschenputtels wahre Geschichte

Arena

Für alle, die sich gelegentlich
fühlen wie Aschenputtel:
Streift den grauen Kittel ab
und erweckt die Königin in euch!

FSC
www.fsc.org
MIX
Papier aus verantwortungsvollen Quellen
FSC® C110508

1. Auflage als Limitierte Sonderausgabe 2014

Einbandgestaltung: Juliane Hergt unter Verwendung
des Originalcovers von Frauke Schneider
Umschlagtypografie: knaus. büro für konzeptionelle und
visuelle identitäten, Würzburg
Gesamtherstellung: Westermann Druck Zwickau GmbH
ISSN 0518-4002
ISBN 978-3-401-50665-4

www.arena-verlag.de
Mitreden unter forum.arena-verlag.de

Personenregister:

Cynthia Aschenbrenner:
Spitzname Cyn. 16. Tochter von Thomas und Katharina Aschenbrenner, die stirbt, als Cynthia 15½ ist. Lebt zusammen mit ihrem Vater, der Stiefmutter und ihren zwei Stiefschwestern in einem noblen Stadthaus auf der Hamburger Fleetinsel. Blond, braunäugig, wunderschön – leider nicht in allen Lebenslagen von sich selbst überzeugt. Jobbt im Bistro »Erste Liebe« und verknallt sich dort rettungslos in Daniel Petersen. Will Kunst studieren und später Malerin werden.

Thomas Aschenbrenner:
Cynthias Vater. Kaufmann bzw. Importeur von Edelsteinen und Perlen, sehr wohlhabend. Daher extrem gute Partie für seine zukünftige Frau Stephanie, mit der er bereits ein halbes Jahr nach dem Tod seiner Frau Katharina zusammenzieht. Denn: Männer können nicht gut allein sein ...

Aurelia Gräfin zu Waldenburg:
Cyns Großmutter. Eine wahre Grande Dame, die gern auf Kreuzfahrten geht und Marmelade einkocht. Wenn sie sich etwas in den Kopf gesetzt hat, ist es schwer, sich ihrem eisernen Willen entgegenzustellen.

Stephanie Wolters:
Junkie von TV-Serien wie »Reich und schön«, nach deren Protagonisten sie ihre beiden Töchter benannt hat. Sie selbst heißt auch wie eine der beiden (älteren) Hauptdarstellerinnen. Führt einen Antiquitätenladen und träumt von einer Karriere als

Schmuckdesignerin. Falsche Schlange oder einfach nur ungeschickt? Die Zeit wird es zeigen . . .

Kristen Wolters:
16. Nascht gern und kämpft gegen (ihrer Meinung nach) überflüssige Pfunde. Hübsch, kurvig, rabenschwarzer Pixie-Cut. Will eine Ausbildung zur Flugbegleiterin machen, weil sie hofft, auf diese Weise einen reichen Ehemann zu finden, mit dem sie eine Familie gründen und aufhören kann zu arbeiten. Extreme Kurzsichtigkeit, mangelnde Englischkenntnisse und sieben Kilo zu viel auf den Rippen sind ihr dabei allerdings ein wenig im Weg.
Cyns Kommentar dazu: »Wieso denkst du schon daran, mit dem Arbeiten aufzuhören, bevor du überhaupt damit angefangen hast?«

Felicia Wolters:
Bald 18. Dunkelhaarig, megaattraktiv – und herzlos. Nervt ihre Schwester mit Diät- und Sporttipps. Sie plant eine Karriere als Sportmanagerin und wünscht sich einen wohlhabenden Mann an ihrer Seite. Jemand wie Daniel Petersen käme ihr da durchaus gelegen . . .

La Perla:
Einziger Lichtblick in der Patchwork-Familienkonstellation: Cyns Beo-Vogel La Perla, den ihr Vater aus Sri Lanka mitgebracht hat. La Perla ist aufmüpfig, weigert sich, in einem Käfig zu leben, und sitzt deshalb entweder auf Cynthias Schulter oder flattert zumindest in ihrer Nähe herum. Totales Sprachwunder, das unaufgefordert Kommentare von sich gibt. Lieblingssatz: »Rucke di guh, Blut ist im Schuh!«

Pauline Stratmann:
Genannt Paule, Cyns beste Freundin, 17. Die beiden kennen sich vom Kinderballett. Im Gegensatz zu Cyn tanzt Paule immer noch und will später an der Hamburger Stage School Performing Arts studieren und Musical-Star werden. Kann sich nur schwer von ih-

rem Ballerinaknoten trennen und ist immer da, wenn Cyn sie braucht. Hat für Jungs kein besonders glückliches Händchen.

Louisa Albrecht:
Cyns »zweitbeste« Freundin und Klassenkameradin. Ist seit Jahrhunderten mit ihrem Freund Yannick zusammen und unterstützt ihre Freundinnen, wo sie nur kann.

Gernot Gernsbach:
Genannt The Famous GG, 26, Cyns bester Freund. Homosexueller Modedesigner mit Atelier in bester Lage. Sein Lieblingskosename für Cyn: Liebchen. Hat eine Schwäche für teure Design-Klassiker, Philadelphia-Torte, hippe Gay-Bars und gut aussehende, jüngere Typen.

Leopold Blankenburg:
Schuhdesigner, teilt sich mit GG das Atelier und kocht für sein Leben gern, wenn er eine kreative Blockade hat. Schwärmt fürs Ballett und spielt eine entscheidende Rolle bei Paulines Racheplan.

Daniel Petersen:
20. Wohnt ebenfalls auf der Fleetinsel. Jobbt in der Buchhandlung Petersen & Lachmann, studiert auf Lehramt. Will später Kunst, Philosophie und Deutsch unterrichten. Traummann mit frechem Grinsen und Sommersprossen auf der Nase, einem Faible für Street-Art-Künstler Banksy – und Cyns große Liebe. Braucht leider extrem lange, bis er sie überhaupt mal wahrnimmt, weil sie in seiner Gegenwart sofort zum Mauerblümchen mutiert.

Johann Petersen:
Ist Daniels Vater und sehr vermögend. Das nutzt er, um Kultur in Hamburg zu fördern, z. B. mit dem international bekannten Cool-Living-Culture-Festival, das einmal im Jahr stattfindet. An drei aufeinanderfolgenden Tagen haben junge, talentierte Theaterleute, Modedesigner und bildende Künstler die Möglichkeit, einem breiten Publikum, potenziellen Sponsoren und der Hambur-

ger Presse ihre Arbeiten zu präsentieren und ein hohes Preisgeld zu gewinnen.

Luc Kragenburg:
26. Gehypter Jung-Regisseur, der am Fleettheater inszeniert, und ein guter Freund von Daniel. Cyn lernt ihn in der »Ersten Liebe« kennen und findet es toll, durch ihn endlich mal Theaterluft schnuppern zu können.

Jojo:
Skater und geheimnisvoller Strippenzieher. Sein Revier ist das nächtliche Hamburg.

Prolog

Einem reichen Manne wurde seine Frau krank, und als sie fühlte, dass ihr Ende herankam, rief sie ihr einziges Töchterlein zu sich ans Bett und sprach: »Liebes Kind, bleib fromm und gut, so wird der liebe Gott dir immer beistehen und ich will vom Himmel auf dich herabblicken.«

Darauf tat sie die Augen zu und verschied . . .

Ich stand auf dem verschneiten Rasen und betrachtete den lebensgroßen, silbergrau schimmernden Engel – eine Galvanoplastik, die das Grab meiner Mutter Katharina schmückte.

»Du fehlst mir so«, flüsterte ich, während Tränen mir über die Wangen liefen. Mein Blick fiel auf das steinerne Rosengebinde zu Füßen der Figur. Es war ein Symbol dafür, dass die Liebe den Tod überwindet. Aber das konnte mich auch nicht trösten.

Meine Mutter war vor drei Wochen gestorben und ich hatte immer noch große Mühe zu verstehen, warum das alles passiert war.

Seit der Beerdigung war ich beinahe jeden Tag hier gewesen. Im Gegensatz zu meinem Vater . . .

»Papa ist mindestens genauso traurig wie ich, aber er

kann es nicht so zeigen«, begann ich zu erklären. Irgendwie hatte ich das Gefühl, Mama sagen zu müssen, dass Papa nicht mit Absicht wegblieb. »Tagsüber tut er immer ganz stark und fröhlich, aber wenn ich nachts auf dem Weg zum Bad an seinem Zimmer vorbeischleiche, höre ich ihn weinen. Ach Mama, wo bist du nur? Wieso hast du uns allein gelassen?«

Wie eine Antwort zog eine Möwe am stahlblauen Winterhimmel vorbei, der den schneebedeckten Ohlsdorfer Friedhof in ein gleißendes Licht tauchte.

Ich schaute der Möwe eine Weile hinterher und wünschte mir zum hundertsten Mal in den letzten Wochen, ich könnte auch weit, weit wegfliegen und das alles hier hinter mir lassen ...

»Wir müssen langsam los«, sagte Pauline, die die ganze Zeit stumm neben mir gestanden hatte, und nahm mich bei der Hand. »Ich komme sonst zu spät zum Ballett und du solltest schleunigst auf andere Gedanken kommen. Du kannst nicht jeden Tag immer nur an ihrem Grab stehen.« Paule, meine liebste, beste Freundin.

Nicht auszudenken, wie es mir gehen würde, wenn ich sie nicht hätte. In der letzten Zeit war sie fast ständig an meiner Seite, nahm mich in den Arm und versprach, dass eines Tages alles wieder gut werden würde.

Bevor wir gingen, stellte Paule noch einen Strauß hellgelber Tulpen, die Lieblingsblumen meiner Mutter, in die Vase. Wir liefen eine Weile schweigend nebeneinanderher, bis wir zum Ausgang der parkähnlichen Anlage kamen.

»Sag mal, Süße, hast du nicht Lust, heute ausnahmsweise mal mitzukommen? Wir haben eine neue Choreografie einstudiert, die dir bestimmt gefallen würde, und außerdem gibt es da einen spannenden Neuzugang . . .«, fragte Paule und legte eine kleine dramatische Kunstpause ein. » . . . einen männlichen, um genau zu sein.«

»Huch? Wieso das? Seit wann erlaubt die strenge Giséle denn Jungs in der Truppe? Ich weiß noch genau, dass sie früher immer gesagt hat, Männer würden nur Stress verursachen, die Mädels durcheinanderbringen und sich gnadenlos in den Vordergrund spielen.«

Paule grinste nur vielsagend von einem Ohr zum anderen, sagte aber keinen Ton. Das war ja wirklich spannend!

Vielleicht sollte ich tatsächlich lieber mit Paule zu meiner alten Ballettschule gehen, anstatt ständig Trübsal zu blasen und nur an meine Mutter zu denken.

Sie hätte bestimmt nicht gewollt, dass ich den Rest meines Lebens um sie trauerte . . .

1.
Ein halbes Jahr später . . .

Cynni-Maus, es gibt gleich Essen«, rief mein Vater aus der Küche. Köstlicher Duft von Knoblauch und Olivenöl zog durch die Wohnung und drang in mein Zimmer, wo ich gerade versuchte, Mathe zu büffeln. Alles andere als leicht, wenn einem der Magen in den Kniekehlen hing.

Ich rief: »Komme gleich«, und klappte seufzend mein Heft zu. Keine Ahnung, weshalb ich dermaßen untalentiert für dieses Fach war.

»Und? Kommst du klar mit Mathe oder sollen wir lieber noch mal Tobias engagieren?«, fragte Paps, während er hingebungsvoll frischen Parmesan rieb und ich versuchte, jeden Gedanken an diesen Vollstreber-Idioten zu verdrängen, der nur von zwei Dingen auf diesem Planeten Ahnung hatte: Mathe und seine Koi-Karpfen-Sammlung – beides nicht wirklich mein Ding.

Auf den ersten Blick war in der Küche alles im grünen Bereich: Im Radio lief Klassik, in einem Topf blubberten Spaghetti, im anderen Tomatensoße.

Auf dem dunklen Holztisch stand eine Schale Rucolasalat.

Hungrig angelte ich mit der Gabel eine Nudel aus dem Wasser und probierte – uah, war die matschig!

»Kann es sein, dass du vergessen hast, auf die Uhr zu gucken?«, fragte ich, kippte die Spaghetti in ein Sieb und ließ kaltes Wasser darüberlaufen.

Die Pasta sah aus wie ein Berg aufgequollene Würmer. *Bäh!*

Mama wäre ausgeflippt, wenn sie das gesehen hätte.

Und als wäre das nicht schon eklig genug, bahnte sich auch schon das nächste Koch-Desaster an: Die Tomatensoße kochte hoch und ergoss sich über den Rand des Topfes hinweg zischend auf die Herdplatte. Es stank augenblicklich, als hätten wir die halbe Wohnung abgefackelt.

Ich öffnete das Fenster und sah Paps vorwurfsvoll an.

»Oh mein Gott, da habe ich wohl tatsächlich ein bisschen geträumt«, murmelte er beschämt, riss den Topf schwungvoll vom Herd, verbrannte sich und ließ ihn auf den Boden krachen. Mit einem Schlag waren die weißen Fliesen über und über mit Tomatensoße bespritzt. (Von meinen weißen Shorts wollen wir lieber nicht sprechen. Die konnte ich wohl vergessen!)

Was für ein Gemetzel!

»Ich bestelle uns Pizza!«, sagte ich energisch, nachdem ich mit Paps Hilfe den Großteil der Schweinerei beseitigt hatte, und wählte die Nummer des Italieners um die Ecke, die zuoberst im Telefon eingespeichert war. Seit Mamas Tod waren wir Stammkunden bei *»Da Lorenzo«*. Routiniert orderte ich *Al Tonno* für Paps und *Con spinaci* mit extra viel Gorgonzola für mich.

Als ich danach wieder in die Küche kam, fand ich meinen Vater zusammengesunken am Tisch sitzend vor. Er hatte den Kopf in die Hände gestützt und starrte genauso trübsinnig vor sich hin wie ich, als ich letzte Woche meine vergeigte Mathe-Arbeit wiederbekommen hatte.

»Sei froh, dass ich dir eine Fünf minus gegeben habe, statt einer glatten Sechs«, hatte Barbara Godeneck, von uns allen nur *Geodreieck* genannt, gesagt und mich dabei angesehen, als hätte sie mir mit dieser großzügigen Aktion das Leben gerettet.

»Cyn, Cyn, das geht so nicht weiter«, murmelte Paps.

Ich setzte mich neben ihn auf die Küchenbank, dem Lieblingsmöbel meiner Mutter. Sie hatte das antike Stück auf dem Flohmarkt gefunden, aufpolstern lassen und dazu neue Kissenbezüge gekauft. Paps fand Stoffkissen in der Küche zwar unpraktisch, weil sie schnell dreckig wurden – aber davon hatte Mama sich nicht beirren lassen. Mit einem »Man kann sie doch waschen, Liebling« hatte sie alle seine Bedenken lächelnd vom Tisch gewischt.

»Ist doch gar nichts passiert«, antwortete ich und tätschelte ihm vorsichtig den Arm. »Ab morgen bin sowieso ich wieder mit dem Küchendienst dran«, versuchte ich, ihn zu beruhigen, und stopfte mir eines der Kissen in den Rücken. So hatte ich das Gefühl, dass Mama doch irgendwie noch bei uns war.

Endlich hob Paps den Kopf und sah mich mit geröteten Augen müde an. »Cynni, ich meine doch nicht nur das Kochen und Putzen. Ich meine das alles hier, unser Leben. Wir beide versuchen seit über einem halben Jahr, uns, so gut es geht, durchzuwurschteln, aber Situationen wie diese passieren andauernd. Und ab übernächster Woche muss ich wieder auf Geschäftsreise gehen, ich kann meine Arbeit nicht mehr länger ausschließlich von Hamburg aus machen. Wie soll das denn dann alles funktionieren?«

Paps war Kaufmann, beziehungsweise Importeur von Edelsteinen und Perlen, die er überall auf der Welt einkaufte, um sie dann mit großem Gewinn wiederzuverkaufen. Aber in den letzten Monaten war er bis auf ein paar Ausnahmen zu Hause geblieben und hatte sich bei den Auslandsreisen durch seinen Partner vertreten lassen.

Okay, Cyn, es ist mal wieder Zeit, die Erwachsene zu spielen, dachte ich und straffte die Schultern.

Kurz vor ihrem Tod hatte ich meiner Mutter versprochen, tapfer zu sein und mich um meinen Vater zu kümmern, den sie über alles geliebt hatte.

»Aber das ist doch kein Problem, ich bin ja schließlich kein Kind mehr. Den Haushalt kann ich dank Mama ohnehin tausendmal besser schmeißen als du und zur Not gibt es ja auch noch den Lieferservice«, versuchte ich, seine Bedenken zu entkräften.

»Darüber mache ich mir auch keine Sorgen«, entgegnete Paps und seufzte tief. »Ich dachte eher daran, dass du dich vielleicht einsam fühlen wirst oder dass irgendetwas Unvorhergesehenes passiert und ich zu weit weg bin, um dir zu helfen.«

Ich überlegte einen Moment, bevor ich ihm antwortete.

Natürlich war ich mit sechzehn kein kleines Kind mehr, das eine Super-Nanny brauchte – aber ich war auch noch nie eine ganze Woche oder gar länger alleine gewesen.

Andererseits: Was sollte schon groß passieren?

Am besten ich betrachtete das Ganze einfach als ein neues Abenteuer, ein weiteres Kapitel im Leben der Cynthia Aschenbrenner, das sowieso nie wirklich nach Plan lief.

»Paule findet es bestimmt super, wenn sie ein paar Tage hier wohnen darf«, behauptete ich und freute mich insgeheim über diese geniale Idee.

Paule, eine sturmfreie Bude und ich – wenn *das* nicht perfekt war! »Und ihre Mutter würde sich bestimmt um mich kümmern, falls es wider Erwarten einen ... Notfall geben sollte. Außerdem habe ich Freunde, einen Klassenlehrer und eine Oma.«

»Die aber die meiste Zeit auf irgendwelchen Kreuzfahrtschiffen über die Weltmeere schippert«, antwortete Paps missmutig.

Aurelia Gräfin zu Waldenburg hatte in der Tat ihren ganz eigenen Kopf und liebte die Unabhängigkeit, deshalb brauchte sie das Meer, wie andere Menschen Luft zum Atmen. Zum Glück liebte sie mich aber mindestens genauso sehr – und ich sie natürlich auch. Würde es sie nicht geben, hätte ich die letzten Monate kaum überstanden.

In dem Moment, als der Bote von *Da Lorenzo* an der Tür klingelte, läutete auch das Telefon. Während Paps bezahlte, sprang der Anrufbeantworter an und eine fremde, weibliche Stimme ertönte: »Stephanie Wolters hier. Ich hoffe, ich störe nicht beim Abendessen, aber ich wollte fragen, ob ...« Weiter kam die Anruferin nicht, denn Paps sprintete wie von der Tarantel gestochen zum Telefon und riss den Hörer dermaßen schwungvoll von der Ladestation, dass diese mit einem lauten Krachen auf den Holzboden knallte; sein zweiter Haushaltsunfall innerhalb einer Stunde.

Obwohl ich natürlich extrem neugierig war, trottete ich brav mit den Pizzen an ihm vorbei in die Küche, befreite sie aus ihren Pappkartons und legte sie auf flache Teller. Zusammen mit dem Salat (Hoffentlich war der wenigstens gelungen!), einem Bier für Paps und einer Cranberryschorle für mich konnte das hier theoretisch doch noch ein ganz gemütlicher Abend werden.

Leider wurde er es aber doch nicht, denn Paps war nach

dem Telefonat wie ausgewechselt: völlig überdreht, unkonzentriert und albern. So kannte ich ihn überhaupt nicht.

Sein Hals war von hektischen roten Flecken bedeckt, die er nur bekam, wenn er sich entweder furchtbar über etwas aufregte oder sich freute.

»Was wollte diese Frau denn?«, fragte ich, nachdem die halbe *Con spinaci* in meinem Bauch gelandet war.

Paps machte ein Gesicht, als wolle er fragen: *Welche Frau?*, doch zum Glück wurde ihm noch rechtzeitig klar, dass er mich nicht für blöd verkaufen konnte. »Ich habe Stephanie letzte Woche auf einer Schmuckmesse kennengelernt«, antwortete er und vermied es, mich anzusehen. Seine Pizza lag noch fast unberührt auf dem Teller. Wenn er noch lange wartete, würde ich sie mir einfach schnappen.

»Und weiter?«, fragte ich, weil mir immer noch nicht einleuchtete, weshalb Paps auf einmal so aus dem Häuschen war. Eben noch ein Bündel Elend und nun der Mann mit dem tomatenroten Hals.

»Nun ... ich finde sie sehr ... sympathisch ... und ...«

»Du wirst dich mit ihr treffen?«

Kaum hatte ich meine Vermutung laut ausgesprochen, überfiel mich auch schon ein ganz komisches Gefühl. Irgendetwas zwischen Wut, Trauer, Eifersucht und Verachtung, vermischt mit etwas Hoffnung, Freude und Angst. Im Grunde die gesamte Gefühlspalette auf einen Schlag, echt anstrengend.

Dann wurde mir übel.

»Hast du dich in diese Frau ... verliebt?«, presste ich mühsam heraus, obwohl ich die Antwort eigentlich gar nicht hören wollte.

Ich weiß nicht, warum, aber Stephanie Wolters war ab sofort *diese Frau* für mich und würde es auch immer bleiben, egal, was passierte.

»Vielleicht ist sie ja ganz nett«, versuchte Paule, mich zu beschwichtigen, als ich sie nach dem Essen anrief. »Oder es wird erst gar nichts aus der Sache. Die beiden haben sich bislang nur einmal gesehen.«

»Bald zweimal«, jammerte ich, weil Paps sich für Samstagabend mit ihr verabredet hatte.

Die beiden wollten erst in ein neues, angesagtes Restaurant gehen und anschließend in eine Bar.

Ich meine *Hallo!*, das sah ganz und gar nicht nach ein bisschen harmlosem Small Talk unter Schmuckliebhabern aus, wie er mir versucht hatte weiszumachen.

Paule schwieg einen Moment. Im Gegensatz zu mir überlegte sie immer erst mal. Außerdem war sie viel disziplinierter als ich, weshalb sie auch eine tolle Ballerina geworden war und ich mehr der Typ *Freestyle*.

»Nun warte doch erst mal ab und gönn deinem Vater auch mal eine kleine Abwechslung. Seit Katharinas Tod ist er noch kein einziges Mal abends weggegangen.«

Als Paule das sagte, bekam ich schlagartig ein megaschlechtes Gewissen. Manchmal vergaß ich völlig, dass auch Paps jemanden verloren hatte: die Frau, mit der er alt werden wollte.

Die Liebe seines Lebens.

»Du hast ja recht«, gab ich kleinlaut zu und rollte mich auf dem Bett zusammen. Dabei fiel mein Blick auf die Staffelei und das Bild, an dem ich seit zwei Wochen malte. Es war der Engel vom Grab meiner Mutter.

Während Paule und ich Pläne für die Zeit schmiedeten, in der Paps verreist sein würde, betrachtete ich den Engel. Seine Schwingen hatte ich waldseegrün gemalt und einen Strahlenkranz aus Gold darumgelegt. Ohne mich selbst loben zu wollen – er war wirklich wunderschön. Diese neuen Ölfarben waren wirklich super und trockneten viel schneller als die alten.

Morgen würde ich mir neue Leinwände und einen weiteren Skizzenblock kaufen. Bis zur nächsten Bildpräsentation an der Kunsthochschule Lerchenfeld blieb nicht mehr viel Zeit, also musste ich mich ranhalten, wenn ich dort eine gute Figur machen wollte.

»Bist du noch da?«, wollte Paule wissen.

Ups! Ich hatte Paule gar nicht mehr zugehört. »Sorry, war gerade in Gedanken woanders. Was hast du gesagt?«

»Ich wollte nur wissen, ob du am Wochenende auf die Grillparty bei Enrico mitkommst. Bitte, bitte sag Ja und lass mich nicht im Stich, ich brauch dich da unbedingt!«

Ach ja, Enrico.

Der irrsinnig begabte Neuzugang in Paules Ballett-Kompanie.

Irrsinnig begabt und irrsinnig gut aussehend . . .

»Na klar komme ich mit, was denkst du denn? Meinst du, ich hocke hier zu Hause, wenn sogar mein eigener Vater um die Häuser zieht?«

»Super«, freute Paule sich. »Das wird bestimmt toll! Wir werden uns dermaßen aufstylen, dass Enrico die Augen aus dem Kopf fallen!«

2.

Bienvenido, amigos«, begrüßte Enrico uns Samstagabend und hauchte Paule und mir ein Küsschen auf die Wange. *Un beso,* wie es in seiner Heimatstadt Barcelona hieß.

Nachdem Paule ihn gleich noch mal links und rechts geküsst hatte, hielt sie ihm eine riesige Glasschüssel unter die Nase und sagte gut gelaunt: »Hier, der versprochene Kartoffelsalat.« Den ganzen Nachmittag hatte sie daran herumgewerkelt. Ich konnte wirklich nicht begreifen, wie man für so etwas Simples so lange brauchen konnte. Ich selbst hatte es mir einfacher gemacht und überreichte zwei Flaschen Sekt.

Enrico hatte sich in der Erdgeschosswohnung zusammen mit zwei Freunden eine WG eingerichtet. Neugierig folgten wir dem gut aussehenden Spanier durch die Küche in den verwilderten Garten. In den Haselnussbüschen, die die Grenze zum Nachbargrundstück bildeten, hingen bunte Lampions und in den Bäumen baumelten Girlanden.

Ungefähr dreißig Gäste waren schon da. Ein paar bedienten sich am Grill und standen am Buffet, das daneben aufgebaut war. Auf dem Rasen wiegten sich einige Pärchen im Takt der Musik und weiter hinten im Garten spielten welche Tischtennis an einer ziemlich verwittert aussehenden Platte.

»Echt coole Leute«, wisperte ich Paule zu, nachdem ich die Freunde von Enrico mit einem schnellen Blick durch den Garten abgecheckt hatte. Bis auf einige der Ballettschülerinnen kannten wir beide niemanden.

»Und cooles Essen! Super Idee, Grillen mit Tex-Mex-Küche zu kombinieren«, wisperte Paule zurück und sah aus, als würde sie sich gleich mit großem Geheul aufs Buffet stürzen.

»Schade nur, dass du das alles nicht essen darfst«, grinste ich mit Blick auf Guacamole, Bohnenmus, Mais, geriebenen Käse und Crême fraiche, die zum Füllen der Tortillas und Burritos gedacht waren. »Ich sag nur: böses, böses Weißmehl!«, fügte ich hinzu und schnappte mir dabei eine Handvoll würzig duftender Nachos. »Aber so ist das nun mal, wenn man ins Showbusiness will, man muss Opfer bringen.«

»Wer will ins Showbiz?«, mischte sich ein Typ in unsere Unterhaltung und sah Paule mit großen Augen an.

Kein Wunder! Paule war ja auch wirklich wunderschön: mittelgroß, feingliedrig, von der Natur beschenkt mit violett schimmernden Augen, einem olivfarbenen (pickelfreien!) Teint und kupferglanzendem Haar. Das trug sie immer zu einem Ballerinaknoten zusammengedreht, was ich persönlich ein bisschen langweilig fand. Musste ja nicht jeder sofort erkennen, in was für einem Business man unterwegs war. Ich lief ja schließlich auch nicht mit einem Pinsel im Haar herum . . .

»Ach Quatsch, ich will nur nach dem Abi an der Stage School studieren, sonst nichts«, gab Paule mal wieder die Bescheidene und ich rollte innerlich mit den Augen.

Meine Freundin war außerordentlich begabt, und wenn es in Hamburg nicht klappen sollte, würde man sie in Amsterdam, New York oder an jedem anderen Ort der Welt mit Kusshand nehmen.

»Also Gesang, Theater und Tanz«, stellte der Typ fest

und musterte sie mit kritischem Blick, als sei er ein Casting-Agent und sie Bewerberin bei einer *Audition.*

Paule nickte stumm und ich starrte Löcher in die Luft.

Wär ja ganz nett gewesen, wenn der Typ sich mal vorgestellt und auch ein kleines bisschen Notiz von mir genommen hätte.

Aber es war halt leider wie immer, wenn ich mit Paule unterwegs war.

Neben ihr löste ich mich irgendwie immer in Luft auf. Nicht, dass ich mich generell klein oder mickerig fühlte, aber die Leute waren von Paules Erscheinung immer so in den Bann gezogen, dass sie mich dabei regelmäßig übersahen.

»Cynthia malt übrigens«, versuchte Paule nun, die Aufmerksamkeit auf mich zu lenken.

Auch dieses Spielchen spielten wir schon seit Jahren.

Meine Mutter hatte immer gesagt, dass wir beide sie an zwei Märchenfiguren erinnern würden, nämlich an Aschenputtel und die Prinzessin auf der Erbse. Keine Frage, wer von uns beiden wer war . . . »Versteh mich nicht falsch, mein Liebling«, hatte Mama immer hinzugefügt, wenn sie diesen Vergleich machte, über den Paps sich jedes Mal fürchterlich aufregte. »Du bist alles andere als eine aschenputtelige graue Maus. Du bist ein wunderschönes, kluges und sehr, sehr liebenswertes Mädchen. Nur bist du halt manchmal etwas zu schüchtern, um in vollem Glanz zu strahlen. Aber wer genau hinsieht, entdeckt das alles sofort. Und ich bin mir ganz sicher, dass du es eines Tages selbst spüren und mehr aus dir rauskommen wirst – und dann steht dir die ganze Welt offen!«

Mist, ich hätte nicht an Mama denken dürfen.

Sofort überrollte mich wieder eine riesige Welle voll Traurigkeit.

Wann hörte das endlich mal auf?

Zum Glück zog der Typ wieder Leine und ich hatte Paule einen Moment für mich allein. »Alles klar bei dir?«, wollte sie wissen und legte den Arm um mich. Pauline war einer der sensibelsten und einfühlsamsten Menschen, die ich kannte. Von daher stimmte das Bild mit der *Prinzessin auf der Erbse.* Paule erspürte sofort jede Schwingung, jede Stimmung, jede Irritation, die in der Luft lag, ohne aber so arrogant zu sein wie das Mädchen aus dem Märchen.

»Ja, alles klar. Ich musste nur gerade an Mama denken, weiß auch nicht, warum.«

»Was hältst du davon, wenn wir beide jetzt das Buffet stürmen und dem bösen, bösen Weißmehl den Garaus machen«, schlug sie vor und zog mich in Richtung Grill. Dort war Enrico gerade dabei, eine Ladung Burritos auf eine Platte zu legen. »Und, amüsiert ihr euch?«, wollte er wissen, richtete die Frage aber eher an mich als an Paule. Sein Blick aus schokobraunen Augen ging mir durch Mark und Bein und ich hatte Mühe, meinen Teller gerade zu halten. »Ja klar, is sssuper hier . . .«, nuschelte ich und starrte demonstrativ an Enrico vorbei in den Garten.

Ich durfte diesen Typen keinesfalls gut finden. Schließlich war Paule in ihn verknallt und er damit für mich tabu. »Freut mich«, antwortete Enrico lächelnd und entblößte dabei eine Reihe strahlend weiße Zähne. »Ich hoffe, ihr beide habt später Lust, mit mir zu tanzen.« Paule und ich nickten synchron und wandten uns dann dem Buffet zu, das aus einem mit rotem Wachstuch bedeckten Tapeziertisch bestand, um unseren Burrito zu füllen.

Ich nahm mir haufenweise geriebenen Käse und scharfe Jalapeños, was ich vermutlich in ein paar Minuten furchtbar bereuen würde, wenn ich in Flammen stand.

»Was ist denn jetzt eigentlich mit Enrico und dir?«, fragte ich, nachdem ich ein Glas Wasser heruntergestürzt hatte und wieder in der Lage war, halbwegs normal zu sprechen. »Ist er nun schwul oder nicht?«

Paule sah gedankenverloren auf den Rasen und zupfte ein Gänseblümchen ab. Wenn sie die Antwort nicht wusste, konnten wir zur Not immer noch »Er liebt mich, er liebt mich nicht« spielen.

»Nö, glaube ich nicht. Ist doch sowieso nur ein blödes Klischee, dass alle Tänzer schwul sind. Letzte Woche habe ich ihn außerdem im Park mit Laura gesehen und die beiden haben Händchen gehalten.«

Und warum war Laura dann heute Abend nicht hier?

»Aber das heißt doch noch gar nichts«, wandte ich ein und fing an zu überlegen: Woran erkannte man eigentlich die sexuelle Neigung des männlichen Geschlechts? Die aktuelle Mode mit den längeren Haaren, die Männer nicht besonders maskulin wirken ließen, machte die Sache leider nicht gerade einfacher.

Typen, bei denen ich hundert Prozent gewettet hätte, dass sie hetero waren, standen auf Jungs und umgekehrt.

»Verabrede dich doch mal mit ihm und versuch herauszufinden, ob er dich mag, und vor allem, was mit dieser Laura abgeht. Und wenn es was wird, guckt ihr eben, wie es sich weiterentwickelt. Du musst ihn ja nicht gleich heiraten oder so«, versuchte ich, sie zu ermuntern, und verscheuchte eine Wespe, die sich gefährlich summend meiner nackten Wade näherte.

Wahrscheinlich hätte ich statt des kurzen Kleidchens lieber eine lange Jeans anziehen sollen.

»Das kann ich nicht machen, Enrico ist doch mein Lehrer und außerdem uralt«, entgegnete Paule in einem Tonfall, als hätte ich gerade vorgeschlagen, Johannes Heesters zu daten.

»Vierundzwanzig ist wirklich ein bisschen alt, aber das Argument mit dem Lehrersein zählt nicht. Du hast doch gesagt, er würde euch nur noch bis Ende des Jahres unterrichten. Und auch nur in Modern Dance, weil das nicht so Giséles Ding ist. Danach ist er eh wieder weg . . .«

»Und genau das ist auch der Grund, weshalb ich ihn lieber nur von der Ferne anschmachte, anstatt wie ein Groupie darauf zu warten, dass er irgendwann mal was mit mir trinken geht. Mit Laura ist das was anderes. Die ist neunzehn und kann mit ihm durch die Weltgeschichte tingeln.«

»Wenn das so ist, dann bist du auch nicht richtig verknallt«, stellte ich trocken fest.

Also nicht dass ICH wirklich Expertin auf diesem Gebiet war, denn ich hatte bislang nur einige ziemlich kurze Beziehungen, die diese Bezeichnung im Grunde gar nicht wirklich verdienten. Schwärmerei oder kurzfristige Geschmacksverirrung traf es wohl eher. Mister Right hatte bislang jedenfalls noch nicht meinen Weg gekreuzt und ich hatte ihn auch noch nicht groß vermisst.

»Können wir jetzt bitte von etwas anderem reden oder noch besser: endlich tanzen«, bat Paule, was mir sehr recht war. Und so mischten wir uns einige Minuten später unter eine Gruppe Salsa-Tänzer, deren Hüftschwung selbst Shakira vor Neid erblassen lassen würde. Mit Enrico zu tanzen, war ein Traum, aber auch die anderen Jungs waren gar nicht schlecht.

Am Ende des Abends hatten Paule und ich ein paar Telefonnummern in der Tasche (Ja, auch ich), die wir aber kichernd beim nächstbesten Mülleimer entsorgten. Die Salsa-Szene war für ihr hohes »Flirtpotenzial« bekannt. Und das war noch vorsichtig ausgedrückt. Wer hatte schon Lust, sich emotional verheizen zu lassen und hinterher liebeskummergebeutelt in die Röhre zu gucken?

Na? Eben!

Punkt zwölf war ich zu Hause und sehr erstaunt, die Wohnung dunkel vorzufinden. War Paps etwa vor dem Fernseher eingeschlafen?

Ich ging ins Wohnzimmer, doch da war keine Spur eines sanft schnorchelnden Vaters, der mal wieder beim klassischen Samstagabend-Krimi oder einer Gameshow eingenickt war. Offenbar amüsierte er sich immer noch bestens mit *dieser Frau* und hing mit ihr in irgendeiner Bar ab.

Oder – noch schlimmer – er war noch auf den berühmten »Kaffee« mit zu ihr gegangen ...

Der Gedanke an diese Möglichkeit schüttelte mich, gleichzeitig war ich stinksauer darüber, dass *ich* pünktlich um Mitternacht zu Hause sein musste, während *er* sich wer-weiß-wo herumtrieb.

Hätte ich das gewusst, wäre ich länger bei Enrico geblieben und hätte die Nacht durchgetanzt.

3.

Am Donnerstag saßen Paps und ich müde beim Frühstück und muffelten beide vor uns hin. Er las das Hamburger Abendblatt, ich blätterte das Kunstmagazin ART durch, das Mama mir als Abonnement zu Weihnachten geschenkt hatte.

Er: »Kannst du mir mal die Butter geben?«

Ich: »Wie heißt noch gleich das Zauberwort?!?«

Seit dem letzten Samstag war die Stimmung zwischen uns komisch, ohne dass ich genau sagen konnte, an wem von uns beiden es lag. War er doof zu mir, weil ich doof zu ihm war, oder andersrum?

However, ich versuchte jedenfalls, meinem Vater aus dem Weg zu gehen. Ich meine, hey, der Mann war erst Sonntagmorgen um fünf nach Hause gekommen! Seitdem hatte er andauernd diese roten Flecken am Hals, war noch zerstreuter als sonst und blockierte ständig das Telefon.

Wollte ich mit Paule oder einer anderen Freundin sprechen, blieb mir meist nichts anderes übrig, als wertvolle Freiminuten meines Handyvertrags zu verballern.

Oder zu chatten, was an sich nicht so mein Ding war.

Er (wie aus dem Nichts): »Cynni-Maus, ich muss mit dir reden!«

Ich: »Bitte nicht jetzt, ich komm sonst zu spät zur Schule.«

Er (mit Blick auf die Uhr): »Ich fahr dich, dann können wir im Auto reden.«

Ich: »Oh nee, ich hab da jetzt echt keine Lust drauf. Kann das nicht bis heute Abend warten?«

Er (ungewohnt energisch): »Nein!«

Also saßen wir eine Viertelstunde später nebeneinander im Wagen und ich hätte mir am liebsten die Ohren zugehalten, weil ich sowieso schon wusste, was jetzt gleich kommen würde.

Er: »Ich möchte dir am Samstag gern Stephanie vorstellen.«

In mir brach ein Orkan los.

ICH WILL DIESE FRAU NICHT KENNENLERNEN, NUR ÜBER MEINE LEICHE!

Wie konnte er das Mama und mir nur antun?

Zwei Tage später war es so weit. Paps war im absoluten Ausnahmezustand und scheuchte mich schon seit Stunden durch die Wohnung und erteilte Kommandos.

»Diese Frau wird schon nicht unter die Heizkörper kriechen, um nachzusehen, ob wir dahinter geputzt haben«, meckerte ich herum, während ich mit dem Staubwedel herumlief und noch schnell über die Fensterbank wischte. »*Diese Frau* hat einen Namen. Sie heißt Stephanie«, entgegnete Paps hektisch und hatte schon wieder diesen Puterhals. »Und ihre Kinder heißen Kristen und Felicia!«

Dass diese Frau auch noch Mutter von zwei fast erwachsenen Töchtern war, hatte ich erst nach und nach herausgefunden.

Zuerst gab es nur Stephanie. (Die Paps natürlich schon erheblich länger kannte, wie sich auf Nachfrage herausstellte, nämlich seit zwei Monaten, noch Fragen?)

Freitag erfuhr ich dann von Kristen, sechzehn. (O-Ton Paps: »Ist das nicht toll, ihr seid beide gleich alt und du wolltest doch immer Geschwister!)

Heute Morgen von Felicia, beinahe achtzehn.

Und das auch nur, weil ich wissen wollte, weshalb Paps beim Japaner Sushi für *fünf* Personen bestellt hatte.

Seltsam, so unehrlich (oder feige?) kannte ich meinen Vater sonst gar nicht, kein schöner Auftakt für die ganze Geschichte.

In einer Stunde war es dann also so weit: Ich würde meine »neue Familie« kennenlernen, wie Paps freudestrahlend verkündet hatte, was bei mir allerdings schlagartig Übelkeit verursacht hatte.

»Versuch's locker zu nehmen«, hatte mir Paule heute Mittag versucht, Mut zu machen. »Die sind bestimmt nett. Meinst du, dein Dad hätte sich in eine Frau verliebt, die total bescheuert ist? Der Mann hat doch Geschmack!«

Genau da war ich mir aber nicht mehr so sicher. Als Mama noch lebte, hätte er sich nie im Leben ein hellrosa Hemd angezogen. HELLROSA!

Wie unmännlich war das denn bitte?

Zehn vor sieben klingelte es an der Tür.

Ich sah auf die Uhr und wurde schlagartig nervös.

War das der Sushi-Mann oder schon meine *neue Familie?*

Wie auch immer, derjenige musste jedenfalls noch einen Moment auf meine Gesellschaft verzichten. Im Gegensatz zu Paps war *ich* nämlich noch nicht umgezogen, sondern hatte noch mein Putz-Outfit an: eine löchrige Jeans und ein verwaschenes T-Shirt, das einmal türkis gewesen war und nun eher die Farbe von Taubendreck angenommen hatte.

»Kannst du mal bitte aufmachen?«, rief Paps aus dem Bad.

Dieselte der Mann sich da etwa gerade ein?

Ein herber, ziemlich strenger Duft stieg in meine Nase und ich betete, dass der Lieferant von Japanese-Dreams vor der Tür stand.

Da das Leben aber nun mal kein Wunschkonzert ist, stand ich zwei Sekunden später drei mir komplett fremden Menschen gegenüber. Alle drei hatten ein Zahnpastalächeln aufgesetzt und eine (vermutlich Stephanie) war halb hinter einem überdimensional großen Blumenstrauß versteckt. »Du musst Cynthia sein«, flötete sie fröhlich durch die Stengel, und ehe ich mich versah, hatte ich auch schon das Straußmonster im Arm.

»Also ich fürchte, wir haben gar keine so . . . große Vase . . .«, hörte ich mich stammeln, als zum Glück endlich Paps neben mir auftauchte. Ich hielt kurz die Luft an.

Was für ein grauenvolles Aftershave!

Das musste ich ihm unbedingt ausreden oder – falls nötig – heimlich in den Müll werfen.

»Da seid ihr ja, ihr Lieben«, schmetterte er in die Runde und winkte den Besuch mit ausladender Geste in die Wohnung. Ich verkrümelte mich erst mal in die Küche, um nach einem Behältnis für das Ungetüm zu suchen.

Ob *diese Frau* beleidigt war, wenn ich den Putzeimer nahm?

Danach flüchtete ich in mein Zimmer, um mich umzuziehen. Echt peinlich, dass die drei mich in diesem Aschenputtel-Schmuddel-Look gesehen hatten.

Ich trödelte ein bisschen herum, probierte dieses und jenes und überlegte kurz, ob ich nicht besser eine spontane Magen-Darm-Grippe vortäuschen sollte.

Doch Paps kannte keine Gnade und rief ein paar Minuten später nach mir.

Also trat ich tapfer – diesmal in meinem Lieblings-Jeans-Rock und einem lila-schwarz gepunkteten Top, mein langes blondes Haar zum Pferdeschwanz gebunden – vor unseren Besuch, der sich bereits am Küchentisch versammelt hatte und mich erwartungsvoll ansah.

»Hallo, alle zusammen«, sagte ich und winkte lässig in die Runde. Die sollten bloß nicht glauben, dass ich jedem einzeln die Hand gab. Stephanie lächelte und wechselte einen schnellen Blick mit Paps, der in etwa sagte: *Lass die Kleine mal, das wird schon noch!*

Die Konversation verlief stockend, woran auch das Glas Champagner (seit wann gab es in diesem Haus so etwas Edles?!) nicht viel änderte. Auf Fragen antwortete ich bewusst einsilbig und war ansonsten damit beschäftigt, die Zeiger der Küchenuhr an der Wand anzustarren.

Erst zwanzig nach sieben ...

»Cynthia, möchtest du nicht Kristen und Felicia dein Zimmer zeigen, bevor das Sushi geliefert wird?«, schlug Paps vor, als sei ich fünf Jahre alt und hätte Spaß daran, mit meiner neuesten Barbie oder meiner Wii-Konsole anzugeben.

Ich wollte schon protestieren, doch er sah mich dermaßen streng an, dass ich beschloss, besser den Mund zu halten. Rummaulen konnte ich später immer noch.

Also trottete ich mit den beiden Mädels im Schlepptau den Flur entlang zu meinem Zimmer.

»Hast du das etwa gemalt?«, fragte eine der beiden (Felicia oder Kristen, ich wusste nicht mehr, wer jetzt wer war) und starrte auf die Staffelei.

»Ja, habe ich«, sagte ich mit einem gewissen Stolz in der Stimme.

Das Engel-Bild war definitiv eines der Highlights meiner Präsentationsmappe für die Kunstschule.

»Und was soll das bitte schön darstellen?«, fragte nun die andere, die ziemlich rundlich war, und zog ihre Stupsnase kraus.

Ich war verwirrt.

Wie, was das darstellen sollte . . .?

Hatte die Frau vergessen, sich die Kontaktlinsen reinzumontieren? Oder war sie einfach nur total beschränkt?

»Mensch, Kristen, das ist ein Engel. Das sieht doch ein Blinder mit Krückstock. Setz doch einfach deine Brille auf, das könnte helfen«, erwiderte ihre Schwester schnippisch.

Okay, nun war ich um einiges schlauer. Die moppelige mit dem schwarzen Pixie-Cut war die sechzehnjährige Kristen und allem Anschein nach ein Blindfisch. Aber ein ziemlich hübscher, wie ich zugeben musste.

»Interessierst du dich für Kunst?«, wandte ich mich hoffnungsvoll an Felicia. Immerhin hatte sie den Engel erkannt.

»Eher nicht«, antwortete sie gedehnt und ließ ihren Blick leicht angewidert im Raum herumgleiten. »Ich bin mehr der Sport-Typ!« Stimmt, Felicia war eindeutig größer, aber vor allem schlanker als ihre Schwester. Um nicht zu sagen ultraschlank! Ihre Haare hatten einen warmen Kastanien-Ton und waren zu einem akkuraten Bob geschnitten, der so glänzte, dass man sich fast darin spiegeln konnte.

Auch sie war äußerst attraktiv.

»Na ja, wenn das so ist . . .«, murmelte ich und wusste nicht weiter.

Gut, dass genau in diesem Augenblick der Sushi-Mann

klingelte und wir ein Weilchen damit beschäftigt waren, das Essen auf die Teller zu verteilen, Sojasoße in Schälchen zu füllen und herauszufinden, wer von uns in der Lage war, mit Stäbchen zu essen, und wer nicht.

Bis auf meinen Vater wagten wir uns alle an die Stäbchen, weshalb er sich dann irgendwann doch bereit erklärte, es auch mal zu versuchen. Keine fünf Minuten später war sein hellrosa Hemd über und über mit dunklen Sprenkeln übersät, woraufhin er erst mal im Bad verschwand, um sich umzuziehen.

»Soja geht, glaube ich, ganz schlecht raus«, rief ich ihm fröhlich hinterher, wofür ich einen erstaunten Blick von *dieser Frau* erntete.

»Ach, ist das so?«, fragte sie in einem Ton, als hätte ich ihr gerade erklärt, dass die Relativitätstheorie ganz anders funktionierte, als good old Einstein sich das gedacht hatte.

»Ich kann das leider nicht beurteilen, weil ich absolut keine Erfahrung mit so etwas habe. Ich bringe unsere gesamte Wäsche in die Reinigung!«

»Also ich schon, weil ich seit Mamas Tod bei uns für die Wäsche zuständig bin«, antwortete ich und wartete gespannt auf ihre Reaktion.

Stephanies schmales, zartes Gesicht mit dem perfekten Make-up verzog sich ein klitzekleines bisschen.

Diese Frau schien kaum dazu in der Lage zu sein, echte Mimik zu zeigen.

Ob nun Botox daran schuld war oder der Mangel an echten Gefühlen, konnte ich zu diesem Zeitpunkt noch nicht sagen. Alles, was ich wusste, war, dass sie mich irritierte, weil irgendwie nichts an ihr wirklich zusammenzupassen schien: ihre eisgrauen, kühlen Augen erinnerten mich an Husky-Schlittenhunde, ihr sinnlicher, weicher Mund an den von Sexbombe Angelina Jolie.

»Ach, du Arme, das wird sich ab jetzt alles ändern«, hauchte Stephanie und tätschelte mitfühlend meine Hand, die ich mit einer ruckartigen Bewegung schnell wieder zurückzog.

Wie jetzt, ändern?!?

Alle Alarmsignale liefen auf Hochtouren und ich sah Paps, der sich gerade wieder gesetzt hatte, fragend an.

»Äh, will noch jemand außer Cynthia und Kristen ein wenig Wein?«, fragte er und schenkte hektisch nach.

»WAS genau wird sich ab jetzt ändern?«, fragte ich und hatte die schlimmsten Befürchtungen.

Stephanie strahlte über das ganze Gesicht (das heißt im Rahmen ihrer Möglichkeiten): »Ab sofort werde ich mich um dich kümmern ... und deine neuen Schwestern natürlich auch!«, flötete sie und blickte triumphierend in die Runde.

4.

»Schön, dass du so pünktlich bist, dann können wir ja gleich los«, rief ich vergnügt, als Paule mich am Dienstag von der Schule abholte. Ich fand es immer wieder schade, dass wir nicht auf dasselbe Gymnasium gingen, sonst hätten wir uns viel häufiger sehen können.

Doch heute hatten wir ausnahmsweise mal jede Menge Zeit und wollten einen Ausflug machen. Unser Ziel war Blankenese, wo wir ein bisschen an der Elbe herumbummeln und Kuchen oder Eis essen wollten. Außerdem hatte Paule eine kleine Überraschung für mich, wie sie schon per SMS angekündigt hatte.

Als wir an der S-Bahn-Haltestelle Blankenese ausstiegen, fingen die Erinnerungen an Samstagabend und meine *neue Familie* allmählich an zu verblassen. Ab Donnerstag würde ich unter der »Aufsicht« von Stephanie Wolters stehen, weil mein Vater nach Hongkong fliegen musste. Damit ich nicht ständig darüber nachdachte, hatte ich Paule verboten, über dieses Thema zu sprechen.

»Was hältst du davon?«, fragte sie und deutete auf die Terrasse des Schlosshotels, das in meinen Augen aussah wie aus dem Märchen. Seine Fassade war von Rosenhecken umrankt und mit ein bisschen Fantasie konnte man sich gut vorstellen, dass Dornröschen oben im Turmzimmer lag und ihren hundertjährigen Schlaf schlief, bis der Prinz kam und sie wach küsste.

»Sieht super aus!«, stimmte ich zu und suchte nach einem schönen Platz mit Blick auf die Elbe. »Heute gönnen wir uns was.«

Ein junges Mädchen brachte uns die Karte und ich überlegte, ob ich eine Eisschokolade oder besser eine Rhabarberschorle bestellen sollte. Schlussendlich entschied ich mich für einen Eiskaffee und Paule (wegen der Figur) für die Schorle.

»Also, was ist das?«, fragte ich neugierig, als Paule ein liebevoll eingewickeltes Päckchen vor mich auf den Tisch legte. »Ich hab doch weder Geburtstag, noch ist Weihnachten.«

»Keine Sorge, ist nur 'ne Kleinigkeit. Ein bisschen Munition gegen die Invasion der Schönen und Reichen.«

Als ich das Päckchen öffnete und den Inhalt sah, war ich einen Moment lang irritiert. Vor mir lagen ein Kosmetikspiegel, ein Lippenstift und ein Lipliner in einem wunderschönen Pflaumenton, den ich noch nie zuvor gesehen hatte.

»Damit du dich zwischendurch auch mal wild und gefährlich fühlen kannst«, erklärte Paule und grinste. Da ich mich sonst kaum schminkte, sollte dieser besondere Farbton *Plume* mir wohl helfen, ein bisschen selbstbewusster zu werden. Etwas unsicher zog ich den Lippenstift aus dem Kästchen.

»Los, probier!«, feuerte Paule mich an und hielt mir den Spiegel vor die Nase, während ich vorsichtig begann, meine Lippenkonturen nachzuziehen. Und siehe da: Aus dem Spiegel sah mich ein vollkommen anderer Mensch an. »Das war eine super Idee, ich danke dir«, kreischte ich dermaßen laut über die Terrasse, dass einige der Gäste mich irritiert ansahen. »Wie bist du denn auf diesen Farbton gekommen?«

»Ist ja klar, dass *du* mal wieder nichts mitgekriegt hast:

Die ganze Stadt ist voll von Plakaten der Kosmetikfirma *HeavenlyNature*. Das Model der Kampagne ist ein Mädchen, das genauso aussieht, wie ich mir immer Schneewittchen vorgestellt habe. Da sie schwarze Haare hat, war ich mir nicht ganz sicher, ob der Pflaumenton dir stehen würde, aber voilá: Absolut perfekt!«

Das fand ich allerdings auch . . .

Nach mir probierte Paule den Stift aus. Aber sie musste die Farbe wieder abwischen, weil sie zwar zu ihren Augen, aber überhaupt nicht zu ihrem Teint und ihrer Haarfarbe passte.

Nachdem wir unsere Drinks genossen und über alles und nichts gequatscht hatten, spazierten wir eine Weile an der Elbe entlang, spielten mit fremden Hunden Stöckchen, beobachteten die Leute und schmiedeten Pläne für die nächsten Tage.

»Wie soll das Ganze jetzt eigentlich konkret aussehen?«, wollte Paule wissen, als ich ihr erzählte, dass Stephanie für die Dauer von Paps Geschäftsreise auf mich aufpassen würde. »Wohnt sie dann bei euch oder kommt sie jeden Abend vorbei, um zu kontrollieren, ob du auch brav deine Schularbeiten gemacht hast? Wird sie dich füttern?« Die letzte Frage wurde von einem zynischen Lächeln begleitet, was meine Laune in Bezug auf Stephanie Wolters nicht gerade hob.

Ich ärgerte mich noch immer darüber, dass mein schöner Plan, mir mit Paule allein ein paar schöne Tage zu machen, an ihr gescheitert war.

»Sie wird jeden Tag anrufen und jeden zweiten vorbeikommen, um mir, beziehungsweise uns, Essen zu bringen. Außerdem soll ich sie benachrichtigen, falls irgendetwas passiert. Ich hoffe einfach, dass sie selbst nicht so große Lust auf den Zirkus hat und uns die meiste Zeit in Ruhe lassen wird.«

»Hm, das ist ja auch ganz schön viel Verantwortung für jemanden, der dich kaum kennt«, überlegte Paule auf dem Rückweg zur S-Bahn. Mittlerweile war es halb acht und wir mussten beide nach Hause.

»Ach komm, lass uns nicht mehr von diesem ganzen Quatsch reden, ich spendier uns zum Abschluss noch ein Eis«, schlug ich vor, als ich die Schlange vor dem Café Dornröschen sah, wo es nicht nur Hamburgs beste Donauwelle, sondern auch geniales Straciatella-Eis gab.

Paule guckte skeptisch in Richtung Schlange und blickte dann an sich herunter.

Oh Mann, jetzt war sie schon wieder am Kalorienzählen!

»Du kannst ja Zitrone nehmen, das besteht zum größten Teil aus Wasser«, schlug ich vor, obwohl wir beide wussten, dass das nicht wirklich der Wahrheit entsprach.

»Überredet!«, stimmte Paule zu und wir stellten uns zu den Wartenden.

Am darauffolgenden Nachmittag ging ich mit klopfendem Herzen und Knien wie Wackelpudding zur Anmeldung für die Mappenpräsentation.

Einmal pro Woche nahm sich einer der Professoren der Hamburger Hochschule für bildende Künste die Zeit, um Bewerber bei der Zusammenstellung ihrer künstlerischen Arbeiten zu beraten.

Etwa zwanzig weitere Kandidaten und Kandidatinnen warteten schon im Vorraum und musterten sich gegenseitig.

Die Atmosphäre war ähnlich angespannt, wie Paule sie mir von den Aufnahmeprüfungen an Tanzschulen oder bei Gesangswettbewerben beschrieben hatte.

Doch zum Glück brach hier wenigstens niemand plötzlich in lauten Gesang aus, nervte mit endlosen Tonleiterübungen oder ging unerwartet vor meinen Augen ins Plié, um seine Beinmuskulatur warm zu halten. Aber auch hier schlief die Konkurrenz nicht, was man schon an den Outfits der anderen Bewerber erkennen konnte: Um mich herum türmten sich kunstvoll verwuschelte Frisuren, baumelten riesige Ohrgehänge, flatterten bunt bedruckte Stoffe. Ledermäntel und gehäkelte Patchwork-Röckchen schmiegten sich an die Körper der nervös, aber teils auch sehr abschätzig dreinblickenden Kandidaten für den Bachelor of Fine Arts.

»Ist ganz schön unheimlich, oder?«, fragte ein schmächtiger Typ in abgerissenem Pullover, der trotz der Hitze Pulswärmer trug und sein straßenköterblondes Haar zum Teil unter einem Zylinder (!!!) versteckte. »Man fühlt sich in diesem Umfeld automatisch total spießig, nicht?«

Ich schluckte schwer, denn im Gegensatz zu ihm war ICH wirklich kein optischer Knaller, sondern ziemlicher Durchschnitt. Natürlich trug ich mal wieder meinen geliebten Jeans-Mini, darüber ein schlichtes petrolfarbenes T-Shirt und Turnschuhe.

Meine Haare hatte ich zu Zöpfen geflochten, damit sie mir nicht ins Gesicht hingen. Das einzige optische Highlight war der Lippenstift von Paule.

»Cynthia Aschenbrenner«, rief die Sekretärin nach zwei Stunden Wartezeit und streckte auf der Suche nach mir ihren Kopf durch die Tür.

Ich schrak zusammen, ließ meine Mappe fallen und betrat schließlich mit hochrotem Kopf das Zimmer von Professor Waldemar B. Rohrbach. Der sah komplett anders aus, als ich ihn mir vorgestellt hatte: Anstatt eines älteren, ergrauten Herren mit Bart saß vor mir ein gut aussehender Typ Mitte vierzig und einem breiten Lächeln im Gesicht.

Er dirigierte mich zu einem langen Holztisch und bat mich, meine Arbeiten darauf auszulegen. Ich begann mit meinem Glücksbringer, einer hochwertigen Farbkopie meines Engelbilds. Erst danach nahm ich alle anderen Zeichnungen und Collagen, die ich im Laufe der letzten zwei Jahre gemacht hatte, aus der Mappe.

Der Professor ging langsam um den Tisch, während er meine Arbeiten begutachtete. Gelegentlich kratzte er sich am Kinn, räusperte sich und machte »Hm«. Das Ganze wiederholte er so lange, bis ich dachte, gleich tot umfallen zu müssen. Gerade als ich sagen wollte: Sorry, ich habe mich geirrt, ich möchte doch nicht Kunst studieren, drehte er sich endlich um und sah mich an. »Cynthia, richtig?«, begann er und deutete auf den Besucherstuhl vor seinem Schreibtisch.

Ich setzte mich vor Aufregung beinahe daneben, was Professor Rohrbach mit einem netten Lächeln quittierte.

»Also, liebe Cynthia. Beginnen wir erst einmal mit dem Positiven ...« *Oh Gott nein, ich will sofort hier raus!!!!!!!!*

»Du hast ein Gespür für Farben, einen Blick für Motive und Bildkomposition und eine gute handwerkliche Grundlage. Das sind genau die Voraussetzungen, die ein Student an der HBFK braucht. Allerdings sind das alles Fähigkeiten, die man notfalls auch noch im Studium lernen kann. Was man aber nicht lernen kann, und genau darin sehe ich ein gewisses Problem . . .« *Oh nein, das überlebte ich nicht.*

Warum war ich Idiot nur hierher gekommen? Warum machte ich nicht einfach eine Lehre bei der Bank oder wurde Verkäuferin?

». . . das sind Selbstvertrauen und Mut. Und mein Eindruck ist, dass es dir an beidem ein bisschen mangelt. Hab ich recht?«

Genau in diesem Moment fing ich leider wie auf Kommando an zu heulen. Ich wäre am liebsten sofort im Erdboden versunken, aber Professor Rohrbach reichte mir ganz selbstverständlich eine Kleenex-Box und lächelte. Wahrscheinlich hatte er das schon mindestens ein Dutzend Mal erlebt. »Na, na, das ist doch alles halb so schlimm!«

Haha, sehr witzig. Sag doch gleich, dass ich es knicken kann!

»Du bist zweifelsohne talentiert, sonst würde ich mir gar nicht die Mühe machen, hier mit dir zu sitzen. Ich habe aber das Gefühl, dass du dich nicht richtig traust zu zeigen, was in dir steckt. Um nichts zu riskieren, versteckst du das, was tief in deinem Innersten steckt. Die Engelsflügel zum Beispiel, die sind mir viel zu naturalistisch . . .«

»Aber ich habe sie doch in Grün gemalt, was ist denn daran naturalistisch?«, protestierte ich und hoffte, dass ich bald hier rausdurfte.

Der Professor lachte. »Siehst du, da regt sich doch schon ein bisschen von dem Eigensinn und der Widerspenstigkeit, die es braucht, um ein guter Künstler zu sein. Ich würde vorschlagen, du malst einige Zeit weiter, sagen wir noch ein Jahr, und dann sehen wir uns noch mal. Du willst doch sicher Abitur machen, oder?« Ich nickte und blickte auf das zerkrümelte Taschentuch in meiner Hand. »Na siehst du. Du bist noch sehr jung. Sei einfach ein bisschen mutiger, reiß die Barrieren in deinem Kopf ein und dann entwickelt sich der Rest von ganz allein.«

Mit hängenden Ohren sammelte ich meine Unterlagen zusammen. Der Professor brachte mich netterweise zur Tür und gab mir die Hand. Seine Worte »Glaub an dich, Cynthia!« hallten mir noch nach, als ich die Wohnungstür aufschloss.

»Und, wie war es? Ich habe so an dich gedacht«, sagte Paps zur Begrüßung und umarmte mich derart stürmisch, dass ich beinahe meine Mappe fallen ließ. Dummerweise musste ich sofort wieder heulen, meine neue Hauptbeschäftigung. Paps sah mich entsetzt an und schob mich dann in die Küche.

Trotz des Tränenschleiers konnte ich erkennen, dass er mein Lieblingsessen, Topfenpalatschinken, gemacht hatte. Aber selbst das konnte mich gerade nicht trösten.

Paps nahm mir die Mappe ab und brachte sie in mein Zimmer. Dann schenkte er mir ein Glas Saft ein, während ich mir eines von Mamas Kissen an die Brust drückte. »Cynni-Maus, was ist denn passiert?«, fragte er, setzte sich neben mich und streichelte meinen Arm. Stockend begann ich zu berichten. Doch dann sprudelte alles wie ein Wasserfall aus mir heraus. Als ich fertig war, sagte Paps eine ganze Weile gar nichts und dann platzte er heraus: »Aber das ist doch toll!«

»Was soll denn daran toll sein?«, schniefte ich voller Selbstmitleid und erwog kurz, die HBFK in die Luft zu sprengen. Die wollten Eigensinn und Widerspenstigkeit?

Bitte, das konnten sie haben!

»Im Grunde hat dieser Mann doch genau dasselbe gesagt wie deine Mutter früher: Es steckt ganz, ganz viel in dir, du musst dich nur trauen, es herauszulassen.«

So hatte ich das Ganze noch nicht betrachtet.

Vielleicht sah ich es doch ein bisschen zu negativ?

Und als wäre Mama mit uns im Raum, wurde ich auf einmal ganz ruhig und der Kummer löste sich nach und nach in Luft auf.

Stattdessen bekam ich mit einem Mal Hunger.

»Wow, du hast Topfenpalatschinken gemacht«, sagte ich schließlich. Augenblicklich lief mir das Wasser im Mund zusammen, als mir der Duft von Gebackenem und Rosinen in die Nase stieg. »Und ich habe es diesmal nicht vergurkt. Für unseren Abschiedsabend sollte schließlich alles perfekt sein«, antwortete Paps lächelnd und legte mir einen mit schaumiger Zitronencreme gefüllten Pfannkuchen auf den Teller. »Er ist nur leider ein bisschen kalt geworden. Aber ich kann ihn gern noch mal in den Ofen schieben.«

»Kommt nicht infrage!«, protestierte ich und stürzte mich auf den Pfannkuchen, als hätte ich seit drei Wochen nichts zu essen bekommen.

Erst nachdem ich noch zwei weitere verspeist hatte, wurde mir klar, dass Paps ja ab morgen für zehn Tage in China sein würde . . .

5.

Passen Sie auf oder was glauben Sie, warum hier *Vorsicht Glas!* draufsteht?«, zickte Stephanie Wolters den Mitarbeiter der Firma Huckepack an, der aussah, als würde er jeden Moment ausrasten. Paps beschränkte sich darauf, unseren Umzug in das noble Stadthaus an der Fleetinsel zu »überwachen«. Er hatte sich neben dem 7,5-Tonner positioniert und erteilte Kommandos, die von Stephanie gleich wieder über den Haufen geworfen wurden.

Kristen, Felicia und ich waren oben in der Wohnung und verteilten die leichteren Kartons in die jeweiligen Zimmer. Das heißt, eigentlich verteilte eher *ich* die Kisten, nachdem sich zuerst Kristen den Finger eingeklemmt hatte und danach Felicia eingefallen war, dass sie gerade jetzt dringend für drei Stunden im Sportgeschäft gebraucht wurde, in dem sie gelegentlich jobbte.

Irgendwann wurde es mir zu blöd, als Einzige zu schuften, und beschloss, mir auch mal eine Auszeit zu nehmen.

Also ging ich in mein neues Zimmer und guckte aus dem Fenster: Rechts lagen das Nobelhotel Steigenberger und dahinter der Rödingsmarkt, mir gegenüber der Fleethof und links der Alsterlauf, den man über eine kleine Brücke überqueren konnte. Die Aussicht war immerhin ein kleines Trostpflaster in diesem ganzen emotionalen Chaos.

»Na, begutachtest du deinen neuen Stadtteil?«, ertönte auf einmal Paules Stimme neben meinem Ohr. Ich war anscheinend so in Gedanken vertieft gewesen, dass ich sie gar nicht hatte kommen hören. »Tut mir leid, dass ich so spät bin, aber ich musste noch auf Luca aufpassen.« Luca war Paules sechsjähriger Bruder. »Schon okay, du hast nicht groß was verpasst«, antwortete ich und umarmte sie.

Ich war wirklich froh, sie zu sehen, denn dieser Tag hatte es echt in sich – in jeder Beziehung!

Pauline sah sich neugierig in meinem Zimmer um.

Natürlich gab es außer dem dunklen Fischgrätparkett, hohen Decken mit Stuckleiste und der sensationellen Aussicht noch nicht viel zu sehen.

»Das nenne ich mal schick«, sagte sie und pfiff anerkennend. »Würdest du mir bitte auch noch eine Führung durch den Rest dieses Palazzos geben?«

Ich antwortete: »Aber klar«, und zeigte ihr alles, was es auf den 250 qm zu sehen gab.

»Gut, dass ihr zwei Bäder und eine Gästetoilette habt, sonst wäre Dauerstress vorprogrammiert«, sagte Paule nach der Besichtigung und zog ihre Nase kraus. »Aber sag mal: Hat es einen bestimmten Grund, dass ausgerechnet du das kleinste Zimmer bekommen hast? In der Kammer hast du doch kaum Platz für deine ganzen Malsachen oder gibt es hier noch eine Geheimtür, von der ich nichts weiß?«

Mit dieser Aussage hatte sie leider meinen wunden Punkt getroffen.

»Wir haben der Fairness halber gelost . . .«, begann ich zu erklären und Paule nickte. »Ah, schon klar. Die Pechmarie hat mal wieder die Niete gezogen. Darauf hättest du dich nie und nimmer einlassen dürfen, du weißt doch, dass du bei so was immer verlierst.«

Ich seufzte. »Ich weiß, ich weiß. Aber wir haben vor dem Losen vereinbart, dass wir alle zwei Jahre im Rotationsverfahren tauschen werden. Außerdem glaube ich, dass Felicia sowieso nicht allzu lange hier wohnen wird, schließlich ist sie schon fast achtzehn.«

»Na, dann drücke ich dir mal die Daumen, dass sie bald den Mann fürs Leben findet und mit ihm an den Nordpol zieht.«

Wir grinsten beide. Seit Wochen machten wir uns darüber lustig, dass es für die Frauen der Familie Wolters offenbar nichts Wichtigeres im Leben gab, als sich einen reichen Mann zu angeln.

Was Stephanie betraf, so hatte es ja schon bestens geklappt. Paps zappelte nach wie vor wie ein verliebter Fisch an ihrer Angel, was ich immer noch nicht verstehen konnte.

»Kaum zu glauben, dass sich innerhalb eines guten Monats ein ganzes Leben um hundertachtzig Grad drehen kann«, sagte Paule kopfschüttelnd und schaute nun ebenfalls fasziniert aus dem Fenster. »Kaum hast du das erste Mal von Stephanie erfahren, ist sie auch schon deine Stiefmutter, dazu zwei Stiefschwestern und ein Umzug in einen ganz anderen Stadtteil. Da kommt man ja überhaupt nicht mehr hinterher. Ich bewundere dich wirklich, dass du das alles so tapfer mitmachst. Was meinst du: Werden die beiden womöglich auch noch heiraten?«

»Worauf du Gift nehmen kannst!«, knurrte ich. Ich gruselte mich schon allein bei der Vorstellung. Stephanie mit weißem Brautkleid und Schleier, Felicia und Kristen als Blumenmädchen . . . brrrrr . . .

»Worauf willst du Gift nehmen?«, ertönte wie aufs Stichwort Kristens Stimme an der Tür. Sie hielt immer noch anklagend ihren Finger in die Luft und behauptete, sein Umfang hätte sich innerhalb der letzten Stunde mindestens verdreifacht.

»Tja, wenn das so ist, müssen wir dich wohl schnell in die Fleetklinik bringen und eine Notoperation durchführen lassen«, stellte Paule mit dermaßen ernster Miene fest, dass ich Mühe hatte, nicht laut loszuprusten.

»Meinst du wirklich?«, fragte Kristen und riss erstaunt die Augen auf.

»Schätzchen, die Fleetklinik ist spezialisiert auf Schönheits-OPs«, mischte sich nun Stephanie ein, die anscheinend beschlossen hatte, hier oben zu überprüfen, was die Umzugsleute mit ihren Kronleuchtern und dem Tafelsilber angestellt hatten. »Aber zeig mal, was ist denn passiert?«

Beim Anblick von Mutter und Tochter, die sich mit einer Ernsthaftigkeit Kristens Verletzung widmeten, als hätte sie eine lebensbedrohliche Krankheit, zog sich alles in mir zusammen. Was hätte ich darum gegeben, auch noch eine Mutter an meiner Seite zu haben, die immer für mich da war, egal was passierte. *Diese* Mutter übertrieb es allerdings ein bisschen mit ihrer Fürsorge. Paule jedenfalls war schon wieder kurz vor einem Lachanfall. Schnell griff ich nach ihrem Arm und sagte: »Lass uns mal was zu trinken holen, ich habe Durst.«

In der Küche öffnete ich uns eine Dose Cola, während Paule weiter mit ihrer Hand vor meiner Nase herumwedelte und dabei fürchterliche Stöhnlaute von sich gab. Dann rollte sie auf einmal wild mit den Augen und sackte auf dem Boden zusammen. »Coole Performance, solltest du dir für die Aufnahme an der Stage School merken!«, sagte ich anerkennend und reichte Paule, die sich immer noch theatralisch auf dem Boden krümmte, die Cola.

»Das ist überhaupt NICHT lustig«, rief Stephanie und schob die ebenfalls lautstark stöhnende Kristen in die Küche. »Macht mal Platz, ich möchte meiner Tochter Eis aus dem Kühlfach holen.«

Das musste sie uns nicht zweimal sagen. Unter lautem Gejohle liefen wir zurück in mein Zimmer. Dort ließen wir uns immer noch prustend auf das Parkett sinken.

»Ich bin ja mal gespannt, wie lange das mit euch gut geht«, sagte Paule, nachdem wir uns wieder halbwegs eingekriegt hatten.

Ich auch, dachte ich, als ich spätabends endlich im Bett lag, um mich herum immer noch ein Meer von unausgepackten Kartons.

Langsam war ich die ganzen Überraschungen, die das Leben in letzter Zeit so für mich bereithielt, leid. Ich hatte keine Lust mehr zu versuchen, immer *das Beste* aus einer Situation zu machen, die ich mir weder gewünscht noch ausgesucht hatte.

Kurz bevor ich ganz in Trauer, Wut und Selbstmitleid zu versinken drohte, klopfte es leise an der Tür.

Es war Paps, der mir Gute Nacht sagen wollte.

»Und alles in Ordnung, Cynni-Maus?«, fragte er und setzte sich neben mich auf die Bettkante.

»Ja, alles gut«, antwortete ich in die Dunkelheit hinein, obwohl ich mich gar nicht so fühlte.

Es war genau so, wie Paule es vorhin gesagt hatte: Im Grunde hatte ich noch überhaupt nicht realisiert, was in den letzten Monaten alles mit mir passiert war: Mamas Tod, die Trauerphase, dann Stephanie und ihre Töchter, der plötzliche Umzug, das neue Viertel . . . keine Ahnung, weshalb Paps so ein extremes Tempo vorlegte. Sonst war das nicht so seine Art. Doch wenigstens etwas war so wie immer: Ich konnte weiter auf mein altes Gymnasium gehen und hatte meine Freunde.

Als ich am nächsten Morgen die Augen aufschlug und in die Sonne blinzelte, wusste ich zunächst nicht, wo ich war.

Da ich noch keine Vorhänge hatte, hatte das Tageslicht mich für meine Verhältnisse viel zu früh geweckt. Murrend rollte ich mich auf die andere Seite. Es duftete nach Kaffee und aus dem Flur drangen ungewohnte Geräusche. *War das etwa Schlagermusik?*

Ruckartig setzte ich mich im Bett auf und spitzte die Ohren. Das durfte doch nicht wahr sein! Hatte da etwa jemand Alsterradio angemacht? Genervt zog ich mir die Decke über den Kopf und beschloss, mir bei nächster Gelegenheit Ohrstöpsel zu kaufen. Aber auch die hätten wahrscheinlich nicht geholfen, da Paps offenbar beschlossen hatte, den Samstagmorgen mit einem gemeinsamen Familienfrühstück zu starten. Ohne anzuklopfen, stand er auf einmal vor mir und rüttelte sanft an meiner Schulter. »Es ist acht Uhr, Zeit fürs Frühstück«, kam es mir gut gelaunt entgegen und ich glaubte zuerst, ich hätte mich verhört. Seit wann wurde denn bei uns am Wochenende zu einer bestimmten Uhrzeit gefrühstückt? Und noch dazu so früh?

»Ich hab schon Brötchen und Schokocroissants geholt«, teilte Paps mir mit, als erwarte er meinen Beifall. Dabei duftete er wieder nach dem Aftershave, das ich nicht leiden konnte.

Wie sich herausgestellt hatte, war es ein Geschenk *dieser Frau* gewesen und damit natürlich über jede Form von Kritik erhaben.

»Nun komm schon, mein kleiner Morgenmüffel, raus aus den Federn. Es ist so ein schöner Tag.« Ich musste grinsen, weil Paps mich »Müffel« genannt hatte, und gab ein zustimmendes Knurren von mir.

Nachdem ich mir die Zähne geputzt, das Gesicht gewaschen und meinen Bademantel angezogen hatte, schlurfte ich in die Küche. Doch dort war weit und breit keine Spur meiner *neuen Familie* zu entdecken. Ich war kurz irritiert, bis mir einfiel, dass wir ja jetzt neuerdings ein Esszimmer hatten.

Und richtig: Alle vier waren um den langen (neuen!) Tisch versammelt und schauten mich erwartungsvoll an. Ich murmelte ein knappes »Moin« und ließ mich auf den freien Stuhl neben Paps fallen. Stephanie räusperte sich auffällig.

»Hast du dich erkältet?«, fragte ich und angelte mir ein Brötchen aus dem Brotkorb. Demonstrativ räusperte sich Stephanie ein zweites Mal, antwortete aber nicht auf meine Frage.

Das veranlasste mich, aufzusehen und die ganze Szenerie genauer in Augenschein zu nehmen. Es dauerte einen Moment, bis mein Gehirn den Fehler im Suchbild identifizierte: Bis auf mich waren alle tiptop gestylt und komplett angezogen.

Offenbar herrschten im Hause Wolters nicht nur feste Regeln für Essenszeiten, sondern auch eine Kleiderordnung für die gemeinsamen Mahlzeiten.

»Äh, ich zieh mich dann mal eben an«, sagte ich kleinlaut und wollte gerade aufstehen, als mein Vater mich sanft auf den Stuhl zurückdrückte. »Morgen reicht auch«, sagte er und gab mir ungefragt die Butter. Stephanie beobachtete mich mit zusammengekniffenen Augen, als ich mein Brötchen halbierte, und biss dann demonstrativ in ihr Knäckebrot. Kristen und Felicia schienen auch noch nicht ganz wach zu sein. Stumm und völlig unbeteiligt aß Felicia ihr Müsli mit frischen Früchten und Quark, während Kristen sich mit Gurkenschnitzen, einem hart gekochten Ei und einer Kiwi begnügte.

Oh mein Gott, waren die denn alle auf Diät?

»Super, die Himbeermarmelade von Aurelia«, sagte ich betont gut gelaunt und leckte mir die Lippen.

Meine Oma fand zwischen ihren ganzen Kreuzfahrttörns erstaunlicherweise immer noch Zeit, Marmelade und Gelee einzukochen, weil sie wusste, wie sehr ich das liebte.

»Tja, dann lass es dir mal schmecken«, entgegnete Stephanie und lächelte säuerlich. »Mir persönlich wäre das ja viel zu süß!«

»Ich mag es eben gern süß«, antwortete ich und kassierte dafür einen spöttischen Blick von Felicia.

»Ach übrigens: Ich fliege ja Ende der Woche nach Sri Lanka, um Perlen einzukaufen. Habt ihr irgendwelche speziellen Wünsche bezüglich Souvenirs?« Paps blickte strahlend in die Runde. Ich lächelte. Trotz allem tat es gut, ihn nach so langer Zeit wieder glücklich zu sehen. Offenbar gefiel es ihm, mit so vielen Personen in einem Haushalt zu leben.

Mama hatte nach meiner Geburt ja leider keine weiteren Kinder bekommen können.

»Ich würde mich über ein paar nette Steinchen für meine neue Kollektion freuen«, antwortete Stephanie prompt. Meine Stiefmutter in spe führte einen Antiquitätenladen und war gerade dabei, sich eine Karriere als Schmuckdesignerin aufzubauen. »Und ich mich über eine lange Perlenkette«, kam Felicias Antwort gleich hinterher.

»Ich hätte gern so ein – wie hieß noch dieses lange, indische Wickeldings ... das wäre toll«, rief Kristen und sah dabei mal wieder so aus, als könne sie nicht bis drei zählen.

»Das *Ding* heißt Sari«, ergänzte ich und überlegte gleichzeitig, warum meine Stiefschwester eigentlich so dermaßen hohl war. Entweder war ihr IQ nahe dem Nullpunkt angesiedelt oder sie war schlicht und einfach ungebildet und ignorant!

»Und du, Cynni-Maus?«, fragte Paps und ich zuckte mit den Schultern. »Ich hab keinen besonderen Wunsch. Aber du weißt ja, was mir gefällt. Vielleicht gibt es dort ja besondere Farben oder Stoffe ... »

»Also, ich muss dann jetzt mal los!«, verkündete Felicia und sprang ruckartig auf. Von einem gemütlichen langen Frühstück schien sie nicht so viel zu halten.

»Aber Schätzchen, wo willst du denn jetzt auf einmal hin?« (Stephanie nannte sowohl Kristen als auch Felicia *Schätzchen*. Vielleicht wollte sie dadurch vermeiden durcheinanderzukommen!?)

»Ins Fitness-Studio, wohin denn sonst? Würde so manchem von euch übrigens auch guttun«, antwortete Felicia und verließ hoch erhobenen Hauptes den Raum. *Ohne ihr Geschirr mitzunehmen,* wie ich leicht genervt feststellte.

Paps rief ihr »Viel Spaß, bis später« hinterher und sah Kristen und mich fragend an. »Und was habt ihr beiden

Hübschen heute noch vor?« Ich verschluckte mich beinahe an meinem Brötchen. Was sollte ich wohl an einem Tag vorhaben, an dem sich um mich herum Umzugskartons türmten und die Wohnung aussah, als hätte eine Granate eingeschlagen?

Außerdem würde ich wohl auch den Tisch abräumen müssen, da Lady Felicia schon davongerauscht und Kristen ja bestimmt immer noch *verletzt* war.

6.

Noch nie hatte ich mich so sehr darüber gefreut, zur Schule gehen zu können, wie an diesem Montag.

»Na, wie war das erste Wochenende mit deiner neuen Familie?«, fragte Louisa, meine Banknachbarin und – wenn man das so bezeichnen wollte – zweitbeste Freundin.

Ich knurrte: »Frag nicht! Ich denke ernsthaft darüber nach auszuwandern . . .« Louisa musterte mich mit einer Mischung aus Mitleid und Belustigung. Dann streichelte sie mir kurz über den Arm, bevor unser Klassenlehrer Marcus Mohrmann, genannt *Mister M,* den Raum betrat.

Mister M war nicht nur mein persönlicher Lieblingslehrer, weil er so nett, klug und ziemlich sexy war, sondern auch, weil er Englisch, Philosophie und Kunst unterrichtete.

Alles Fächer, in denen ich Bestnoten hatte.

»Good morning ladies and gentlemen«, schmetterte er uns fröhlich entgegen. »How are you today?«

»Ging schon mal besser«, grummelte ich mit gesenktem Kopf, was Mister M aber trotzdem hörte. »Oh, I am sorry to hear this. Was ist passiert?«

Das Beste an Mister M war, dass er uns nicht nur als Schüler betrachtete, in die man innerhalb kürzester Zeit so viel Wissen wie nur möglich pumpen musste, sondern auch als ganz normale Kids mit eigenen, individuellen Problemen.

Also erzählte ich, dass sich mein Leben gerade komplett auf den Kopf gestellt hatte – natürlich ohne wirklich über die drei Grazien abzulästern. Die meisten wussten ja sowieso schon von meinem Umzug und dem Chaos, das bei mir seit Mamas Tod herrschte.

Mister M nickte, hörte geduldig zu und sagte schließlich: »Was haltet ihr davon, wenn wir heute Englisch einfach Englisch sein lassen und stattdessen mal darüber diskutieren, wie es ist, wenn man sich plötzlich mit einer vollkommen neuen Lebenssituation arrangieren muss? Außerdem lässt sich dieses Thema wunderbar mit dem verbinden, was wir gerade über die philosophischen Grundrichtungen gelernt haben.«

In der folgenden Stunde ging es in unserer Klasse für einen Montagmorgen erstaunlich lebhaft zu. Jeder hatte irgendeine Geschichte zu erzählen und am Ende des Unterrichts war ich davon überzeugt, dass es am besten sei, Stephanie und ihre überspannten Töchter einfach nicht so ernst zu nehmen.

Je mehr ich mich von ihnen nerven ließ, desto mehr Macht hatten sie über mich. Und das war schließlich das Letzte, was ich wollte.

Den heutigen Nachmittag würde ich erst einmal nutzen, um mein neues Wohnviertel zu erkunden und mich ein wenig einzuleben. Denn je später ich nach Hause kam, desto später würden mir Felicia oder Kristen über den Weg laufen. Stephanie arbeitete zum Glück bis achtzehn Uhr in ihrem Antiquitätenladen in der Innenstadt und kam selten vor sieben Uhr abends nach Hause.

Um halb drei stieg ich an der U-Bahn-Haltestelle Rödingsmarkt aus und hatte das Gefühl, schon ein bisschen Nordseeluft schnuppern zu können. Die Fleetinsel lag so nahe am Hamburger Hafen, dass man das Tuten der Schiffe hören und mit ein wenig Einbildungskraft auch das Meer riechen konnte. Ich hatte diese Gegend immer schon gemocht, nicht zuletzt, weil hier meine Lieblingsbuchhandlung war. In der Kunstfachbuchhandlung Petersen & Lachmann stöberte ich immer gern in neusten Biografien, Kunst- und Fotobänden sowie DVDs.

»Du wirst dich dort bestimmt wohlfühlen, inmitten der ganzen Galerien und Antiquariate. Übrigens ist das Fleettheater auch gleich um die Ecke«, hatte Paps versucht, mir den Umzug schmackhaft zu machen, nachdem ich beinahe in Ohnmacht gefallen war, als ich gehört hatte, dass wir mit den Wolters zusammenziehen würden.

Und Paps hatte recht. Heute drückte ich mir als Erstes die Nase an den Schaufenstern der Galerien platt, wühlte dann einige Zeit in den Kunstdrucken des Antiquariats und betrat schließlich die Buchhandlung. Sofort bekam ich eine wohlige Gänsehaut, wie immer wenn ich die Stapel von Büchern sah und die ausgestellten Bilder junger Künstler. Sie wurden von Johann Petersen, dem Ladenbesitzer und stadtbekannten Kunstmäzen, unterstützt.

Normalerweise kam ich ungefähr alle paar Wochen hierher, meist um den Monatsersten herum, wenn ich Taschengeld bekommen hatte. Eigentlich kannte ich sowohl das Angebot als auch die Mitarbeiter ziemlich gut. Doch heute schenkte ich nicht den Bildbänden, sondern etwas oder vielmehr jemand anderem Aufmerksamkeit: Hinter der Kasse stand ein superattraktiver Typ mit kurzen schwarzen Haaren und einem langen Fransen-Pony, den er in die Stirn gekämmt hatte. Zudem hatte er Sommersprossen auf der Nase und das tollste Lächeln, das ich je bei einem Mann gesehen hatte.

Etwas verschüchtert sagte ich Hallo, was von ihm sofort mit einem freundlichen »Hallo!« beantwortet wurde.

Doch anstatt mich wie sonst erst einmal im Eingangsbereich den Postkarten und reduzierten Bildbänden zu widmen, ging ich schnurstracks an der Kasse vorbei zur Abteilung Moderne Kunst. Dort drückte ich mich unverhältnismäßig lange herum. Aber nicht weil ich so fasziniert von den Neuerscheinungen war, sondern weil ich mich – aus welchem Grund auch immer – nicht mehr in die Nähe dieses Typen wagte.

Weil mein Haar heute viel wirrer war als sonst, hatte ich es unter einer leichten Strickmütze versteckt. Außerdem hatte ich schlecht geschlafen und graue Ränder unter den Augen und mein Nagellack war an einigen Stellen abgeblättert.

»Kann ich dir irgendwie helfen?«, erklang plötzlich direkt neben meinem Ohr eine Stimme. Ich zuckte zusammen. »Ich ... äh ... also, nein ...«, stammelte ich und versuchte, meinen Puls und meine Puddingknie unter Kontrolle zu bekommen.

Oh mein Gott, klapperte ich etwa mit meinen Zähnen?

Wie auch immer, der Typ schien jedenfalls nichts zu bemerken. Oder ließ es zumindest nicht erkennen. Vielleicht war er es auch schon gewohnt, dass die Mädels in seiner Gegenwart regelmäßig fast in Ohnmacht fielen.

»Daniel, kommst du mal bitte?«, rief seine Kollegin Hannah aus der Abteilung Architektur und erlöste mich damit aus meiner misslichen Lage. Aha, der Dreamboy hieß also Daniel!

Schöner Name.

Irgendwie klassisch und cool zugleich.

So wie sein Style auch genau der richtige Mix aus lässig und smooth war . . . hach . . .

»Sorry, ich muss dann mal«, entschuldigte er sich mit einem leichten Schulterzucken und einem erneuten strahlenden Lächeln. Ich hauchte so etwas wie »Kein Problem« und drehte mich schnell um, weil mein Gesicht im gleichen Moment glühend heiß wurde und vermutlich gerade die Farbe eines gekochten Hummers annahm.

Kaum war Daniel hinter einer Säule verschwunden, trat ich blitzschnell den Rückzug an.

Nichts wie raus hier!

Draußen flitzte ich die Straße hinunter, bog am Restaurant Marinehof links um die Ecke und lief zurück zu unserer neuen Wohnung.

Vor lauter Aufregung hatte ich kaum einen Blick für das Schaufenster des Bistros »Erste Liebe« übrig, das im Erdgeschoss des Nachbarhauses lag und laut Felicia »supischööööön« sein sollte. *Supischön* musste eben warten, bis ich wieder Herrin meiner Gesichtsfarbe und vor allem meiner Sinne war.

Im dritten Stock angekommen, war ich ein bisschen aus der Puste, woran nicht nur die Begegnung mit dem Dreamboy schuld war. Auf halber Strecke wurde ich dummerweise von Felicia überholt, die mich mit einem knappen »Na, machst du schon schlapp?« begrüßte und mühelos an mir vorbeisprintete.

Angeberin!

Lange bevor ich die letzte Treppe geschafft hatte, schallte mir von oben ein »Soll ich dich mal mit ins Studio nehmen, damit du etwas in Schwung kommst?« entgegen.

Ich beschloss, diese Frage einfach zu ignorieren,

schließlich hatte ich gerade Wichtigeres zu tun, nämlich diesen Aufstieg zu überleben.

Fünfter Stock ohne Fahrstuhl, das war echt der Hammer.

Mindestens so ein Hammer wie Daniel.

7.

GLEICH RASTETE ICH AUS!

Wie konnte es sein, dass sich in meiner Haarbürste auf einmal SCHWARZE Haare befanden, obwohl ich doch nachweislich blond war?

Und weshalb war eigentlich andauernd meine Ovomaltine-Dose leer, obwohl die Damen Wolters ja angeblich alle soooooo auf ihre Figur achteten?

Langsam wurde das hier echt wie in einer von diesen WGs, wo jeder seine Sachen wegschließen musste und auf allem ein Namensschild klebte!

»Is was?«, fragte Kristen, als sie in diesem Moment ins Badezimmer kam. Sie drängte mich beiseite, während ich gerade dabei war, diese SCHWARZEN, fremden Haare aus meiner Bürste zu entfernen. Das allein war ja schon zum Wutanfallkriegen. Zusätzlich machte Kristen sich vor dem Waschbecken dermaßen breit, dass ich kaum noch Platz zum Atmen hatte.

»Nö, warum sollte ich was haben? Ich find's super, dass wir schon nach kurzer Zeit alle so eng miteinander sind, dass du MEINE Haarbürste benutzt anstatt deine eigene«, ätzte ich zurück und schubste nun Kristen vom Spiegel weg.

»Ja, ist schön, dass wir uns alle so gut verstehen, nicht wahr?«, antwortete sie, ohne mit der Wimper zu zucken.

Für einen kurzen Moment blieb mir die Luft weg.

War die Frau wirklich so dreist oder hatte sie ganz einfach nur den IQ einer Nylonstrumpfhose und kapierte überhaupt nichts?

»Okay, Kristen, wenn du die tiefere Bedeutung von Ironie nicht verstehst, sage ich es dir eben etwas direkter: Du benutzt gefälligst ab sofort wieder deine eigenen Sachen, klar? Und solltest du mal Appetit auf Ovomaltine haben, was ich im Übrigen gut verstehen könnte, dann fragst du mich entweder, ob du was von meiner haben kannst, oder du kaufst dir eine eigene Packung . . .«

Kristen drehte sich um, stemmte die Hände in ihre rundlichen Hüften und musterte mich beleidigt. »Hat dir schon mal jemand gesagt, dass du ein verwöhntes Einzelkind bist?«

Damit ließ sie mich einfach stehen und rauschte davon.

Ich kochte.

Und schäumte.

Was für eine Unverschämtheit!

Wutentbrannt schmiss ich meine Haarbürste in den Abfalleimer. Keine zehn Pferde würden mich dazu bringen, mich mit etwas zu kämmen, an dem Kristen ihre Speckfinger gehabt hatte. Mit der war ich jetzt endgültig fertig, ganz egal wie sehr ich mir vorgenommen hatte, Paps zuliebe nett, freundlich und tolerant zu sein.

Sobald er wieder zu Hause war, würde ich ihn darum bitten, seines und Stephanies Badezimmer mitbenutzen zu dürfen. Dass Kristen sich immer an meinen Sachen bediente, war ja nicht das einzige Problem: Wenn sie und Felicia morgens das Bad verlassen hatten, blieb für mich nur noch ein Schlachtfeld übrig. Ich war ja auch nicht gerade eine Ordnungsfanatikerin, aber Haare in der Dusche, im Abfluss und auf dem Boden fand ich ziemlich eklig, erst recht wenn es noch nicht einmal meine eigenen waren. Außerdem wurde das Puderrouge regelmäßig im ganzen Bad verteilt, nur weil irgendjemand zu doof war, das Zeug vernünftig auf die Wangen aufzutragen.

Und dann überall diese Fingernagelschnipsel und falschen Wimpern. Mir wurde richtig übel, je länger ich über all das nachdachte. Und die Damen rührten natürlich nicht einen Finger, um die Sauerei wieder aufzuräumen. Das bedeutete, ich konnte hinter ihnen herputzen, wenn ich nicht mit einem verdreckten Bad leben wollte. Und das wollte ich nicht.

»Und wo wir gerade dabei sind . . .«, brüllte ich in Kristens Zimmer, nachdem ich, ohne zu klopfen, die Türe aufgerissen hatte: »Ich bin nicht euer Dienstmädchen! Sobald Paps wieder zurück ist, machen wir einen Putzplan, auch wenn das total spießig ist. Aber ich habe echt keine Lust mehr, euch den ganzen Tag alles hinterherzutragen, nur damit ihr euch eure Frenchnails nicht abbrecht . . .«

So, jetzt war es raus – und ich fühlte mich besser.

Zumindest ein kleines bisschen.

Die Geschichte mit dem Haushalt und dem Bad war ja noch lange nicht alles, was mich am Zusammenleben mit den *Grazien* störte, beziehungsweise es mir fast unmöglich machte.

Ja, mittlerweile hatte ich eine neue Bezeichnung für die drei Damen gefunden: Aus *diese Frau* und *meine neue Familie* waren im Laufe der letzten Tage die *Grazien* geworden. Auch wenn dieser neue Name auf den ersten Blick ganz nett klingen mochte, konnte er nicht darüber hinwegtäuschen, dass das Zusammenleben mit diesen eitlen, faulen Mädels die HÖLLE war.

»Dann zieh doch aus, wenn dir das alles nicht passt!«, brüllte nun Kristen – für ihre Verhältnisse ziemlich laut –

zurück. Dann schubste sie mich aus ihrem Zimmer, knallte die Tür zu und schloss hinter mir ab. »Ich hatte schließlich auch keinen Bock auf das alles hier . . .«

Nanu?

Hörte ich da ein Schluchzen?

Nachdenklich ging ich im Flur auf und ab.

Irgendwie war ich völlig überfordert und wünschte mir, dass Paps bald zurückkam. Am besten sofort, bevor das alles hier noch eskalierte.

Jetzt musste ich aber auf alle Fälle erst mal raus an die frische Luft und meinen Kopf ein wenig abkühlen, bevor ich noch irgendetwas tat, das ich hinterher garantiert bereuen würde.

Also schnappte ich mir meine Jacke und meine Tasche und beschloss, dem Viertel den Rücken zu kehren und mir etwas Besonderes zu gönnen: eine Philadelphia-Torte im Café Gnosa.

Also natürlich nur *ein* Stück, nicht die ganze Torte!

Kurze Zeit später stieg ich am Hauptbahnhof aus der U-Bahn, bog am Schauspielhaus links ab und ging die Lange Reihe hinunter. Diese Straße zählte für mich zum Schönsten und Aufregendsten, was Hamburg neben dem Hafen und der Elbe zu bieten hatte. Hier gab es haufenweise tolle Cafés, Läden, Buchhandlungen, Friseure, Ateliers von jungen Designern, Werkstätten für Kunsthandwerk, Geschäfte mit internationalen Spezialitäten – und das *Gnosa* mit dem sensationellsten Kuchen- und Zeitschriftenangebot überhaupt.

Da mal wieder fast alle Plätze belegt waren, fragte ich einen Typen, der gerade etwas zeichnete, ob ich mich zu ihm an den Tisch setzen durfte.

Er schaute kurz hoch, musterte mich und lächelte schließlich breit: »Aber natürlich, Liebchen, setz dich!«

Nun stand ich persönlich zwar überhaupt nicht darauf, wenn mir wildfremde Menschen alberne Namen gaben, aber bei ihm störte mich die Anrede aus irgendeinem Grunde überhaupt nicht. Vielleicht lag es daran, dass ich gerade ganz andere Prioritäten hatte. Vor ihm stand nämlich genau das, was ich mir jetzt bestellen wollte: eine Schale Milchkaffee und die Philadelphia-Torte.

»Neugierig bist du wohl nicht!«, stellte der Typ grinsend fest, als ich mir schon beim Setzen halb den Hals verrenkte, um einen Blick auf seine Skizze zu erhaschen. »Oh, äh, sorry«, stotterte ich und wurde knallrot.

»Würdest du so etwas tragen?«, fragte er lächelnd und schob mir den Block rüber. Aha, hier hatten wir es offenbar mit professionellem Modedesign zu tun.

»Ich steh zwar nicht so auf Kilts und bin außerdem kein Mann, aber ja – das sieht ziemlich lässig aus«, antwortete ich beeindruckt. »Bist du Designer oder zeichnest du so was nur zum Spaß?« Der Typ kramte in der Tasche seines hellen Samtjacketts herum, was mir Zeit gab, ihn unbemerkt etwas genauer zu betrachten. Er hatte eine Glatze, die von einer hellrosa-beige karierten Schiebermütze verdeckt wurde, trug im linken Ohrläppchen ein goldenes Kreuz und im Ausschnitt seines türkisfarbenen Shirts eine Kette mit einer Madonnenfigur als Anhänger.

Wenn das Ganze nicht Teil einer Inszenierung war, war der Typ offenbar ziemlich gläubig.

*The Famous GG ** Gernot Gernsbach # Design*

stand auf der Visitenkarte, die er aus seiner Jackentasche zog und mir überreichte.

»Ich bin Cynthia Aschenbrenner«, stellte ich mich vor und spielte mit der Karte herum. »Darf ich fragen, wo du studiert hast?«

»An der HBFK, hier in Hamburg«, antwortete The Famous GG und mein Herz machte einen freudigen Sprung.

Endlich lernte ich mal jemanden kennen, der die Aufnahmeprüfung an dieser Schule geschafft und sogar dort seinen Abschluss gemacht hatte.

Wie alt mochte er sein? Fünfundzwanzig, sechsundzwanzig?

Auf alle Fälle war er schwul bis unter die Spitzen seiner nicht vorhandenen Haare ... (In diesem Fall hatte ich tatsächlich mal kein Problem zu erkennen, dass The Famous GG auf Männer stand, denn erstens sagte sein Look sowieso schon alles und zweitens war das »Café Gnosa« ein bekannter Treffpunkt der Gay-Szene.)

»Da würde ich auch gern hin«, murmelte ich in Erinnerung an die Mappenpräsentation. »Aber bis es so weit ist, muss ich noch ein bisschen üben und vor allem selbstbewusster werden«, hörte ich mich auf einmal erzählen, als würden GG und ich uns schon seit Ewigkeiten kennen.

»Kunst oder auch Design?«, fragte er und bestellte einen doppelten Espresso bei dem blutjungen und unverschämt gut aussehenden Kellner, der problemlos in einer dieser Vampir-Serien hätte mitspielen können.

»Kunst«, antwortete ich und musste in mich hineingrinsen, weil GG dem Kellner auf den knackigen Po starrte, sobald der sich umgedreht hatte. »Tja, Liebchen, Selbstvertrauen ist in unserem Business das A und O«, sagte er und schloss mich mit dieser Bemerkung so selbstverständlich in seine Welt ein, dass ich ihm am liebsten vor Freude um den Hals gefallen wäre. »Magst du mir mal was von dir zeigen?«, setzte er noch eins drauf und mir wurde heiß und kalt vor Aufregung.

Sollte dieser Tag am Ende doch noch gut werden?

»Klar, gern«, antwortete ich. »Aber nur wenn du mich mit in dein Atelier nimmst.«

»Ist mir eine Ehre, Liebchen«, antwortete GG und lächelte. »Dann aber mal hopp, hopp, ich hab nämlich nicht so lange Zeit . . .«

GGs Atelier lag schräg gegenüber vom Café in einem Innenhof versteckt. »Wow, ist das toll hier!«, rief ich, nachdem sich wie durch Zauberhand ein Gatter geöffnet hatte und wir durch eine Art Laubengang zu der Kreativzentrale des Designers gelangt waren. Wie sich herausstellte, teilte GG sich die Werkstatt mit einem Schuhdesigner namens Leopold. »Hallo Mädels«, rief er, nickte mir freundlich zu und wandte sich dann wieder einem Schuhmodell zu.

»Na, gefällt's dir hier, Liebchen?«, fragte GG mit stolzgeschwellter Brust und ich konnte vor Staunen kaum antworten. In diesen Räumen herrschten genau die Atmosphäre und der kreative Spirit, den ich mir immer erträumt hatte. Wie schön wäre es, hier auch ein kleines Atelier zu haben und den ganzen Tag lang malen zu können . . .

Später auf dem Nachhauseweg träumte ich mit offenen Augen davon, ein winziges Eckchen dieser Werkstatt anmieten und für meine Malerei nutzen zu können.

Ich war dermaßen in Gedanken, dass ich hysterisch aufschrie, als mir beim Aufschließen unserer Wohnung ein flatterndes Etwas entgegenflog und sich laut kreischend auf meiner Schulter niederließ. »Wwwwwasum Himmels willen ist das?«, rief ich entsetzt und versuchte, den Vogel, denn was sollte es anderes sein, zu verscheuchen. »Lass ihn, er tut dir nichts«, erklärte mein Vater lachend und kam auf mich zu.

Und schwups hob das Flatterding auch schon wieder ab und nahm Kurs auf Paps' Schulter.

Ich wusste gar nicht, was ich zuerst tun sollte: Mich darüber freuen, dass mein Vater wieder zu Hause war, oder mich zu fragen, was zum Kuckuck dieser Vogel in unserer Wohnung machte . . .

8.

Der Beo (Gracula religiosa), auch als Mynah bekannt, ist eine Vogelart, die zur Familie der Stare gehört und nicht, wie oftmals aufgrund seiner Sprachfähigkeit angenommen, zu den Papageien . . .

Aha . . . dann musste ich also nur noch singhalesisch lernen und würde mich ab sofort problemlos mit meinem neuen Mitbewohner verständigen können.

Während ich weiter im Netz surfte, um mich über die Besonderheiten dieses exotischen Vogels zu informieren, den Paps mir mitgebracht hatte, saß das Tier (ich musste mir dringend einen Namen überlegen!) auf meinem Bücherregal und schien mich zu beobachten. Mit schief gelegtem Kopf betrachtete er mich aus freundlichen dunklen Augen.

»Na, habt ihr euch schon angefreundet?«, wollte Paps wissen und lugte vorsichtig durch den Türspalt.

»Eine Stunde ist zwar noch nicht wirklich viel Zeit, um sich gegenseitig zu beschnuppern, aber ja, ich denke, wir kriegen das hin«, antwortete ich grinsend. »Und ich finde es total süß von dir, dass du mir meinen alten Kindheitstraum erfüllt hast.«

Seit ich denken konnte, hatte ich mir immer einen Papagei gewünscht, um mich mit ihm unterhalten zu können. Aber Mamas Abneigung gegen alles, was unkontrolliert flatterte, sprang und flog, gepaart mit der Tatsache, dass ich auf gar keinen Fall ein Tier irgendwo einsperren wollte, hatten verhindert, dass ich jemals ein Haustier bekommen hatte.

»Den Käfig hat er bislang ignoriert, richtig?«, fragte Paps und untersuchte das riesige Ding, das ich auf einen Tisch vor dem Fenster gestellt hatte. »Beos sind sehr eigenwillig, lassen sich nicht gern einsperren und gelten allgemein als *aufmüpfige* Charaktere«, dozierte ich stolz. Es war schließlich nicht jeder im Besitz eines so schönen Vogels mit schwarz-grün schillerndem Gefieder und gelbem Schnabel.

»Schön, dass du dich freust«, lächelte Paps und setzte sich aufs Bett. »Ich habe übrigens noch eine Kleinigkeit für dich. Hier, schau mal.« Ich stand von meinem Schreibtisch auf und ging zu ihm. Aus einem Karton, den ich bis jetzt noch gar nicht bemerkt hatte, holte Paps ein klitzekleines Bäumchen hervor. »Das ist ein Ableger des Bodhi-Baums, unter dem Buddha angeblich erleuchtet wurde«, erklärte er.

Einen kurzen Moment lang war ich etwas irritiert.

Zuerst der exotische Vogel und nun diese Pflanze?

»Betrachte es als eher symbolisches Geschenk. Ich dachte, dir könnte angesichts des ganzen Chaos, das ich durch unsere Patchwork-Familie verursacht habe . . .«

». . . ein wenig buddhistische Gelassenheit durchaus nicht schaden . . .«, vollendete ich den Satz und versuchte zu lächeln.

Paps wusste also genau, was mit mir los war – immerhin etwas!

Ich nahm das hübsche Bäumchen in die Hand, streichelte über seine samtweichen Blätter und hatte sofort eine Idee, wo es künftig Wurzeln schlagen könnte . . .

»Aber jetzt erzähl mal, wie war die Zeit ohne mich?«,

fragte Paps und sah mich erwartungsvoll an. Wie er da so saß, ganz begierig darauf zu hören, dass es mir gut ging, brachte ich es auf einmal nicht mehr übers Herz, mich über Felicia und Kristen zu beschweren.

Vielleicht war ich auch einfach nur zu kleinkariert und erwartete für den Anfang zu viel.

Außerdem konnte ich ihm unmöglich sagen, dass ich Stephanie immer noch nicht so recht über den Weg traute. Sie war zwar immer freundlich, besorgt und nett zu mir – aber ich fühlte trotzdem, dass ein Teil davon nur gespielt war oder zumindest nicht aus vollem Herzen kam.

Doch was würde es bringen, wenn ich Paps davon erzählte?

Es würde ihn nur traurig machen – und traurig waren wir beide jetzt lange genug gewesen!

»Ach, es war alles so weit okay«, anwortete ich deshalb und erzählte stattdessen von The Famous GG und seinem tollen Atelier.

Paps lauschte aufmerksam meinen Schwärmereien, bis der Beo-Vogel beschloss, das Regal zu verlassen und auf meinem Schoß Platz zu nehmen. »Ich glaube, er mag dich«, grinste mein Vater, aber ich hatte mich so erschrocken, dass ich einen Moment lang kaum wagte zu atmen, geschweige denn mich zu bewegen. »Was hältst du von La Perla?«, fragte ich, weil mir dieser Name spontan in den Sinn kam. Auf Sri Lanka gab es viele Perlen, das Gefieder schimmerte . . .

»Du meinst die Wäschemarke? Was soll damit sein?«, fragte Paps irritiert. Ich lachte. »Nein, nicht die Dessous. Ich dachte eher daran, den Vogel so zu nennen. Ich finde, er sieht aus wie La Perla!«

»Wenn du meinst.«

Für einen Moment war es still im Raum.

La Perla saß immer noch auf meinen Knien und fühlte sich dort offenbar sehr wohl. Vielleicht war der Vogel in einem früheren Leben mal ein Schoßhündchen gewesen, anders konnte man sich diese Anhänglichkeit nicht erklären.

Ob er sich streicheln ließ?

Als hätte La Perla meine Gedanken gelesen, legte er (oder war es am Ende eine *Sie?)* sein Köpfchen schief und sah mich an.

In diesem Moment war es um mich geschehen – ich war verliebt.

Verliebt in einen singhalesisch plappernden Beo, dessen Augen beim genauen Hinsehen unterschiedliche Farben hatten: das rechte war dunkelbraun, das linke grau.

»Äyubövan«, sagte Paps, oder zumindest klang es so ähnlich, und sah La Perla herausfordernd an. Der öffnete seinen gelben Schnabel und antwortete »Rätryia«.

Paps lachte. »Aufmüpfig ist genau die richtige Bezeichnung für seinen Charakter. Ich habe gerade Guten Tag zu ihm gesagt, aber er hat mich korrigiert.«

»Inwiefern?«

»Für ihn ist es wohl Zeit, schlafen zu gehen, jedenfalls hat er mir eine gute Nacht gewünscht. Der Jetlag, nehme ich an . . .«

»Meinst du, ich sollte eine Decke über seinen Käfig legen, damit er es kuschelig und dunkel hat?«, wollte ich – ganz besorgte Vogel-Mama – wissen und wagte es endlich, La Perla zart übers Gefieder zu streichen. Offenbar gefiel ihm das, denn er hielt ganz still.

»Im Prinzip ist das wahrscheinlich keine schlechte Idee. Aber im Moment habe ich eher die Befürchtung, dass er sich nie wieder von dir lösen wird. Und schon gar nicht, um in seinen Käfig zu gehen.«

»Thomas, kann ich dich kurz sprechen?« Stephanie zerstörte unser Idyll, als sie ihren Kopf durch die Tür steckte und fassungslos auf La Perla und mich starrte. Sofort plusterte der Vogel sein Gefieder auf und flog auf meinen Kleiderschrank, wo er sich in die hinterste Ecke zurückzog.

Ich an Stephanies Stelle wäre beleidigt gewesen.

»Aber natürlich, Schatz«, antwortete Paps, stand wie auf Kommando auf und verließ das Zimmer.

»Kannst wieder rauskommen«, rief ich La Perla zu, doch der hatte offenbar keine Lust mehr auf menschliche Nähe. Was auch immer er da oben trieb, mir sollte es recht sein. Hauptsache, es ging ihm gut.

Auf dem Weg in die Küche, wo ich Wasser für meinen Bodhi-Baum und Obst für La Perla holen wollte, kam ich am Schlafzimmer vorbei. »Sag mal, musste das mit dem Vogel sein?«, hörte ich Stephanie meckern und blieb natürlich sofort stehen. »Das Tier wird überall herumfliegen, Dreck machen und meine schönen Blumen-Arrangements durcheinanderbringen. Hättest du das denn nicht vorher mit mir besprechen können?«

Paps schwieg einen Moment.

Vermutlich bekam er gerade zum ersten Mal Gegenwind von seiner Freundin. »Tut mir leid, darüber habe ich nicht nachgedacht«, entschuldigte er sich. »Aber mach dir keine Gedanken, es wird schon nichts passieren. La Perla ist jetzt schon ganz vernarrt in Cynthia und wird den größten Teil der Zeit in ihrem Zimmer bleiben.«

»La Perla?«, hörte man nun Stephanie irritiert – und eine Tonlage höher. »Was haben denn jetzt bitte Dessous mit diesem Thema zu tun?«

Ich grinste still in mich hinein.

Endlich hatte Stephanie mal einen Grund, sich über mich zu ärgern, und nicht umgekehrt!

Paps hatte zum Glück nicht klein beigegeben, also gab es auch keinen Anlass für mich, noch länger zu lauschen.

La Perla blieb bei mir, und damit basta!

Gleich morgen würde ich mir ein Wörterbuch besorgen, ein bisschen singhalesisch lernen und ihm Deutsch beibringen.

Schade, dass Petersen & Lachmann keine Sprachkurse im Sortiment hatten, sonst hätte ich einen Grund gehabt, dort vorbeizugehen und nachzuschauen, ob Daniel Dienst hatte.

Daniel, der Typ, der seit Tagen und Nächten in meinem Kopf herumspukte und mich irgendwie nicht mehr losließ.

Man konnte sich doch nicht innerhalb von fünf Minuten in einen wildfremden Menschen verlieben, von dem man nichts anderes wusste, als wie er aussah.

Oder doch?

9.

Kommt, lasst uns da rein«, forderten Paule und Louisa, als wir uns am Freitag nach der Schule trafen, um zu mir zu gehen. Die beiden glotzten dermaßen auffällig durch das Schaufenster der Kunstbuchhandlung, dass sie Daniel auch gleich hätten fragen können, ob sie ein Foto von ihm machen durften.

»Ich sag's euch zum letzten Mal: ICH WILL NICHT! Außerdem ist gar nicht sicher, dass er heute überhaupt arbeitet«, protestierte ich, ging demonstrativ zwei Häuser weiter und fischte das aktuelle Programm des Fleettheaters aus einem Plastikständer neben dem Haupteingang

Ich fing schon an zu bereuen, den beiden Mädels überhaupt etwas von Daniel erzählt zu haben. Dabei besuchten sie mich heute eigentlich, um La Perla kennenzulernen.

Aber es war ja klar, dass die beiden einen gut aussehenden Typen spannender fanden als einen Vogel.

Mit dem Programm in der Hand schlenderte ich scheinbar lässig an Louisa und Paule vorbei in Richtung meiner Wohnung. »Wer mitkommen will, sollte es besser jetzt tun«, sagte ich hablaut und war so sehr damit beschäftigt, mir keine Blöße zu geben und mich nicht in Richtung Schaufenster umzudrehen, dass ich direkt in jemanden hineinrannte.

»'tschuldigung«, murmelte ich und erkannte erst in dem Augenblick, dass ich mit Daniel kollidiert war.

»Macht nichts, war meine Schuld, hab nicht aufgepasst«, antwortete der, lächelte und sah mich ein bisschen besorgt an. »Alles okay mit dir?«

»Ja, alles okay. Du hast mich ja nicht überfahren oder so«, stammelte ich und senkte sofort wieder den Kopf.

»Ja dann, man sieht sich!«

»Ja, genau«, antwortete ich und erwartete, jeden Moment ohnmächtig zu Boden zu sinken.

Doch bevor das passieren konnte, waren Louisa und Paule auch schon zur Stelle.

»Wow, DER sah ja klasse aus!« Louisa schnappte hörbar nach Luft und Paule nickte zustimmend. »Gegen den ist Enrico eine glatte Null!«

»Tja, Leute, DAS war Daniel«, murmelte ich und versuchte verzweifelt, wieder einen klaren Kopf zu bekommen.

Der lange Aufstieg in den fünften Stock half ein wenig dabei.

Oben angekommen ging ich als Erstes in die Küche, um uns eine Kanne Tee zu kochen. Doch dort sah es aus, als hätte eine Bombe eingeschlagen: Die Teller und Töpfe vom Vorabend türmten sich zusammen mit dem Frühstücksgeschirr in der Spüle, umgeben von einer braunen, undurchsichtigen Brühe. »Was ist denn hier passiert?«, fragte Louisa angewidert. Ich öffnete die Spülmaschine, um den Mist wegzuräumen. Aber das hätte ich mir auch sparen können, denn die war natürlich mal wieder komplett voll und roch, als würden darin tote Mäuse verwesen. »Igitt, das ist ja widerlich«, rief nun auch Paule entsetzt und riss das Fenster auf. »Bäh, seit wann gammelt denn das ganze Zeug hier schon rum?«

»Keine Ahnung, dem Gestank nach zu urteilen eine ganze Weile. Ich werde mir Felicia vorknöpfen, die hat nämlich gerade Küchendienst«, antwortete ich, versuchte es mit Schadensbegrenzung und stellte die Maschine an. In diesem Moment kam Felicia herein: »Das kannst du vergessen, das Ding ist nämlich kaputt!«, erklärte sie ungerührt, nahm sich in aller Seelenruhe eines der letzten sauberen Gläser aus dem Schrank und füllte es mit Orangensaft. »Hast du dann wenigstens den Klempner angerufen?«, fragte ich und fühlte, wie langsam die Wut in mir hochkroch. »Nö, das macht Mama nachher«, antwortete Felicia schulterzuckend. Das war doch nicht zu glauben! Hatte die Frau sie eigentlich noch alle?

»Wieso musst du mit so was auf deine Mutter warten? Du hast doch Internet, um einen Elektriker zu googeln, und ein Telefon, um ihn anzurufen. Also wo ist das Problem?«

»Das Problem ist, dass ich meine kostbare Zeit nicht für so einen profanen Mist verschwende«, sagte Felicia und drehte uns den Rücken zu.

Wir drei schnappten synchron nach Luft.

»Komm, lass uns erst mal Tee trinken, alles Weitere kann warten«, versuchte Louisa, mich zu besänftigen, und spülte drei Becher mit der Hand ab. Aber ich schäumte immer noch vor Wut. Konnte Felicia sich nicht wenigstens entschuldigen?

In meinem Zimmer angelangt stürzte Paule sich sofort auf meinen PC und googelte den Namen der Buchhandlung Petersen & Lachmann. Die Sache mit Daniel ließ ihr offenbar keine Ruhe. Ich selbst hatte allerdings gerade keinen Kopf dafür und fantasierte stattdessen davon, Felicias dummes Gesicht in die dunkle, stinkende Brühe in der Spüle zu stecken. Allerdings . . .

»Vielleicht steht da ja auch was über *ihn* drin, wäre das

nicht toll?«, johlte Paule und scrollte sich durch sämtliche Rubriken. Louisa und ich standen hinter ihr und überflogen ebenfalls gespannt die Sparte »Mitarbeiter«.

Und siehe da: Wir wurden fündig.

Daniel war, wie sich herausstellte, nicht einfach nur *irgendein* Daniel, der zufällig dort jobbte, sondern der Sohn des Besitzers.

»Der Typ sieht nicht nur irre gut aus, er hat auch noch einen reichen Daddy«, rief Louisa begeistert. »Und er hat gesagt, man sieht sich, was bedeutet, dass er dich wiedererkannt hat.«

»Das glaube ich allerdings nicht«, widersprach ich und scannte mein Zimmer ab.

Wo war eigentlich La Perla?

Der Käfig war jedenfalls leer . . .

»Aber warum sollte er das denn sonst gesagt haben?«, widersprach Louisa, schmiss meinen CD-Player an und begann, singend durch mein Zimmer zu tanzen. »Mann, ist das toll hier. Man fühlt sich ein bisschen wie in einem Palast! Echt, irre! Du wohnst in einer superschönen Wohnung mit Hammer-Aussicht und hast die Chance, dir bald einen echten Prinzen zu angeln. Dann brauchst du nur noch Personal und schon lebst du wie im Märchen!«

»Geht das noch ein bisschen lauter?«, zickte Felicia, die wie aus dem Nichts in meinem Zimmer aufgetaucht war, und funkelte uns böse an. »Seid ihr taub oder was? Ich hab doch gesagt, dass ich lernen muss. Außerdem liegt Ma mit Migräne im Bett. Also, lasst gefälligst euren pubertären Kreischalarm und spielt woanders, okay?«

Kaum war Felicia verschwunden, bekam Paule einen Wutanfall, was wirklich selten vorkam. »Was bildet diese

Ziege sich eigentlich ein?«, brüllte sie in einer derartigen Lautstärke, dass sie mit Sicherheit noch in der Nachbarwohnung zu hören war. »Erst hinterlässt sie in der Küche diesen Saustall und dann auch noch dieser Zicken-Auftritt. Die Frau ist so was von daneben, das ist ja nicht auszuhalten.«

Kein Wunder, dass Felicia bei dem Geschrei wieder aus ihrem Zimmer geschossen kam wie eine Flipperkugel. »Hey, Kleine, jetzt pass mal auf. Ich wohne hier und büffle fürs Abitur. Und DU bist nur Gast in dieser Wohnung und hältst dich deshalb gefälligst an die Spielregeln, okay? Was hier abgeht oder auch nicht abgeht, kann dir egal sein. Noch ein Wort und du warst das letzte Mal hier, kapiert?«

Ich schaute entsetzt von einer zu anderen, Louisa starrte auf meinen PC und gab vorerst keinen Ton von sich.

Paule wurde schlagartig blass und ihre Mundwinkel begannen zu zittern.

»Nette Stimmung hier«, kommentierte Louisa das Geschehen, nachdem Felicia lautstark erst meine und anschließend ihre Tür hinter sich zugeknallt hatte. »Ich dachte, ihre Mutter hat Migräne?!? Und warum führt diese Kuh sich überhaupt auf wie die Queen persönlich? Kein Wunder, dass ihr Vater abgehauen ist ...«

An dieser Stelle bekam ich einen Kloß im Hals. »Ihr Vater ist nicht abgehauen, sondern ... tot ...«

Für einen Moment war es still im Zimmer.

»Oh, sorry, das wusste ich nicht«, entschuldigte sich Louisa. »Auweia, da hab ich ja ganz schön was angerichtet«, sagte nun auch Paule kleinlaut.

»Ach was, du hast doch nur die Wahrheit gesagt«, winkte ich ab, obwohl mein Puls raste und mir das Herz bis zum Hals schlug. Bislang waren die Zickereien in diesem Haushalt eher unterschwellig abgelaufen – selbst mein kleiner Zusammenstoß mit Kristen neulich war vergleichsweise harmlos abgelaufen.

Aber das hier war eine echt andere Kategorie!

Exakt in diesem Moment tauchte La Perla auf und steuerte im Sturzflug meine Schulter an. Er rief »Äyubövan«, was, wie ich jetzt wusste, Guten Tag hieß, und lockerte damit die Stimmung wenigstens ein bisschen auf. »Ich wünsch dir auch einen guten Tag, La Perla«, antwortete ich und deutete auf die Mädels. »Das sind meine besten Freundinnen Paule und Louisa.«

Der Vogel betrachtete die beiden, plapperte ein Wort, das ich nicht kannte, und flog dann aufs Fensterbrett.

»Meinst du, er will wieder zurück nach Sri Lanka?«, fragte Louisa und folgte dem Blick des Beos hinaus auf die Straße.

»Nach dem Gezeter hier wäre das kein Wunder«, knurrte Paule, die sich offenbar immer noch nicht ganz beruhigt hatte. »Also eins sag ich dir, Cynthia. Ich glaube, du kommst in der nächsten Zeit besser zu mir, über diese Schwelle setze ich meinen Fuß nämlich so schnell nicht wieder!«

Na super, das fing ja gut an.

Nach nur wenigen Tagen hatte Felicia es schon geschafft, meine beste Freundin zu vergraulen.

»Das ist alles gar nicht so einfach, Mama«, erzählte ich ihr am Samstagnachmittag auf dem Friedhof und buddelte dabei rechts neben der Engelsstatue ein Loch für den Bodhi-Baum-Ableger in den Boden.

Nach dem gestrigen Vorfall hatte ich das dringende Bedürfnis verspürt, meine Mutter zu besuchen und meine Gedanken ein bisschen zu sortieren. Außerdem wollte ich ihr das Bäumchen schenken, weil ich wusste, wie sehr es ihr gefallen würde.

»Mit buddhistischer Gelassenheit komme ich bei den drei Grazien nicht weiter, da muss ich Paps leider widersprechen. Valium wäre da wahrscheinlich effektiver! Und eine Haushaltshilfe . . .«

Kaum hatte ich diesen Satz gesagt, bereute ich ihn bereits.

Ich war mir sicher, dass Mama sich vom Himmel aus schon genug Sorgen machte, schließlich sah sie ja, was bei uns abging. Warum also die kostbare Zeit meines Besuchs mit Gemecker verschwenden?

»Der einzige Lichtblick zu Hause – neben Paps natürlich – ist La Perla. Der würde dir auch gefallen, da bin ich mir sicher. Mittlerweile fliegt er mir durch die ganze Wohnung hinterher und verfolgt mich auf Schritt und Tritt. Wenn ich rauswill, muss ich total aufpassen, dass er nicht durch die Tür entwischt. Natürlich bringt er mit dem Herumgeflattere Stephanie zur Weißglut, aber wenn ich ehrlich bin, interessiert mich das nicht. Schließlich hat er noch nichts angestellt, weshalb sie ihm wirklich böse sein könnte . . .«

Nachdem ich das Bäumchen gegossen hatte, fielen die letzten Strahlen der untergehenden Sonne darauf. Ich stand eine Weile nachdenklich vor dem Grab. In den letzten Tagen war es deutlich kühler geworden und wir steuerten eindeutig auf den Herbst zu.

Bald würde es Winter werden, bald Weihnachten.

Kommenden Februar jährte sich der Todestag meiner Mutter.

Wie es sich wohl anfühlte, all diese Feiertage, die Mama so geliebt hatte, zusammen mit den Grazien in der neuen Wohnung zu feiern?

Würden wir einen Baum haben und an Silvester Raclette essen? Oder hatten die Wolters ihre eigenen Rituale, denen wir uns anpassen mussten, ob wir wollten oder nicht?

Bei diesem Gedanken holte die Realität mich schlagartig wieder ein und ich sah auf die Uhr. »Tschüss, Mama, ich muss jetzt los. Paule hat heute Abend eine Ballettaufführung. Mach's gut, pass auf dich auf, bis bald.«

Melancholisch und ein bisschen müde setzte ich mich in die U-Bahn, um zur Laeiszhalle zu fahren, in der Paules Balletttruppe ihren großen Auftritt hatte.

Bevor es losging, spuckte ich ihr in der Garderobe über die Schulter und wünschte toi, toi, toi für den Abend.

»Du siehst super aus und wirst das ganz toll machen!«, feuerte ich sie an und platzte gleichzeitig vor Stolz.

Meine liebste, beste Freundin.

So schön und so begabt.

Ein paar Minuten später nahm ich in der dritten Reihe neben Paules Familie Platz und wartete darauf, dass der Vorhang sich öffnete.

Bis dahin ließ ich mich dankbar von der Atmosphäre des Konzertsaals gefangen nehmen und bestaunte die riesige Orgel, die barocken Deckenverzierungen und dachte an all die berühmten Künstler, die seit 1908 hier schon große Auftritte gehabt hatten. Sogar Maria Callas hatte an diesem Ort eines ihrer legendären Konzerte gegeben.

Während die Musiker des NDR-Sinfonieorchesters im Orchestergraben die Instrumente stimmten, ließ ich meinen Blick über die Reihen vor uns schweifen. Auch wenn man sich heutzutage fürs Theater oder die Oper kaum noch schick machte, war das Publikum an diesem Abend vergleichsweise edel gekleidet. Schräg vor mir saßen zum Beispiel Vater und Sohn, beide in dunklem Anzug und gestärktem weißem Hemd. Der Sohn hatte kurze schwarze Haare und trug einen Fransenpony, was ich erkennen konnte, als er für einen kurzen Moment aufstand, um einige Nachzügler an sich vorbeizulassen. War das ... war das etwa ... Daniel Petersen?

Diese Entdeckung brachte mich so durcheinander, dass ich beinahe den Anfang der Aufführung verpasst hätte.

Dann wurde es allmählich dunkel im Raum, nur die Bühne war in sanftes Licht getaucht. Nach und nach tippelten die Ballett-Elevinnen herein, Paule kam als dritte. Begrüßungsapplaus brach los und auch ich klatschte wie wild. Schon nach kurzer Zeit war ich komplett gefangen in der Inszenierung.

In der Pause konnte ich es allerdings kaum erwarten herauszufinden, ob der Typ schräg vor mir wirklich Daniel war. Möglichst unauffällig pirschte ich mich an die Warteschlange am Sektstand heran, flankiert von Paule, die kurz herausgekommen war, um mich zu fragen, wie es mir gefiel. »Es war ein Traum ... *genau wie Daniel ...*«, hauchte ich, weil ich gerade entdeckt hatte, dass er es wirklich war. Ein paar Meter entfernt stand er zusammen mit seinen Eltern.

Ich stieß Pauline sanft in die Rippen und deutete mit dem Ellenbogen in die Richtung des Trios.

»Das ist doch dieser Daniel Petersen . . .«, kreischte Paule daraufhin los, was zur Folge hatte, dass sich alle drei zu uns umdrehten. *Oh Erde, tu dich auf und verschling mich.*

Und zwar SOFORT!

Daniel grinste, seine Eltern lächelten ebenfalls. »Sag mal, kennen wir uns?«, fragte er in Richtung Paule und schaute ganz fasziniert. Na bitte, schon ging's wieder los. Neben Paule wurde ich einfach immer unsichtbar. »Ich kenne dich aus dem . . . aus dem . . . Internet«, stammelte Paule, die sich seit Neustem zunehmend unsensibler benahm, und nestelte an ihrem Ballerinaknoten. »Die Seite der Kunstbuchhandlung . . .«, erklärte sie unbeholfen, während ich danebenstand und Löcher in die Luft starrte.

Vielleicht sollte ich einfach behaupten, dass ich dringend mal auf die Toilette musste, und mich einfach davonmachen?

»Meine Liebe, Sie haben wirklich wunderschön getanzt«, mischte sich nun Daniels Mutter ins Gespräch. »So ausdrucksvoll, so graziös, wirklich beeindruckend!«

Na bitte, dann war das ja auch geklärt.

Daniel himmelte Paule an (was ich persönlich ja gut nachvollziehen konnte) und die Schwiegermama in spe war auch schon ganz hin und weg.

»Und Sie unterstützen Ihre Freundin heute Abend?«, wollte Daniels Vater wissen und wandte sich mir zu. Doch ich kam leider nicht dazu zu antworten, denn nun hatten die Stratmanns ihre Tochter entdeckt und stürmten auf Paule zu, um ihr zu ihrem glanzvollen Auftritt zu gratulieren.

10.

Hey, schön, dass du da bist.« Ich begrüßte The Famous GG mit einem Küsschen. La Perla, neugierig und anhänglich wie immer, flatterte wild um uns beide herum.

»Na, das ist ja ein scharfes Geschoss«, entgegnete GG amüsiert und streckte seinen Arm aus. Zu meiner großen Überraschung setzte sich La Perla sofort drauf, wie ein Falke auf den Arm des Falkners, und wirkte dabei ganz zufrieden.

»Darauf kannst du dir mächtig was einbilden«, lachte ich und lotste GG, ohne ihm den Rest der Wohnung zu zeigen, direkt in mein Zimmer. Ich hatte seinen Besuch zwar brav angekündigt (nach dem Zusammenprall zwischen Felicia und Paule hatte Stephanie beschlossen, dass wir künftig allen Bescheid geben mussten, wenn wir jemanden einluden), war aber überhaupt nicht scharf darauf, ihn den Grazien vorzustellen.

»Und das ist also dein Zimmer beziehungsweise dein Atelier«, sagte GG und sah sich aufmerksam bei mir um. »Ein bisschen klein, oder?«

Ich nickte und legte seine Jacke (diesmal hellblauer Feincord mit eingewebtem silbernem Paisley-Muster) über meinen Schreibtischstuhl. Dann lotste ich GG an den Tisch, auf dem ich meine Arbeiten ausgelegt hatte.

La Perla flog wieder auf den Kleiderschrank und beobachtete meine Präsentation von oben.

GG stand eine ganze Weile vor den Bildern, begutachtete jedes noch so kleine Detail und kniff die Augen zusammen. Im Gegensatz zu der angespannten Situation an der

Hochschule fühlte ich mich in seiner Gegenwart einigermaßen relaxt. Ich konnte zwar nicht sagen, warum, aber ich hatte seit unserer Begegnung im »Gnosa« das Gefühl, ihn schon ewig zu kennen und ihm und seinem Urteil vertrauen zu können.

»Liebchen, das ist wirklich wunderbar, du bist äußerst talentiert!«, sprach GG schließlich den erlösenden Satz.

»Na, wenn das so ist, bekommst du auch was zu trinken. Und, wenn du magst, natürlich Kuchen«, antwortete ich und lachte erleichtert. GG mochte meine Sachen ...

»Allerdings ...«, fuhr er fort und mein Lächeln gefror mir augenblicklich auf den Lippen, »... kann ich nachvollziehen, was dein Professor gesagt hat. Du malst mit angezogener Handbremse.«

Ich musste kurz schlucken, erinnerte mich dann jedoch zähneknirschend daran, dass ich ihn um eine ehrliche Meinung gebeten hatte. Er hatte mir seine Arbeiten ja schließlich auch gezeigt und sich den einen oder anderen Kommentar von mir anhören müssen. Und letztendlich war das alles ja auch immer ein bisschen Geschmackssache.

»Ach stimmt, du hast Besuch, das hatte ich ganz vergessen«, platzte Stephanie in diesem Moment in unsere Unterhaltung und steckte den Kopf zur Tür herein.

Wie oft sollte ich ihr eigentlich noch sagen, dass sie vorher anklopfen sollte? Ich latschte ja auch nicht unangemeldet bei ihr und Paps rein.

»Das ist Gernot Gernsbach, ein Freund von mir. Vielleicht kennst du seine Designs unter dem Namen The Famous GG. Er hat ein Atelier in der Langen Reihe«, erklärte ich höflich. »GG, das ist Stephanie Wolters, meine Stief... äh, die Freundin meines Vaters.«

Beim Stichwort Design hellte sich Stephanies Miene deutlich auf und sie musterte GG interessiert von oben bis unten. »Schönes Jackett, ist das von Ihnen?«, fragte sie schließlich mit Blick auf meinen Stuhl. Gernot strahlte, wofür ich ihn hätte erwürgen können. Nur weil Stephanie ihn gelobt hatte, war das noch lange kein Grund, hier den Smiley-Mann zu geben.

»Ich hol uns dann mal was zu trinken«, sagte ich, in der Hoffnung, Stephanie damit abwimmeln zu können.

»Biete Herrn Gernsbach doch auch ruhig etwas von den Trüffelpralinen an, die ich gestern gekauft habe«, schlug Stephanie vor, jetzt plötzlich ganz die engagierte Gastgeberin.

»Vielen Dank, aber wir wollten eigentlich den Marmorkuchen essen, den ich extra gebacken habe«, protestierte ich, eventuell eine Spur zu patzig.

GG schien nicht zu merken, worauf ich hinauswollte, und nahm Stephanies Vorschlag erfreut an.

Kaum waren wir in der Küche, kamen auch schon die anderen Grazien aus ihren Zimmern. Sie hatten ein sicheres Gespür dafür, wann sie am meisten störten.

»Gernot, das sind Kristen und Felicia«, machte ich GG ein bisschen widerwillig mit ihnen bekannt.

GG stutzte einen Augenblick, sah dann von Kristen zu Felicia und schließlich zu Stephanie. »Kann es sein, dass Sie ein Fan der TV-Serie *Reich und Schön* sind?«, wollte er wissen. Ich verstand nur Bahnhof.

Stephanie hingegen lächelte selig.

Wow, sie konnte ja doch echte Gefühle zeigen.

Man musste wohl nur den richtigen Knopf drücken …

»Sie kennen *Reich und Schön?«*, fragte sie verzückt. »Ich

dachte, ihr jungen Leute schaut nur noch diese ganzen Profiler-Serien oder zumindest etwas mit Vampiren.« Ich unterdrückte ein Grinsen, weil Stephanie *junge Leute* gesagt hatte. Sie war mit ihren Anfang vierzig ja wirklich noch nicht alt und sah vor allem noch um einiges jünger aus.

»Ich bin eben nicht wie andere«, antwortete GG mit einem charmanten Zwinkern. »Und ich LIEBE diese älteren Familienserien. Deshalb weiß ich auch, dass sowohl Sie als auch Ihre Töchter den Namen einer der Hauptfiguren tragen. Sie schreiben sich bestimmt auch mit *ph* und nicht nur mit einem profanen *f*, nicht wahr?«

»Ja, wir Designer, wir sind eben alle ein bisschen verrückt«, entgegnete Stephanie zart errötend. Ich dachte erst, ich hätte mich verhört. Wollte diese Frau sich etwa allen Ernstes auf eine Stufe mit dem hochtalentierten GG stellen, nur weil nach ihren Vorlagen ein paar Broschen und Kettenanhänger angefertigt worden waren?

»Ach, Sie sind also auch vom Fach?«, fragte GG interessiert und sprühte sich eine zweite Portion Sahne auf den Marmorkuchen. Vor Wut hätte ich ihm am liebsten die Flasche aus der Hand gerissen und ihm damit eins übergebraten, damit er endlich wieder zur Vernunft kam.

»Ich mache *Schmuck*«, antwortete Stephanie in einem Ton, dass sogar Kristen und Felicia die Augen verdrehten.

»Und ihr? Seid ihr auch so kreativ wie eure Mutter?«, setzte GG nun seine Fragestunde fort. Auch ein demonstratives Hüsteln meinerseits konnte ihn nicht bremsen.

»Ich mache gerade Abi und will danach Sportmanagement studieren«, erklärte Felicia.

»Und ich werde Flugbegleiterin«, antwortete Kristen

und seufzte dann abgrundtief. »Vorausgesetzt natürlich, sie nehmen mich.«

»Aber weshalb sollten sie das nicht tun?«, fragte GG mit so unschuldiger Miene, dass ich wirklich aggressiv wurde.

Hallo? Hatte der Mann Tomaten auf den Augen?

Solange Kristen diese eher barocke Figur hatte, würde sie keine Airline der Welt nehmen. Ich persönlich fand ihre Rundungen eigentlich ganz hübsch, aber in diesem Job waren die halt eher nicht gefragt.

»Bevor ich mich zur Aufnahmeprüfung anmelde, muss ich mindestens sieben Kilo abnehmen, meine Augen lasern lassen und mein Englisch verbessern«, erklärte Kristen derart ernsthaft, als müsse sie erst einmal zum Mars fliegen, ein Heilmittel gegen Krebs erfinden und den Weltfrieden herstellen, bevor sie endlich die Chance bekam, nörgeligen Fluggästen Tomatensaft zu servieren.

»Ähem . . . GG . . . du hattest doch noch eine Frage zu deinem Logo, nicht wahr?«, begann ich und warf Gernot einen bedeutungsvollen Blick zu.

»Stimmt, Liebchen, gut dass du mich daran erinnerst«, fing GG den Ball auf.

Stephanie betrachtete mich, als sähe sie mich heute zum ersten Mal, während die beiden Grazien mit meinem (!) Marmorkuchen davonzogen.

Ich dachte, Kristen wollte abnehmen?!?

»Soso, Cynthia, du berätst also Herrn Gernsbach bei seinem Logo. Das ist ja interessant, dass du das kannst.« Lag in dieser Bemerkung etwa ein bisschen Bewunderung?

Ich murmelte so etwas wie »Mhmhmmmm« und zog GG hinter mir her in mein Zimmer.

Nachdem ich die Tür mit Nachdruck hinter mir geschlossen hatte, warf ich mich erst einmal auf mein Bett. »Die Frau hat ihre beiden Töchter doch nicht ernsthaft nach einer Fernsehserie benannt?«, fragte ich prustend und schlug mir gegen die Stirn.

Ob Paps das wusste?

»Na klar, warum denn nicht? Ich finde diese Namen immer noch besser als Apple, Clementine oder Tiger-Lily«, antwortete GG schulterzuckend und setzte sich mitsamt Marmorkuchen und einer Bionade an meinen Schreibtisch. Leider hatte ich nicht genug Platz für eine zusätzliche Couch oder etwas Ähnliches.

»Ich fand dich übrigens eben ein bisschen kratzbürstig. Kann es sein, dass du Stephanie nicht besonders magst?«

Für einen kurzen Moment war ich etwas verunsichert.

Hatte ich überreagiert? Hätte ich freundlicher sein sollen?

»Diese Frage kann ich nicht mit einem simplen Ja oder Nein beantworten. Ich weiß im Grunde kaum etwas über Stephanie. Aber sie ist mir halt einfach etwas zu künstlich und immer nur krampfhaft bemüht, happy Family mit uns zu spielen. Sie sollte sich einfach mal ein bisschen lockermachen.«

»Aber vielleicht ist genau das gar nicht so einfach für sie. Die ist doch bestimmt total unsicher. Das alles hier ist doch für sie auch nicht so easy. Versetz dich doch mal in ihre Lage: Du verknallst dich in einen Mann, dessen Frau gerade erst gestorben ist. Du musst dich mit seiner bockigen Tochter arrangieren, die in dir Konkurrenz sieht, und sollst gleichzeitig auch noch deine eigenen Mädels bei Laune halten. Und die sind natürlich genauso eifersüchtig und haben Angst, dass ab jetzt alles anders laufen wird, als sie es gewohnt sind.« Ich zog meine Stirn kraus und überlegte.

»Hm, ich weiß nicht so recht. Das mag ja alles sein, aber die drei gehen mir trotzdem ziemlich auf die Nerven. Außerdem führen sie sich ständig auf, als sei es meine Aufgabe, ihnen hinterherzuputzen. Die haben die Vorstellung, dass Waschmaschinen und Geschirrspüler sich von alleine leeren und Lebensmittel in Kühlschränken automatisch nachwachsen. Was mich betrifft, sollen sie mich einfach in Ruhe lassen, sich an ein paar Spielregeln halten und gut ... So, Themenwechsel! Hast du Lust, demnächst mit mir in die Galerie der Gegenwart zu gehen?«

»Hab ich, Liebchen, aber nur unter der Bedingung, dass wir uns jetzt wirklich ein bisschen über mein Logo unterhalten. Ich bin nämlich noch nicht hundertprozentig glücklich damit und da du ja quasi vom Fach bist ...«

Mein Herz schlug sofort ein paar Takte schneller. »Ist das wirklich dein Ernst? DU willst, dass ICH dich bei deinem Logo berate? Wir sehen uns doch heute erst zum zweiten Mal.«

»Ich glaube, es war kein Zufall, dass wir uns über den Weg gelaufen sind. Schließlich sind wir so was wie Soulmates, findest du nicht?« Ich war ganz gerührt. Aber es stimmte. Auch ich hatte das Gefühl, ihn schon immer zu kennen ...

Als ich abends im Bett lag und über den Tag nachdachte, konnte ich mein Glück kaum fassen. GG und ich hatten mehrere Stunden über seinem Logo gebrütet, und als ich schon dachte, ich würde vor Müdigkeit vom Stuhl kippen, hatte ich endlich die zündende Idee. Und als Dankeschön für meine Hilfe versprach GG mir, einen Teil seines Ateliers für mich frei zu räumen, damit ich dort ungestört malen und mich *austoben* konnte, wie er es nannte. Wenn ich wollte, konnte ich schon am Dienstag mit meinen Sachen vorbeikommen, juhu!

11.

Angespornt von GGs Unterstützung, fasste ich einen Entschluss: »Ich werde mir einen Job suchen«, verkündete ich Paule am Telefon, kaum war ich am Dienstag von der Schule nach Hause gekommen.

»Aber ich denke, du brauchst deine ganze Zeit zum Malen«, entgegnete sie verdutzt.

»Ja, tue ich auch. Aber ich brauche auch Geld, um meine Leinwände, die Farben und das alles zu kaufen. Bis jetzt habe ich ja nur so vor mich hin gewurstelt, aber GG meinte, es wäre jetzt Zeit, das Ganze etwas professioneller anzugehen und mir eventuell sogar einen Privatlehrer zu suchen. Und das alles kostet nun mal mehr, als ich an Taschengeld bekomme.«

»Kann dein Vater dir denn nicht helfen? Er ist doch so begeistert von deinen Bildern«, fragte Paule und ich hörte im Hintergrund etwas, das nach dem Klackern einer Tastatur klang.

»Bist du gerade am Computer?«, fragte ich, denn wenn ich eines nicht leiden konnte, dann wenn Leute beim Telefonieren simsten, bei Facebook online waren oder etwas anderes machten, das ihre Aufmerksamkeit absorbierte.

»Äh, ja, sorry«, antwortete Paule kleinlaut. »Ich chatte gerade mit Enrico.«

»Nanu? Wieso das denn? Ihr seht euch doch zweimal die Woche im Tanzstudio.«

»Ja, schon . . .«, antwortete sie gedehnt, was bei mir sofort alle Alarmsignale aktivierte.

»Hast du jetzt doch was mit ihm?«

»Irgendwie ... schon ...«, stammelte Paule und klang dabei etwas zerknirscht. Aber ich freute mich riesig für sie.

Schließlich hatte ich mir seit über einem halben Jahr anhören müssen, wie toll Enrico war, was für ein grandioser Tänzer, einfühlsamer Lehrer und genialer Tanz-Choreograf.

»Und wieso klingst du dann, als sei das eine mittlere Katastrophe? Du bist doch total verknallt in ihn. Freu dich doch!«

»Bin ich ja auch, aber da ist noch ... da ist noch Laura ...«

»Wie jetzt: Da ist noch Laura? Was soll das heißen? Läuft die etwa noch nebenher? Oder, noch schlimmer: Du neben ihr?«

»Enrico hat gesagt, er will mit ihr Schluss machen.«

»Und wie lange ist das her?«

Ich hielt die Luft an, weil ich schon ahnte, was jetzt kommen würde.

»So drei, vier Wochen ...«

»Und seit wann läuft was zwischen euch?«

»Seit seiner Grillparty.«

Ich rechnete kurz nach. Die Party war vor gut acht Wochen gewesen. »Du willst mir also sagen, dass ihr seit zwei Monaten was miteinander habt und Laura nichts davon weiß?«

Pauline schwieg. Kein gutes Zeichen.

»Wieso erzählst du mir überhaupt jetzt erst von der Sache? Vertraust du mir nicht mehr?«

»Es war mir irgendwie peinlich, weil ich ja immer behauptet habe, dass er absolut nichts für mich ist. Aber dann ist es eben doch passiert ...«

Ich dachte einen Moment nach.

Meine süße, wunderbare Pauline hatte es echt nicht nötig, sich auf diese Dreiecksgeschichte mit Laura einzulassen. Hinter ihr waren haufenweise Jungs her. Sogar Daniel Petersen waren beinahe die Augen aus dem Kopf gefallen, als er sie in der Laeiszhalle gesehen hatte.

»Oh Mann, das ist ja ein schöner Mist . . .«, murmelte ich, weil ich genau wusste, dass es überhaupt nichts nützen würde, Paule vorzuschlagen, Enrico ein Ultimatum zu stellen.

Denn wenn jemand bis über beide Ohren verknallt war, blieb der klare Verstand ja meistens auf der Strecke!

»Da kann ich dir nur wünschen, dass der Gute sich an sein Versprechen hält. Ich drück dir die Daumen, dass du ganz bald einzig und allein die Nummer eins für ihn bist!«

Nachdem wir aufgelegt hatten, weil Paule unbedingt weiterchatten wollte, versuchte ich, mich wieder darauf zu konzentrieren, was ich eigentlich vorgehabt hatte – nämlich mich nach einem Job in unserer Gegend umzusehen.

Ich ging ins Netz und gab spaßeshalber die Stichworte »Aushilfsjobs« und »Hamburg« ein. Es sah ganz so aus, als könnte ich momentan zwischen Regaleauffüllen, Kassieren, Boutiquejobs und Kellnern wählen.

Dass ich in keinem dieser Bereiche Erfahrung hatte, würde hoffentlich kein Hindernis darstellen.

Die Aussicht darauf, in GGs Atelier zu malen und mir eventuell sogar einen guten Zeichenlehrer leisten zu können, beflügelte mich dermaßen, dass ich sofort anfing, die Rubrik »Kellnern« zu durchsuchen.

Nach diversen Jobangeboten in Stadtteilen, die so weit weg waren, dass ich unverhältnismäßig lange unterwegs gewesen wäre, fiel mein Blick auf eine Anzeige des Bistros »Erste Liebe«.

Wieso kam mir dieser Name bloß so bekannt vor?

Dann fiel mein Blick auf die Adresse und ich musste laut lachen: Das war das Bistro im Erdgeschoss des Nachbarhauses, das Felicia so *supischöööööön* fand.

Auch wenn das an sich ein Grund gewesen wäre, gerade deshalb nicht dorthin zu gehen, beschloss ich, eine Cola zu trinken und mir den Laden mal anzuschauen. Danach konnte ich immer noch entscheiden, ob ich mich dort bewerben wollte.

Als ich das Café wenige Minuten später betrat, musste ich Felicia sofort recht geben. Ein Dielenboden, schlichte Holzmöbel, hohe Decken und fein gedrechselte Säulen waren eigentlich nichts Außergewöhnliches. Aber ich war sofort gefangen von den Fotografien an den Wänden, die Arbeiten eines Street-Art-Künstlers zeigten und dem Bistro einen besonders coolen und individuellen Look gaben. Rechts neben dem langen Bartresen standen drei Fernseher im Retro-Look, auf denen Surfer-Videos liefen. Das war genau mein Style!

Ich setzte mich an den letzten der drei Holztische, denn die Barhocker an den großen Fenstern mit Blick auf das Alsterfleet waren natürlich alle schon belegt.

Schmunzelnd musterte ich das Logo, das draußen angebracht war und das ich nur spiegelverkehrt lesen konnte:

Die erste Liebe vergisst man nicht

Kurz nachdem ich bestellt hatte, ging erneut die Tür auf

und ich fiel fast vom Stuhl, als ich erkannte, wer hereinkam: Daniel! Zusammen mit einem anderen, sehr gut aussehenden Typen.

Die beiden wurden von der süßen Kellnerin sofort mit einem lautstarken »Daniel, Luc, da seid ihr ja!« begrüßt, woraus ich schloss, dass die beiden hier so etwas wie Stammgäste waren.

Mit dieser Erkenntnis im Hinterkopf beschloss ich, mein Glück zu versuchen und mich wirklich um den Job hier zu bewerben.

Da ich vermeiden wollte, dass Daniel mich sah (am Ende hielt er mich noch für eine Stalkerin oder so was), versteckte ich mich hinter der ZEIT, die zum Glück so groß war, dass man mich nicht erkennen konnte. So getarnt würde ich abwarten, bis die beiden wieder weg waren, und mich dann nach dem Besitzer erkundigen. Um hier zu kellnern, musste man bestimmt keinen schriftlichen Lebenslauf einreichen.

Daniel und Luc blieben am Tresen stehen, also unmittelbar in meiner Nähe. Das hatte zwar den Nachteil, dass ich mich überhaupt nicht rühren konnte, aber auch den grandiosen Vorteil, das Gespräch der beiden belauschen zu können.

»Na Luc, alles klar für das CLC-Festival?«, wollte Daniel wissen.

CLC-Festival? Was war das denn bitte schön?

»Ich denke schon«, antwortete Luc, der eine angenehm tiefe Stimme hatte. »Das Ensemble ist jetzt komplett, Maske und Bühnenbild auch, also kann ich bald mit den Proben beginnen.«

»Gib mir mal Bescheid, wenn ihr den ersten Durchlauf

macht, damit ich zuschauen kann«, bat Daniel und ich wurde immer neugieriger. Klang so, als hätte dieser Luc etwas mit Theater zu tun. Spannend!

»Ey Mann, wenn das klappt, könnte das dein Durchbruch werden. Ich sehe schon die Schlagzeilen: ›Begabter Jung-Regisseur Luc Kragenburg gibt sein furioses Debüt anlässlich des international bekannten CLC-Festivals. Das Wiener Burgtheater und das Züricher Schauspielhaus warten schon auf ihn.‹«

»Hör auf, du Spinner! Sonst krieg ich nur Panik. Hast du dir mal die Liste der Regisseure angesehen, die an diesem Tag ihre Stücke präsentieren? Da sind total viele gute Leute dabei!«

»Ja, hab ich, aber ich finde, du toppst sie alle!«

Weiter kam Daniel zu meinem Leidwesen nicht, weil in diesem Moment zwei Mädels das Bistro betraten und sich zu den beiden an die Bar stellten. »Mann, ist das wieder voll hier«, nölte Stimme Nummer eins, von der ich nur die Füße sehen konnte. Wäre GG jetzt hier, wäre er auf der Stelle tot umgefallen. Stiefel aus Schlangenleder-Imitat, wie prollig war das denn bitte?

»Ich finde auch, wir sollten lieber ein paar Häuser weiterziehen«, sagte Stimme Nummer zwei, die im Gegensatz zu der anderen hübsche Schuhe trug und sympathisch klang. Grrrr. Ich mochte mir gar nicht ausmalen, wie sie aussah.

»Tut mir leid, Mädels, aber ich muss zurück in die Buchhandlung. Ich wollte nur kurz mit Luc einen Espresso trinken und dann wieder an die Arbeit. Dieses CLC-Festival macht doch mehr Stress, als ich dachte, und Dad hat im Augenblick kaum Zeit, sich um das alles zu kümmern.«

»Och schade!«, maulte Miss Schlangenleder und ich grinste hinter meiner Zeitung. Tja, Pech gehabt, Miss ...

»Dann müsst ihr eben mit mir vorliebnehmen«, entgegnete Luc. »Allerdings habe ich auch nur kurz Zeit, weil ich gleich wieder ins Fleettheater muss. Besprechung mit meinem Regie-Assi.«

Zehn Minuten später war die Luft wieder rein und ich konnte hinter meinem Versteck hervorkriechen.

Wow, es war wirklich cool hier! Jetzt musste es mir nur noch gelingen, den freien Kellner-Job zu ergattern.

Ich hatte Glück und erwischte die Besitzerin des Ladens, eine ziemlich geschäftstüchtige Dame, die sich auch gleich Zeit nahm und mich auf Herz und Nieren prüfte.

Nachdem ich ihr versichert hatte, dass ich einigermaßen rechnen konnte (okay, das war ein bisschen geschummelt), kommunikativ war, sogar nebenan wohnte und gleich morgen Nachmittag Probe arbeiten konnte, lächelte sie schließlich und gab mir die Hand. »Okay, liebe Cynthia. Dann versuchen wir also mal unser Glück miteinander. Die Nachmittagsschicht kann dringend Hilfe gebrauchen. Auf gute Zusammenarbeit!«

»Auf gute Zusammenarbeit«, antwortete ich und verließ die *»Erste Liebe«* mit einem gewissen Gefühl des Triumphs. Gerade eben war ich ein klitzekleines bisschen erwachsener geworden.

»Aber Cynni-Maus, das musst du doch gar nicht«, protestierte Paps, als ich stolz beim Abendessen verkündete, dass ich ab morgen einen Aushilfsjob hatte. »Ich gebe dir das Geld für den Zeichenlehrer. Konzentrier du dich lieber auf die Schule und deine Bilder.«

»Das ist lieb, aber ich möchte das nicht. Ich will mal ausprobieren, wie das mit dem Kellnern so läuft.«

Und ob ich auf diese Weise mit Daniel in Kontakt kommen konnte.

»Meine Mitschülerinnen jobben schließlich auch fast alle und leben trotzdem noch. Außerdem, wenn du schon Geld ausgeben möchtest, dann investier das mal lieber in eine Haushaltshilfe. Die könnten wir wirklich gebrauchen.«

Felicia und Kristen taten so, als hätte ich gerade mongolesisch gesprochen. *Erst gestern hatte ich total verfärbte Wäsche aus der Maschine gefischt, aber dummerweise nicht herausgefunden, wem ich meine quietschrosa Unterhosen zu verdanken hatte.*

»Wenn Cynthia die Kohle nicht haben will, sondern stattdessen lieber arbeitet, kannst du sie gerne mir geben«, sagte Felicia plötzlich. Ich hätte mich beinahe verschluckt. Wie konnte man denn bitte so unverschämt sein? »Ich hätte nämlich nichts dagegen, mich in aller Ruhe auf das Abi vorbereiten zu können«, fügte sie hinzu und warf Stephanie einen vielsagenden Blick zu. Aber die saß nur mit völlig versteinerter Miene da und zerteilte ihren Fisch.

»Ich würde mich auch über einen Zuschuss für Englisch-Nachhilfestunden oder meine Laser-Behandlung freuen«, sprang nun auch Kristen auf den Zug auf und ich bereute bereits, das Thema in dieser Runde angesprochen zu haben.

Im Grunde war das ja nur eine Sache zwischen Paps und mir.

Mein Vater sah ein wenig hilflos zwischen uns allen hin und her. »Nun, wenn das so ist, dann will ich euch natürlich gern . . .«, begann er mit belegter Stimme und räusperte sich.

»Was auch immer du jetzt sagen möchtest, lass es bitte bleiben«, trat nun Stephanie energisch auf den Plan. »Kristen, Felicia, ihr seid *meine* Töchter. Und wenn eine von euch das Gefühl hat, mehr Taschengeld oder eine außerplanmäßige Finanzspritze zu brauchen, bespricht sie das bitte vorher unter vier Augen mit mir, ist das klar? Thomas ist kein Goldesel, auch wenn ich mich natürlich über seine Großzügigkeit freue.«

Ich staunte. Das war ja mal eine Ansage!

Ich hätte schwören können, dass Stephanie das Angebot von Paps liebend gern angenommen hätte.

Hatte ich mich etwa doch in ihr getäuscht?

12.

Kurz bevor ich am Mittwoch zum Probearbeiten in der »Ersten Liebe« musste, gab ich das Stichwort *CLC-Festival* bei Google ein und wartete gespannt auf das Ergebnis.

Wie sich herausstellte, handelte es sich dabei um ein bekanntes Kulturfestival, das zum Teil von der Hamburger Kulturbehörde gesponsert wurde. Hauptsponsor war aber niemand Geringerer als Daniels Vater Johann Petersen.

CLC war die Abkürzung für Cool Living Culture.

An drei aufeinanderfolgenden Festival-Tagen haben junge Künstler aus den Sparten Bildende und Darstellende Kunst sowie Mode die Möglichkeit, ihre Arbeiten einer breiten Öffentlichkeit zu präsentieren las ich mit angehaltenem Atem.

Das Festival fand wie jedes Jahr vom 6. bis 8. Dezember statt.

Wieso war das bislang komplett an mir vorbeigegangen?

Anyway – jetzt wusste ich auf jeden Fall davon.

Wahrscheinlich würde also Luc Kragenburg, Daniels Freund, dort ein Theaterstück präsentieren und die Proben dazu fanden offenbar im Fleettheater um die Ecke statt. Ich suchte in meiner Jackentasche nach dem Programm-Flyer, den ich neulich eingesteckt hatte, bevor ich über Daniel und damit mitten in ein emotionales Desaster gestolpert war.

Da stand es:

Im Rahmen des CLC-Festivals inszeniert der Absolvent der Hochschule für Musik und Theater München, Luc Kra-

genburg, das Stück »Killing Road«, aus der Feder der blutjungen Bestsellerautorin Hannah Hagemeister.

Wow, das klang ziemlich cool!

Um diesen Roman, der monatelang auf der Bestsellerliste zu finden gewesen war, hatte es einen ziemlichen Wirbel gegeben. Die Autorin war so lange umjubelt worden, bis herauskam, dass sie ganze Passagen von einem Blogger geklaut hatte.

Spannend, spannend, spannend.

Hoffentlich konnte ich Paule, Louisa oder GG dazu überreden, sich das Stück mit mir anzuschauen.

Oder vielleicht sogar Daniel?????!!!!!!!

Bei dem Gedanken an ihn klopfte mein Herz schon wieder wie verrückt. Für einen Moment war ich unsicher, ob es wirklich eine so gute Idee war, ausgerechnet dort zu jobben, wo er meistens seine Pause verbrachte.

Was, wenn ich ihm aus Versehen den Espresso aufs Hemd kippte?

Was, wenn ich mich ausgerechnet bei ihm mit der Rechnung vertat?

Was, wenn ich einfach in Ohnmacht fiel, sobald er das Bistro betrat?

»Cynthia, du schaffst das!«, feuerte ich mich selbst an und ging für einen kurzen Beautycheck Richtung Bad. Schließlich wollte ich an meinem ersten Tag umwerfend gut aussehen und hatte mir deshalb exakt überlegt, was ich anziehen und wie ich meine Haare stylen wollte.

Zum Glück waren heute alle anderen ausgeflogen und ich musste mich mit niemandem um den Spiegel kloppen.

Doch dann hörte ich plötzlich etwas.

Aus irgendeiner Ecke der Wohnung kam erst ein unverständliches Murmeln und danach albernes Gekicher.

Ich schlich eine Weile im Flur auf und ab, um herauszufinden, woher die Geräusche kamen.

Dann hörte ich etwas, das wie *Safety instructions* klang.

War Kristen etwa doch zu Hause und übte für ihren Flugbegleiter-Kurs? Aber wieso hörte ich dann auch eine männliche Stimme? Hatte sie etwa einen elektronischen Sprachkurs laufen?

Der vermeintliche Sprachkurs war in der Tat männlich, sah ein bisschen aus wie Harry Potter (allerdings älter) und musste offenbar auf die Toilette.

Kurz vor dem Gästebad kollidierte ich mit ihm und stieß vor Schreck einen spitzen Schrei aus.

Harry Potter ging es nicht viel besser, auch er zuckte zusammen.

Anscheinend musste er wirklich sehr dringend, denn sein Gürtel war offen und sein Hemd hing ihm unordentlich aus der Hose.

Hinter ihm tauchte Kristen auf, mit weit aufgerissenen Augen und nach allen Seiten abstehenden Haaren. »Aber Adrien, was ist denn los?«, rief sie, bevor sie dann auch anfing zu kreischen.

Das Ganze hatte was von saublöder Boulevardkomödie.

Ich fing mich als Erste und sagte: »Hallo, ich bin Cynthia.« Danach verzog ich mich ins Bad und versuchte, so zu tun, als hätte ich meine Stiefschwester nicht gerade dabei erwischt, wie sie mit ihrem Englisch-Nachhilfelehrer alles andere machte, als Vokabeln zu pauken. Ich musste lachen, weil der Begriff Safety instructions in Zusammenhang mit einer wilden Knutscherei plötzlich eine völlig neue Bedeutung bekommen hatte . . .

Während ich mir die Haare hochsteckte und kunstvoll einige Strähnchen herauszog, gluckste ich weiter vor mich hin.

Harry/Adrien Potter war wirklich nicht gerade ein Adonis.

Aber wie hieß es doch so schön: *Wo die Liebe hinfällt . . .*

»Du kannst es wohl kaum erwarten, hier anzufangen«, lachte meine künftige Kollegin Holly, nachdem ich über die Türschwelle gestolpert war und sie dabei beinahe mit umgerissen hätte. Zum Glück konnte sie sich und ihr schwer beladenes Tablett gerade noch rechtzeitig in Sicherheit bringen. »Sorry«, stammelte ich, bekam sofort einen knallroten Kopf. Reflexartig sah ich mich um, ob Daniel oder Luc Zeugen meines peinlichen Auftritts gewesen waren, aber keiner von beiden war da.

»Na dann wollen wir mal«, sagte Holly, nachdem sie ihre Gäste bedient hatte, und stemmte die Hände in die Hüften.

Die nächsten Stunden war ich damit beschäftigt, mich in die Geheimnisse der Kasse, der gigantischen Kaffeemaschine und der Spezialitäten einweihen zu lassen. Schon nach kurzer Zeit schwirrte mir der Kopf, doch ich war fest entschlossen, nicht aufzugeben.

Soooo schwer konnte das ja auch wieder nicht sein.

Das Wichtigste war anscheinend, die Nerven zu behalten und immer freundlich zu bleiben, egal wie mäkelig ein Gast gerade drauf war. Am Ende der Schicht hatte ich dicke, runde Füße, einen verspannten Nacken und sehnte mich nach einem ausgiebigen Schaumbad. In meinem Kopf wirbelten Zahlenkolonnen, Kaffeesorten (warum zum Teufel gab es mittlerweile so viele davon?) und die Namen der anderen Service- beziehungsweise Küchenkräfte durcheinander. »Das wird schon«, lächelte Holly aufmunternd, als ich kurz nach acht Uhr todmüde nach draußen stolperte. Dort empfing mich ein Schwall kalter Luft und Nieselregen. »Für dein erstes Mal hast du dich wirklich wacker geschlagen!« Nachdem sie mir meinen Lohn und zehn Euro Tip-Anteil in die Hand gedrückt hatte, war ich trotz Müdigkeit richtig stolz.

Mein erstes selbst verdientes Geld, von einigen Mini-Jobs bei Paps oder gelegentlichem Babysitten mal abgesehen.

Zu Hause saßen alle um den Esstisch versammelt und warteten offenbar auf mich. Doch anstatt mich zu fragen, wie mein erster Arbeitstag war, verkündete Stephanie, dass sie *eine Idee* habe, und machte dabei ein furchtbar wichtiges Gesicht. »Ich habe nachgedacht«, begann sie und ich war echt gespannt, was jetzt kommen würde. Hatte ihre Ansprache irgendetwas mit dem Besuch von Harry Potter zu tun? Auch Paps guckte ziemlich ernst, räusperte sich und hatte mal wieder diese hektischen roten Flecken am Hals. Oh, oh . . .

»Seitdem wir hier wohnen, habe ich mir Gedanken über die Form unseres Zusammenlebens gemacht. Dabei ist mir aufgefallen, dass wir alle nur nebeneinanderher leben. Jeder ist mit sich selbst beschäftigt, macht seine Sachen und versucht, den anderen aus dem Weg zu gehen. Das alles erinnert eher an eine WG als an eine Familie. Und deshalb haben Thomas und ich uns überlegt, dass wir in Zukunft an einem festen Tag in der Woche zusammen zu Abend essen und danach gemeinsam etwas machen werden.« Keine Ahnung, ob Stephanie erwartet hatte, dass wir nach dieser Ansage vor Begeisterung von den Stühlen springen würden. Kristen und Felicia jedenfalls machten eher ein Gesicht, als hätte man von ihnen verlangt, sich für das Dschungelcamp oder den Big-Brother-Container anzumelden. »An welchen Abend hast du dabei gedacht?«, fragte ich, damit wenigstens irgendjemand etwas sagte. »An den Donnerstag«, meldete sich nun auch Paps zu Wort. Seine Flecken waren zum Glück schon wieder etwas verblasst.

»Donnerstag geht AUF GAR KEINEN FALL!«, rief Kristen entsetzt und stieß vor Aufregung ihr Saftglas um.

»Und warum nicht, wenn ich fragen darf?« Hui, jetzt sah Stephanie echt genervt aus.

»Weil ich . . . weil ich . . . donnerstags immer für meine Prüfungen lernen muss«, stotterte Kristen und versuchte hektisch, den Saftfleck mit ihrer Serviette trocken zu tupfen.

»Ach Quatsch«, mischte sich nun Felicia ein. »Du kannst Donnerstag nicht, weil dann immer dieser ganze Casting-Schwachsinn läuft. Versuch doch lieber mal, selbst auszusehen wie ein Top-Model, anstatt dir die Mädels immer nur in der Glotze anzuschauen. Tu mal was für dich, anstatt immer nur herumzujammern.«

»Felicia, reiß dich bitte zusammen!«, zischte Stephanie und auch ich war ein bisschen geschockt. Nie im Leben würde ich meiner Schwester gegenüber so einen miesen Ton an den Tag legen, auch wenn sie noch so blöd wäre.

Doch Felicia schien mal wieder irgendeine Laus über die Leber gelaufen zu sein. Sie ließ sich jedenfalls nicht stoppen. »Ach ist doch wahr«, giftete sie nun auch ihre Mutter an. »Du kriegst doch von alledem gar nichts mit. Du stehst in deinem Laden, träumst von einer Karriere als Schmuckdesignerin und wer muss Kristens Launen ertragen?« Sie begann, ihre Schwester nachzuäffen: »Felicia, ich bin zu dick, Felicia, ich bin zu unbegabt, Felicia, ich finde keinen Mann, Felicia, die Welt ist so ungerecht ...«

»Du bist ekelhaft!«, schrie Kristen, warf ihre Serviette auf den Boden und stürmte aus dem Esszimmer.

Paps und ich schauten ihr fassungslos hinterher.

Stephanie stand ruckartig auf und stöckelte mit ihren hochhackigen Pumps auf und ab. Es war nur noch eine Frage der Zeit, bis sich die Nachbarn unter uns über das ganze Getrappel beschweren würden. Um das Chaos perfekt zu machen, kam nun auch noch La Perla angeflogen, flatterte um den Esstisch und krähte »Ekelhaft, ekelhaft«.

»Hey, La Perla spricht ja deutsch«, rief Paps und sah den Beo so begeistert an wie ein Kleinkind, das zum ersten Mal das Wort »Mama« sagte.

»Das ist NICHT lustig!«, fauchte Stephanie, als ich anfing zu grinsen. Dabei fühlte ich mich wie in irgendeiner miesen Sitcom. Es fehlten nur noch die eingespielten Lacher. »Ekelhaft, ekelhaft«, kreischte La Perla und setzte sich auf meinen Schoß. »Könntest du bitte dieses Mistvieh entfernen?«, pöbelte Stephanie jetzt wutschnaubend. Nun sah auch Paps ein, dass es besser war, dafür zu sorgen, dass sich alle wieder ein wenig beruhigten, und wurde energisch: »Cynthia, bring La Perla in dein Zimmer und pass auf, dass er nicht wieder entwischt. Felicia, du holst jetzt deine Schwester zurück und entschuldigst dich bei ihr. Und du, Stephanie setzt dich wieder hin. Dieses Geklackere macht einen ja ganz irre!«

Ich war kurz davor, meinem Vater zu applaudieren, riss mich dann aber zusammen. Es war jetzt eindeutig besser, den Mund zu halten, und nicht noch mehr Öl ins Feuer zu gießen.

Zehn Minuten später saßen wir alle wieder brav am Tisch und warteten darauf, was als Nächstes passieren würde.

Felicia hockte mit verschränkten Armen da und hatte eine dermaßen versteinerte Miene, dass sie in diesem Moment auch wunderbar für Botox hätte werben können. Ob sie sich wirklich entschuldigt hatte? Keine Ahnung. Kristens Make-up war komplett verschmiert und ein Teil des Kirschsaftes war auf ihrem pinkfarbenen T-Shirt gelandet.

Irgendjemand sollte ihr mal stecken, dass Pink keine besonders günstige Farbe war, wenn man zu einer gewissen Üppigkeit neigte.

Weil niemand etwas sagte und ich riesigen Hunger hatte, nahm ich mir schließlich ein Schüsselchen Salat, begann, zu essen und mich innerlich weit weg zu träumen. In eine Welt ohne nervige Familie, ohne Streitereien mit diesen Zicken, dafür voller Liebe . . . »Ich kann übrigens donnerstags auch nicht«, verkündete ich, weil mir siedend heiß eingefallen war, dass ich ja künftig mittwochs und donnerstags in der »Ersten Liebe« arbeiten würde.

»So viel zum Thema Familienleben«, antwortete Stephanie und stieß einen tiefen Seufzer aus.

Paps tätschelte ihr die Hand – aber ich freute mich wie verrückt darauf, Daniel künftig häufiger sehen zu können.

13.

Du bist ein Schatz!«, rief ich und flog GG um den Hals, während La Perla aufgeregt um uns herumflatterte und lautstark »Ekelhaft, ekelhaft« schmetterte.

»Huch, was hat der kleine Kerl denn plötzlich gegen mich?«, fragte GG irritiert. »Das gilt nicht dir, keine Sorge«, grinste ich und schob mit dem Fuß den ersten Karton mit meinen Malutensilien in den Flur. »Na dann bin ich ja beruhigt«, lachte Gernot und hob die Kiste auf. »Wie viele sind es denn insgesamt?« Zögernd antwortete ich »zehn«, worauf er zum Glück nur mit einem lässigen Schulterzucken reagierte. »Ersetzt das Fitnessstudio«, rief er fröhlich und ging zur Treppe. Ich folgte ihm mit der Staffelei unter dem Arm.

Am späten Freitagnachmittag hatte ich meine Ecke in GGs Atelier so weit eingerichtet, dass ich eigentlich hätte anfangen können zu malen.

Aber ich fand es viel spannender, Gernot ein bisschen bei der Arbeit über die Schulter zu gucken. Gerade legte er Motivschablonen auf mehrere Kapuzen-Shirts. »Wow! Das sieht ja cool aus«, sagte ich bewundernd und betrachtete die Bildmotive genauer. Sie erinnerten ein wenig an die Arbeiten, die in der »Ersten Liebe« hingen.

»Ich setze in der nächsten Saison verstärkt auf den Street-Art-Style. Die Motive habe ich mir aus dem Internet kopiert, um auszuprobieren, wie sie auf den Shirts wirken. Aber ich darf sie natürlich nicht wirklich benutzen«, erklärte GG und betrachtete seine Kreation. »Wie bist du denn auf diese Idee gekommen?«, fragte ich neugierig und zog mir einen Stuhl an den Tisch. »Tja, ich gehe eben mit offenen Augen durch die Straßen, Liebchen. Das solltest du auch tun. Es gibt kaum eine bessere Möglichkeit, sich inspirieren zu lassen.«

Offenbar …

»Die ganze Stadt ist voller Graffitis, Murals, Tags und Pochoirs. Die City vibriert geradezu von kreativem Spirit, du musst dich nur dafür öffnen.«

»Murposchwas?«, fragte ich und fühlte mich total doof. Anscheinend bekam ich die wirklich wichtigen Dinge immer nicht mit. Oder ich war eben nicht »offen« genug.

»Okay, ich gebe dir jetzt mal eine kleine Einführung in das Street-Art-Vokabular. Was Graffitis sind, brauche ich dir ja wohl nicht zu erklären.« Ich schüttelte den Kopf und wartete gespannt. »Der Begriff Mural stammt aus Mexiko und steht für Wandmalereien. Tags sind Signaturen, die die Künstler hinterlassen, und Pochoirs, im Englischen auch Stencils genannt, sind Spray-Schablonen so wie diese hier, die ich gerade in der Hand halte.«

In meinem Kopf rotierte es.

»Könnte ich nicht ein paar von diesen Schablonen entwerfen und du benutzt sie dann für deine Sweatshirts?«, fragte ich und hielt vor Aufregung die Luft an. Allein die Vorstellung, jemand könne mit einem von mir gemalten Motiv auf seiner Kleidung herumlaufen …

»Aber sicher, Liebchen«, nickte Gernot, schien aber nicht mehr ganz bei der Sache zu sein. Er befühlte verschiedene Stoffe, legte sie übereinander, hielt Strasssteine und Pailletten daran und war anscheinend komplett in sein Design-Universum abgetaucht.

Inspiriert von meiner Idee, schlug ich den Skizzenblock

auf und begann zu zeichnen. Als ich das nächste Mal auf die Uhr sah, war es kurz vor zehn. Abends wohlgemerkt. Erschrocken schnappte ich mein Handy, das ich zuvor auf lautlos gestellt hatte. In der Zwischenzeit waren sechs Anrufe eingegangen. Zwei waren von Paule, einer von Louisa und die anderen drei von Paps.

»Sorry, ich habe total die Zeit vergessen«, entschuldigte ich mich bei meinem Vater, der ziemlich besorgt klang, als ich ihn erreichte. »Ich bin in einer halben Stunde zu Hause.«

»Dann kommst du vermutlich nicht mehr mit mir ins M & V?«, fragte GG, der nun ebenfalls seine Sachen zusammenräumte.

»Was ist denn das?«, fragte ich, weil ich diesen Namen noch nie zuvor gehört hatte.

»Na was schon? Eine HS-Bar, aber was für eine . . .«, antwortete GG und machte ein sehr geheimnisvolles Gesicht. Da ich mir für heute genug Blöße gegeben hatte, fragte ich weder nach, was das Besondere an dieser Bar war, noch wofür die Abkürzung HS stand. »Lass uns das gern ein anderes Mal machen, ich muss jetzt echt nach Hause«, antwortete ich, gab GG zum Abschied links und rechts ein Küsschen und bedankte mich für seine Hilfe.

In der U-Bahn sitzend rief ich bei Paule an und fragte, was los sei. »Er hat sich für Laura entschieden«, schluchzte sie mir ohne irgendeine Art der Einleitung ins Ohr. »Ich habe ihm ein Ultimatum gestellt, aber das ist voll nach hinten losgegangen. Was soll ich denn jetzt bloß machen?« Enrico hatte also eine Entscheidung getroffen und Paule war raus aus dem Spiel. »Ach Süße, das tut mir total leid«, sagte ich ein wenig hilflos. Ich hatte zwar bisher noch keine Erfahrung mit Liebeskummer, aber ich konnte mir trotzdem vorstellen, wie sie sich jetzt fühlte. »Magst du noch vorbeikommen? Wir sehen uns einen Film an und essen tonnenweise Frit-Sticks.« Paule piepste: »Auja!« Offenbar hatte sie bereits wieder vergessen, dass sie nach dem Zusammenstoß mit Felicia eigentlich nicht mehr zu mir kommen wollte. »Also bis gleich. Ich bin in einer halben Stunde da.«

Pauline musste entweder geflogen sein oder ein Taxi genommen haben, denn sie wartete bereits auf mich, als ich zu Hause ankam. Schluchzend warf sie sich in meine Arme. Ich hatte wirklich große Lust, diesem Enrico eine reinzuhauen. Wie kam er eigentlich dazu, meiner lieben Paule das Herz zu brechen?

»Hey, es wird alles wieder gut«, versuchte ich, sie zu beruhigen, und hielt sie so lange umschlungen, bis das Schluchzen ein bisschen weniger wurde. Es nieselte und auf der Fleetinsel war es totenstill. Der einzige Mensch, der außer uns auf der Straße war, war der uniformierte Portier des Hotel Steigenberger, der gerade Pause hatte und eine Zigarette rauchte.

»Komm, wir gehen rein«, sagte ich und zog die immer noch weinende Paule hinter mir her. Oben angekommen, wurde ich von Stephanie empfangen: »Dein Vater hat sich Sorgen gemacht!«, sagte sie mit einer solchen Dramatik in der Stimme, als sei ich drei Monate lang verschollen gewesen. »Ich hatte mein Handy auf lautlos gestellt und hab die Zeit vergessen«, verteidigte ich mich. Erst jetzt bemerkte Stephanie, dass ich nicht allein war. »Und was hatten wir bezüglich irgendwelcher Besuche vereinbart?«, fragte sie, als sei Pauline gar nicht anwesend. »Dass wir sie anmelden sollen, ich weiß. Aber das hier ist ein Notfall!«

Ohne mich weiter auf eine Diskussion einzulassen, zog ich Paule in die Wohnung. Sollte es Ärger geben, gab es eben Ärger – das war momentan auch egal. »Geh du schon mal in mein Zimmer, ich komme gleich nach«, sagte ich zu Paule und ging in die Küche, um die Frit-Sticks und was zu trinken zu holen.

Aber was war das?

Die beiden Tüten waren verschwunden.

Das konnte doch nicht wahr sein! Hatte sich etwa wieder Kristen daran vergriffen?

Wütend murmelte ich: »Ich kille sie, ich kille sie«, und bemerkte zu spät, dass La Perla in der Küche war. »Killesie, killesie«, echote der Beo und flatterte aufgeregt um mich herum. »Das gewöhnst du dir sofort wieder ab, haben wir uns verstanden?«, sagte ich und drohte mit dem Zeigefinger, was La Perla dazu animierte, meinen Finger mit seinem Schnabel zu beknabbern. Zum Glück nur sehr sanft.

Nachdem ich in der letzten Ecke des Küchenschranks eine Packung Salzstangen gefunden hatte, ging ich wieder zu Paule, die auf meinem Bett lag und immer noch weinte. »Hier, trink was, sonst bist du gleich ganz ausgetrocknet«, sagte ich, schenkte ihr Saft ein und setzte mich neben sie. Paule trank das Glas in einem Zug leer, richtete sich dann auf und verkündete mit dramatisch aufgerissenen Augen: »Den mach ich platt!«

»Platt, platt!«, plapperte La Perla begeistert.

»Sieht aus, als sei La Perla auf deiner Seite«, lachte ich und streichelte meinen Beo. »Und ich natürlich auch! Aber du hast doch nicht wirklich vor, dich an Enrico zu rächen, oder?«

Paule senkte etwas verlegen den Kopf. »Nein, natürlich

nicht, schließlich hab ich auch meinen Stolz. Wenn er Laura toller findet, kann ich das auch nicht ändern. Aber weh tut es trotzdem!« Dann begann sie zu gähnen und auch ich war mit einem Schlag todmüde. Also legte ich mich neben Paule und schloss die Augen.

Hoppla, was war denn jetzt los?

Wieso lag ich plötzlich auf dem Fußboden?

Etwas benommen rieb ich mir zuerst die Augen und dann mein Steißbein. Merkwürdig . . .

Seit wann hatte ich die Angewohnheit, aus dem Bett zu fallen?

Die Erklärung war ganz einfach und hörte auf den Namen Pauline. Die hatte sich nämlich in meinem Bett dick- und breitgemacht, lag diagonal auf meiner Matratze und schnorchelte ziemlich laut vor sich hin. Es war halb acht Uhr morgens, viel zu früh für meinen Geschmack. Vom Flur drangen Geräusche zu mir, die darauf hindeuteten, dass auch Paps und Stephanie schon auf den Beinen waren. »Ich finde, so geht das nicht!«, hörte ich Stephanie meckern, worauf ein Brummeln von Paps folgte. »Wir müssen uns alle an die Spielregeln halten. Es kann doch nicht sein, dass Cynthia mitten in der Nacht unangemeldet irgendwelche Leute anschleppt.« Paps antwortete etwas, das nach »Hab ich gar nicht mitbekommen« klang. Darauf konterte Stephanie sofort: »Kein Wunder, du schläfst ja in letzter Zeit auch andauernd!«

Nanu?

War die Turteltäubchen-Phase etwa schon vorbei?

Und war es schlimm, dass ich mich tief in meinem Inneren ein klitzekleines bisschen darüber freute?

14.

Cynthia, Cynthia, so geht das nicht weiter. Diesmal musste ich dir wirklich eine glatte Sechs geben.« Barbara Godeneck verteilte gerade die korrigierte Mathe-Arbeit und betrachtete mich mit einer Mischung aus Mitleid und Unverständnis. Angesichts der knallroten Ziffer, die auf meiner Arbeit prangte, bekam ich einen kleinen Schweißausbruch. Ich war auf dem besten Weg, meine Versetzung zu riskieren. Kein schöner Start in die neue Woche!

»Bleib bitte nach der Stunde hier, ich möchte mit dir reden«, befahl das *Geodreieck,* während ich innerlich schon meine Verteidigungsrede für Paps probte. Ich hatte weder Lust auf sein Gemecker noch auf Nachhilfestunden bei Koi-Karpfen-Tobi.

»Cynthia, ich bin ein bisschen ratlos«, klagte die Godeneck nach der Stunde, als hätte sie sich das ganze Jahr über ein Bein ausgerissen, um mich in die Geheimnisse der Differenzialrechnung, des Newton-Verfahrens und der Wurzelfunktionen einzuweihen.

In Wahrheit hatte sie sich darauf konzentriert, mit den Schülern zu arbeiten, die beim Wort *Vektor* in Jubelschreie ausbrachen. (Was jetzt ehrlich gesagt nicht sooooo viele waren.) »Tja, ich weiß auch nicht so recht«, antwortete ich gedehnt und schielte auf die Uhr. Ich hatte Hunger und wollte mir unbedingt noch ein belegtes Brötchen kaufen, bevor die nächste Stunde begann. *Mama hatte mir morgens immer etwas zurechtgemacht, obwohl ich schon lange alt genug war, um mich selbst darum zu kümmern ...*

»Dir bleibt nur noch dieses Halbjahr, um das Ruder herumzureißen, ansonsten sehe ich schwarz für dich«, sagte das *Geodreieck* mit beinahe zitternder Stimme.

»Ich werde wieder Nachhilfe nehmen und mich anstrengen, versprochen«, log ich, weil mein Magen anfing, laut zu knurren. Ich wollte auf der Stelle hier weg und nie, nie wieder etwas von Mathe und schlechten Zensuren hören.

In allen anderen Fächern war ich gut. Jeder Mensch hatte schließlich Schwachstellen, kein Grund, hier auf Weltuntergang zu machen.

Paps fiel es leider ziemlich schwer, meiner Logik zu folgen, als ich ihm abends meine Arbeit zeigte und versuchte, ihn davon zu überzeugen, dass Mathe nicht *alles* im Leben war.

Zu allem Übel zog er auch noch Stephanie in die Sache mit rein, obwohl ich fand, dass das nur uns beide was anging. Doch anscheinend gab es die beiden nur noch im Doppelpack. »Ich rufe gleich Tobias an. Ab sofort werdet ihr zweimal die Woche lernen, ist das klar?«, befahl Paps ungewohnt streng. »Du hast doch bestimmt keine Lust, die Klasse zu wiederholen, oder?«

Äh nein, eher nicht . . .

»Das wäre alles bestimmt kein Problem, wenn Cynthia sich mehr auf die Schule konzentrieren würde, anstatt zu malen, dem dummen Vogel deutsch beizubringen, ständig Besuch von Freundinnen zu haben und seit Neuestem auch noch zu jobben«, erklärte Stephanie oberlehrerhaft.

»So ein Quatsch, daran liegt es doch gar nicht. Ich bin nur ganz einfach zu unbegabt für dieses Fach. Aber glaubt mir, mit ein wenig Anstrengung und Fleiß schaffe ich das trotzdem, ich bin ja nicht auf den Kopf gefallen«, beeilte ich mich zu versichern. Hoffentlich kam Paps nicht auf die Idee, mir das Atelier zu verbieten oder den Job in der »Ersten Liebe«. »Lasst mich mal ein bisschen mit Tobias üben und ihr werdet sehen, dass ich im Handumdrehen bessere Noten nach Hause bringe.«

Stephanie zog zweifelnd ihre viel zu dünn gezupfte Augenbraue nach oben und auch Paps sah dummerweise nicht besonders überzeugt aus.

Panik stieg in mir hoch.

Ich wollte unbedingt malen und ich wollte Daniel besser kennenlernen.

Und ich würde mich durch nichts und niemanden von diesem Plan abbringen lassen!

»Also gut, Cynthia. Dann vertraue ich mal darauf, dass du die Sache ernst nimmst und dich ab jetzt nicht nur mit den Dingen beschäftigst, die dir leichtfallen und Spaß machen. Du bist doch ein intelligentes Mädchen! Außerdem waren weder deine Mutter noch ich schlecht in Mathematik, ich weiß gar nicht, woher du das hast.«

Von Großmama Aurelia, dachte ich, verkniff mir aber diese Bemerkung, da sich Stephanies Augen schon bei der Erwähnung meiner Mutter zu sehr, sehr kleinen Schlitzen verengt hatten.

Nachdem Paps Tobias erreicht und mir für montags und freitags Mathe-Nachhilfe verordnet hatte, bekam ich noch mehr Angst. WANN sollte ich bei dem Pensum denn bitte schön noch Zeit finden, um zu GG ins Atelier zu fahren und zu malen? Geschweige denn noch private Zeichenstunden zu nehmen?

Das Leben war wirklich kompliziert ...

Und weil ich gerade das dringende Bedürfnis nach Tapetenwechsel und frischer Luft hatte, beschloss ich als Ausgleich zur »elterlichen« Standpauke, eine Runde um den Block zu gehen. Ich schnappte mir meinen Mantel und den Regenschirm und begann – wie GG es mir empfohlen hatte – mit *offenen* Augen durch Hamburg zu laufen.

Natürlich war es um diese Uhrzeit bereits dunkel, aber ich erkannte im Licht der Straßenlaternen, der Restaurants, Bars und Geschäfte die zahllosen Graffitis und Stencils, die Elektrokästen, Ampeln, Hauswände, Mülltonnen und Gehwegplatten zierten.

Je länger ich herumspazierte, desto mehr hatte ich das Gefühl, die ganze Stadt sei ein einziges Gemälde.

Warum war mir noch nie aufgefallen, mit wie viel Mühe, Liebe und Kreativität einzelne Künstler versuchten, das Stadtbild zu verschönern – oder Werbeplakate mit konsumkritischen Slogans zu besprühen?

Wer waren diese Sprayer und Maler und wann führten sie ihre Aktionen durch? Immerhin standen Wandschmierereien und Wildplakatierungen unter Strafe, soweit ich wusste.

Warum nahmen Künstler hohe Geldstrafen in Kauf und riskierten sogar, im Knast zu landen?

Voller Bewunderung und Faszination kam ich irgendwann wieder zu Hause an und dachte danach noch lange darüber nach, was ich gesehen hatte. Diesen Leuten hatte bestimmt noch niemand vorgeworfen, mit *angezogener Handbremse* zu malen, wie GG es ausgedrückt hatte, oder dass es ihnen an Mut und Selbstvertrauen mangelte – O-Ton Dr. Wolfram B. Rohrbach von der Kunsthochschule.

»Was hältst du davon, wenn ich dich nachher in der ›Ersten Liebe‹ besuche?«, fragte Louisa, als wir am Mittwoch nach Schulschluss unsere Sachen packten. Ich war schon wieder megaaufgeregt und hoffte, dass Daniel nachher dort auftauchen würde. Ein wenig seelischen Beistand von einer Freundin konnte ich wirklich gut gebrauchen.

»Wenn du willst, kannst du auch sofort mitkommen«, bot ich an und freute mich über Louisas Idee.

Holly war gerade total im Stress, als wir eintrafen, denn im Bistro war die Hölle los. Fast schon routiniert band ich mir die weiße Kellnerschürze um, während Louisa nach einem freien Platz Ausschau hielt. Es gelang ihr, den letzten Hocker an der Bar zu ergattern. »Tisch drei wartet noch auf Kuchen«, rief Holly mir über die Schulter zu. »Einmal Käse und zweimal Marmor.« Ich legte das Gebäck auf Porzellanteller und balancierte sie an den Gästen vorbei, die vor dem Tresen auf den nächsten freien Platz warteten.

Draußen regnete es in Strömen, kein Wunder, dass hier so viel los war. »So, hier kommt der Kuchen«, sagte ich gut gelaunt, als ich sah, dass es Daniel war, der ihn bestellt hatte. Drei Sekunden später sank meine Laune allerdings wieder in den Keller, als ich erkannte, dass ein Mädchen mit am Tisch saß. Und zwar ein sehr hübsches. Das dritte Stück Kuchen war für Luc.

Die drei waren so sehr in ihr Gespräch vertieft, dass sie noch nicht einmal aufsahen, als ich kam. Bitte, dann eben nicht!

»Ist er denn heute da?«, wollte Louisa wissen, nachdem ich ihr einen Tee mit frischer Minze und einen Muffin gebracht hatte.

»Ja, aber dummerweise in Begleitung einer echten Schönheit.«

Louisa krachte beinahe vom Barhocker, beim Versuch, sich nach Daniel und Luc umzudrehen. »Keep cool, vielleicht gehört die Frau ja zu dem anderen«, mutmaßte sie. Juhu! An diese Möglichkeit hatte ich noch gar nicht gedacht. Nur weil ICH Daniel so toll fand, musste das ja nicht für alle Frauen dieses Universums gelten.

Als der Regen nachließ, leerte sich auch die »Erste Liebe« allmählich. Louisa bestellte einen weiteren Milchcafé, während sie in einem Modemagazin blätterte. Schließlich verabschiedete sie sich, um sich noch mit ihrem Freund Yannick zu treffen, mit dem sie schon seit Ewigkeiten zusammen war. »Du hast es gut«, seufzte ich ihr beim Abschied ins Ohr. »Du hast einen süßen, tollen Freund, während Paule gerade im Liebeskummer versinkt und ich in der Gegenwart von Daniel regelmäßig zu Miss Unsichtbar werde, was in etwa auf dasselbe hinausläuft.«

»Hab ein bisschen Geduld, das wird schon«, lachte Louisa, gab mir ein Küsschen und rauschte ab.

Stattdessen tauchte plötzlich Felicia auf.

Was wollte die Zicke denn hier?

Hatte Stephanie sie geschickt, um mich zu kontrollieren?

Mir fiel beinahe das Tablett aus der Hand, als sie sich dann auch noch völlig selbstverständlich zu Daniel, Luc und dem Mädchen setzte und mich komplett ignorierte.

Woher kannte sie Daniel?

Dummerweise hatte ich zu viel zu tun, um das Gespräch zu verfolgen, aber meine Fantasie trieb wilde Blüten. Tatsächlich war es ja Felicia gewesen, die mir von diesem Bistro vorgeschwärmt und mich darauf aufmerksam gemacht hatte.

Galt ihre Begeisterung am Ende nicht nur dem Laden, sondern in erster Linie Daniel?

Als Sohn einer äußerst wohlhabenden Hamburger Größe fiel er natürlich direkt in ihr Beuteschema. Ziemlich sauer beobachtete ich, wie Felicia sich in Pose warf (sie hatte sich heute besonders viel Mühe mit ihrem Styling gegeben und sah verboten gut aus), auffallend viel lachte (toll, zu Hause gab sie immer die Muffelkuh) und immer wieder wie zufällig ihre Hand auf die von Daniel legte. Wäre La Perla jetzt hier gewesen, hätte er bestimmt lautstark »Killesie, killesie« gerufen und ich hätte ihn nicht davon abgehalten.

Irgendwann bemerkte mich Felicia trotz ihrer Show dann doch: »Hey, da bist du ja«, begrüßte sie mich – allerdings ohne zu lächeln. »Und? Alles klar?« Ich murmelte: »Ja, alles klar«, und drehte ihr, so schnell ich konnte, den Rücken zu.

Das Letzte, was ich wollte, war, dass Daniel ausgerechnet *jetzt* auf mich aufmerksam wurde. Felicia schien meine Reaktion jedoch nicht weiter zu stören, denn sie fuhr ungerührt fort, abwechselnd Luc und Daniel anzuschmachten.

Oh Mann, wie peinlich war das denn?

Eines musste man ihr allerdings lassen: Im Gegensatz zu mir war es ihr immerhin gelungen, ihn auf sich aufmerksam zu machen, während er von mir noch nicht einmal den Namen kannte. *Meine* Daniel-Bilanz sah momentan wie folgt aus:

– Erste Begegnung in der Buchhandlung: Kurzer Wortwechsel, vielversprechender Auftakt.

– Zweite Begegnung auf der Straße: Kollision, ziemlich peinlich!

– Dritte Begegnung in der Laeiszhalle: Daniel hin und weg von Paule, ich unsichtbar. Hm, geht so.

– Vierte Begegnung in der »Ersten Liebe«: Ich versteckt hinter der ZEIT. Eher mäßige Performance.

– Fünfte Begegnung . . .

»Cynthia, kommst du mal bitte? Wir würden gern noch etwas bestellen oder hast du gerade Wichtigeres zu tun?«

Nein, nichts, außer dir gleich den Hals umzudrehen. Daniel blickte kurz auf, als Felicia einen Prosecco orderte. Er sah mich an, runzelte leicht die Stirn und wandte sich dann wieder Luc zu.

Trotzdem betrachtete ich es als einen Pluspunkt für mich, dass er mich sogar noch einmal musterte, als ich Felicias Getränk brachte, und lächelte, bevor er sich weiter unterhielt.

Hatte er mich nun erkannt oder nicht?

Diese Frage beschäftigte mich immer noch, als ich nach Dienstschluss nach Hause ging (Felicia war zusammen mit den anderen irgendwann abgeschwirrt, ohne mir auch nur Tschüss zu sagen), doch ich kam zu keinem Ergebnis.

Alles, was ich mit Sicherheit wusste, war, dass ich mir meine Gefühle für Daniel nicht eingebildet hatte.

Immer wenn ich ihn ansah, zerschmolz mein Herz wie Wachs. In meinem Bauch wurde es warm, meine Nerven fingen an zu flattern, alles in allem ein unbeschreibliches Gefühl. Noch viel fantastischer wäre es allerdings gewesen, wenn Daniel dasselbe empfinden würde. Ich beschloss, gleich mal Paule anzurufen, um sie zu fragen, wie es ihr heute ging, und um mir einen Rat zu holen. Schließlich brachte es auf die Dauer überhaupt nichts, wenn Daniel zwar häufiger in der »Ersten Liebe« abhing, mich aber nie registrierte. Ich musste wohl oder übel selbst Initiative ergreifen. Zum Beispiel konnte ich in die Buchhandlung gehen, mich nach Büchern über Street-Art erkundigen und dabei versuchen, mit ihm ins Gespräch zu kommen.

Guter Plan? Guter Plan!

Beschwingt von dieser Aussicht nahm ich gleich mehrere Stufen auf einmal und kam ziemlich atemlos oben an. Nachdem ich die Tür geöffnet hatte, hörte ich eine Stimme, die mein Herz zum zweiten Mal an diesem Tag hüpfen ließ. »Oma Aurelia!«, schrie ich bereits im Flur, um mich kurz drauf in die Arme meiner heiß geliebten Großmutter zu stürzen.

15.

Am Freitag konnte ich es kaum erwarten, dass die Schule zu Ende war, denn Aurelia hatte versprochen, mich abzuholen. Eigentlich hätte ich ja Mathe-Nachhilfe bei Koi-Karpfen-Tobi gehabt, aber meine Großmutter ging eindeutig vor. Also hatte ich einfach abgesagt. (Ohne Paps davon zu erzählen, hüstel.)

»Da bist du ja, meine Kleine«, rief Aurelia, als ich zusammen mit Louisa die Treppenstufen vor dem Haupteingang herunterkam, und umarmte mich. »Wie sieht es aus? Hast du Hunger?«

»Dumme Frage«, antwortete ich, weil ich eigentlich immer Hunger hatte und nichts mehr liebte, als mit ihr essen zu gehen. Denn eine Aurelia Gräfin zu Waldenburg besuchte natürlich nicht den nächstbesten Italiener um die Ecke, sondern speiste in den nobelsten Lokalen der Stadt. Nachdem wir uns von Louisa verabschiedet hatten, brachte uns ein Taxi zum Hotel Vier Jahreszeiten, wo wir im Restaurant einen Tisch mit Alsterblick bekamen. Oma strahlte, während ich mir etwas zu essen aussuchte. »Hübsch siehst du aus, so erwachsen«, freute sie sich und nippte an ihrem Wasserglas. »Und du wirst Katharina von Tag zu Tag ähnlicher, auch wenn deine Nase eher nach deinem Vater kommt.«

Ich wurde traurig, als sie meine Mutter erwähnte, aber ihr ging es garantiert nicht anders. Was gab es Schrecklicheres, als die eigene Tochter zu Grabe tragen zu müssen. »Da stimmt die Reihenfolge nicht!«, hatte Aurelia auf der Beerdigung gesagt und wütend Richtung Himmel geblickt.

»Wie war's denn auf See?«, fragte ich, um uns beide auf andere Gedanken zu bringen. Nachdem die Kartoffelsuppe mit Krabben serviert worden war, plauderte Aurelia über die verschiedenen Landgänge, die sie gemacht hatte. Sie berichtete von den Erlebnissen an Bord und den nervtötenden Marotten einiger Passagiere. Beim Erzählen bekam sie immer mehr Farbe im Gesicht. *Wann äußert sie sich endlich zu den Grazien?*, dachte ich und wartete gespannt auf eine Einschätzung des Abends, an dem meine Großmutter unangemeldet bei uns aufgetaucht war. Ich kannte sie jedoch gut genug, um zu wissen, dass sie während eines schönen Essens grundsätzlich nur harmlosen Smalltalk betrieb und keine wirklich wichtigen Dinge besprach. Nach der Mousse au chocolat war es dann so weit: »So, dann schieß mal los. Wie kommst du mit Stephanie und diesen ... diesen Mädchen klar?«

Da es erfahrungsgemäß keinen Sinn hatte, Aurelia etwas vorzumachen, berichtete ich von unserer Zwangs-WG, ohne irgendetwas zu beschönigen. Ich erzählte von Stephanies krampfhaften Bemühungen, aus uns eine richtige Familie zu machen, von den Schlampereien der Schwestern, die sich immer noch kein bisschen Mühe gaben, im Haushalt mitzuhelfen, von den strikten Regeln, der angespannten Atmosphäre und davon, dass Paps mit alldem überfordert zu sein schien.

Er schlief momentan tatsächlich extrem viel.

»So etwas dachte ich mir schon«, seufzte Aurelia und nippte an ihrem Mokka. »Deshalb bin ich auch unangemeldet bei euch reingeschneit, was ja sonst, wie du weißt, nicht so meine Art ist.«

Stimmt. Aurelia war durch und durch eine Grande Dame!

»Ah, ich verstehe«, grinste ich. »Und? Was hat deine Inspektion ergeben?«

»Ich mag La Perla«, antwortete Aurelia und lächelte.

Nun musste ich lachen. Das war ihre diplomatische Art zu sagen, dass sie von den Grazien alles andere als begeistert war. »Aber kannst du mir mal verraten, weshalb ihr keine Haushaltshilfe habt, das würde doch so vieles erleichtern.«

»Stephanie mag es nicht, wenn jemand Fremdes in der Wohnung ist.«

»Hat sie Angst um diese hässlichen Orientteppiche oder um ihre teure Gesichtscreme?«, fragte Aurelia mit einer Mischung aus Belustigung und Ärger in der Stimme.

»Keine Ahnung, was sie für ein Problem hat. Vielleicht will sie mit der Methode auch nur ihre beiden Töchter dazu erziehen, endlich mal im Haushalt mitzuhelfen. Das ist ja an sich keine schlechte Idee, klappt nur leider überhaupt nicht.«

Im Ausredenerfinden waren Kristen und Felicia wirklich Meisterinnen.

Immer musste eine von beiden gerade dringend mal weg (Felicia), hatte sich irgendetwas verstaucht/verrenkt/gequetscht/geprellt (Kristen) oder war gerade einfach *nicht in der Stimmung.*

Bislang hatte ich meistens nichts gesagt, weil es mir einfach zu blöd war, darüber mit ihnen zu streiten, aber allmählich war das Maß wirklich voll.

Aurelia nickte, schien aber in Gedanken ganz woanders. Und während sie über die Alster hinweg in die Ferne starrte, wurde mir auf einmal komisch. Von einer Minute auf die andere fing es in meinem Kopf an zu dröhnen, als hätte sich dort ein Presslufthammer eingenistet, und mir wurde schwindelig. »Kindchen, was ist denn los, du bist ja auf einmal ganz blass«, fragte Aurelia, sprang vom Stuhl und fasste mir an die Stirn. »Und du glühst wie ein Backofen. Kann es sein, dass du Fieber hast?« Ich ... äh ... keine Ahnung. Vorhin war noch alles in Ordnung.

»Ist dir schlecht?« Ich schüttelte den Kopf. »Nein, das fühlt sich eher nach einer Grippe an. Aber woher habe ich die denn so plötzlich?«

Aurelia winkte dem Kellner, verlangte die Rechnung, rief ein Taxi und eine halbe Stunde später lag ich auch schon in meinem Bett. Während ich abwechselnd zitterte und schwitzte, steckte mir meine Großmutter ein Fieberthermometer in den Mund und betrachtete mich kopfschüttelnd. »39,3°!«, sagte sie mit ernster Miene. »Habt ihr ein fiebersenkendes Mittel im Haus?«

»Im Badschränkchen ist bestimmt irgendetwas«, murmelte ich und wurde plötzlich wahnsinnig müde.

Als ich das nächste Mal aufwachte, war es elf Uhr abends. Ich hatte über sieben Stunden geschlafen. »Wenn das Fieber nicht bald runtergeht, hole ich den Notarzt«, hörte ich meinen Vater sagen, der sich offenbar gerade mit Aurelia darüber beratschlagte, was am besten zu tun sei.

»Dass so etwas immer dann passieren muss, wenn die Praxen schon geschlossen haben«, mischte sich nun auch Stephanie ein. »Krankheiten richten sich nun mal nicht nach dem Kalender«, entgegnete Aurelia spitz.

»Könnt ihr ein bisschen leiser sein?«, bat ich, weil jedes

einzelne Wort in meinen Ohren dröhnte. Paps beugte sich über mich, strich mir übers Haar und gab mir einen Kuss auf die Stirn. »Tut mir leid, Cynni-Maus, wir wollten dich nicht stören. Aber wir werden jetzt mal einen Arzt rufen, okay?«

»Pass auf, du steckst dich sonst auch noch an«, mahnte Stephanie und kassierte dafür einen wütenden Blick von Oma. »Wenn Sie Angst vor Ansteckung haben, verlassen Sie am besten sofort dieses Zimmer. Ich für meinen Teil werde mich jetzt jedenfalls um meine Enkelin kümmern! Thomas, habt ihr ein Klappbett, das ihr mir ins Zimmer stellen könnt?«

»Im Keller müsste eines sein, ich sehe mal eben nach«, murmelte Paps und war auch schon verschwunden.

Stephanie telefonierte währenddessen mit dem ärztlichen Notdienst.

Am nächsten Tag fühlte ich mich kein Stück besser, auch wenn das Fieber ein kleines bisschen gesunken war. Ich hatte Gliederschmerzen und war zu nichts anderem in der Lage, als vor mich hin zu dämmern. Zwischendurch trank ich Tee oder aß einen Joghurt, weil Aurelia mich dazu zwang. »Damit dir die Medikamente nicht zu sehr auf den Magen schlagen«, sagte sie besorgt.

Irgendwann rief GG auf meinem Handy an, um zu fragen, weshalb ich nicht ins Atelier kam. Paule meldete sich und wollte sich mit mir verabreden.

»Das wird wohl noch eine Weile warten müssen«, sagte Paps bedauernd. »Der Arzt hat dich eine Woche krankgeschrieben.«

La Perla schien ebenfalls zu spüren, dass etwas mit mir

nicht stimmte, und benahm sich für seine Verhältnisse sehr gesittet. Nachts schlief er im Käfig (was bislang noch nie vorgekommen war) und saß ansonsten den ganzen Tag auf meinem Kleiderschrank, von wo aus er den besten Blick auf mich hatte.

Es schien beinahe so, als wolle er auf mich aufpassen.

»Ihr seid alle so süß zu mir«, freute ich mich, als Aurelia mir ein Stück Marmorkuchen aus der »Ersten Liebe« mitsamt einem Gruß von Holly brachte und Paps mir versprach, Topfenpalatschinken zu machen, sobald ich wieder Appetit hatte. Außerdem kümmerte er sich höchstpersönlich um meine Wadenwickel.

Nur die Grazien ließen sich nicht blicken – was ich allerdings nicht weiter schlimm fand.

»Soll ich dir ein bisschen was vorlesen?«, bot Aurelia an, als sie sah, dass ich sogar zu schlapp war, um die neue *Vernissage* durchzublättern. Ich überlegte, worauf ich jetzt Lust hatte. »Weißt du, was ich total super finden würde? Ein Märchen . . .«

Ich dachte an die unzähligen Male, an denen mir Mama vorgelesen hatte, wenn ich als Kind krank gewesen war. Die fantastischen Geschichten der Brüder Grimm hatten mir wohlige Schauer über den Rücken gejagt, weil dort am Ende immer das Gute über das Böse siegte.

»In Ordnung, wird gemacht. Was hältst du zum Beispiel von Aschenputtel?«, fragte Aurelia mit einem vielsagenden Lächeln. Es dauerte einen Moment, bis ich ihre Anspielung verstand.

»Gute Idee«, antwortete ich und deutete auf mein Bücherregal. »Es müsste irgendwo in der obersten Reihe stehen.«

Und dann begann Oma, mir das Märchen von dem armen Mädchen vorzulesen, dessen Mutter früh gestorben war und dessen Vater später eine Frau heiratete, die zwei sehr, sehr biestige Töchter mit in die Ehe brachte:

Aschenputtel gehorchte, weinte aber, weil es auch gern zum Tanz mitgegangen wäre, und bat die Stiefmutter, sie möchte es ihm erlauben.
›Du Aschenputtel‹, sprach sie, ›bist voll Staub und Schmutz und willst zur Hochzeit? Du hast keine Kleider und Schuhe und willst tanzen?‹ Als es aber mit Bitten anhielt, sprach sie endlich: ›Da habe ich dir eine Schüssel Linsen in die Asche geschüttet, wenn du die Linsen in zwei Stunden wieder ausgelesen hast, so sollst du mitgehen.‹
Das Mädchen ging durch die Hintertür nach dem Garten und rief: ›Ihr zahmen Täubchen, ihr Turteltäubchen, all ihr Vöglein unter dem Himmel, kommt und helft mir lesen, die guten ins Töpfchen, die schlechten ins Kröpfchen.‹
Da kamen zum Küchenfenster zwei weiße Täubchen herein und danach die Turteltäubchen und endlich schwirrten und schwärmten alle Vöglein unter dem Himmel herein und ließen sich um die Asche nieder. Und die Täubchen nickten mit den Köpfchen und fingen an pick, pick, pick, pick, und da fingen die übrigen auch an pick, pick, pick, pick und lasen alle guten Körnlein in die Schüssel. Kaum war eine Stunde herum, so waren sie schon fertig und flogen alle wieder hinaus. Da brachte das Mädchen die Schüssel der Stiefmutter, freute sich und glaubte, es dürfte nun mit auf die Hochzeit gehen.
Aber sie sprach: ›Nein, Aschenputtel, du hast keine Kleider und kannst nicht tanzen, du wirst nur ausgelacht.‹ Als es

nun weinte, sprach sie: ›Wenn du mir zwei Schüsseln voll Linsen in einer Stunde aus der Asche reinlesen kannst, so sollst du mitgehen‹, und dachte: Das kann es ja nimmermehr.

Als sie die zwei Schüsseln Linsen in die Asche geschüttet hatte, ging das Mädchen durch die Hintertür nach dem Garten und rief: ›Ihr zahmen Täubchen, ihr Turteltäubchen, all ihr Vöglein unter dem Himmel, kommt und helft mit lesen, die guten ins Töpfchen, die schlechten ins Kröpfchen.‹

Da kamen zum Küchenfenster zwei weiße Täubchen herein und danach die Turteltäubchen und endlich schwirrten und schwärmten alle Vögel unter dem Himmel herein und ließen sich um die Asche nieder. Und die Täubchen nickten mit ihren Köpfchen und fingen an pick, pick, pick, pick und da fingen die übrigen auch an pick, pick, pick, pick und lasen alle guten Körner in die Schüsseln.

Und ehe eine halbe Stunde herum war, waren sie schon fertig und flogen alle wieder hinaus. Da trug das Mädchen die Schüsseln zu der Stiefmutter, freute sich und glaubte, nun dürfte es mit auf die Hochzeit gehen.

Nicht nur ich war begeistert, dieses Märchen aus meiner Kindheit wieder zu hören – La Perla war es auch.

Als die Textstelle mit den Tauben dran war, kam er vom Schrank geflattert, landete auf meiner Bettdecke und trippelte aufgeregt hin und her. Aurelia lachte, als sie sah, wie La Perla scheinbar gebannt und mit schief gelegtem Köpfchen der Geschichte folgte: »Ich glaube er mag Märchen«, schmunzelte sie und klappte schließlich das Buch zu.

»Ja, das glaube ich auch«, antwortete ich und hatte Mühe, meine Augen offen zu halten.

Kurz bevor ich wieder einschlief, hörte ich den Beo noch »Die guten ins Töpfchen, die schlechten ins Kröpfchen« plappern.

Dann träumte ich von einer riesigen Party, auf der ich eingeladen war.

Der Gastgeber war kein anderer als Daniel Petersen …

16.

Das war doch schon ganz gut für den Anfang«, lobte Tobias und musterte mich durch die Gläser seiner gigantisch großen Nerd-Brille. Ich zuckte mit den Schultern, murmelte: »Na wenn du meinst«, und nahm meinen Mantel vom Haken.

»Wenn du unsicher bist, können wir aber auch gern noch eine Extra-Schicht einlegen«, bot Tobi an und ich dachte: *Nur über meine Leiche, zweimal die Woche Mathe-Nachhilfe ist mehr, als ich ertragen kann!*

Kurz nachdem ich die Tür hinter mir zugezogen hatte, war ich in Gedanken auch schon ganz woanders, nämlich bei Daniel.

Auch wenn ich nach der schweren Grippe immer noch etwas wackelig auf den Beinen und blass um die Nase war, konnte ich es kaum erwarten, ihn zu sehen.

Hoffentlich ist er da!, betete ich und schaute durch das Schaufenster von Petersen & Lachmann. Eine Woche Fieberfantasien und zu viel Zeit zum Grübeln hatten eine fatale Wirkung auf mich gehabt: Jetzt war ich fest entschlossen, aufs Ganze zu gehen und Daniel zu beweisen, dass ich kein mausgraues Aschenputtel war, sondern eine schillernde Persönlichkeit! Um das noch zusätzlich zu betonen, trug ich Paules Plume-Lippenstift. »Habt ihr was über Street-Art da?«, schmetterte ich auch prompt los, kaum dass Daniel (juhu, er war da!) gefragt hatte, ob er mir helfen könnte.

»Na klar, komm mit.«

Also ging ich ihm hinterher und ertappte mich dabei,

auf seinen Hintern zu schauen. Hatte ich noch nie zuvor bei einem Jungen gemacht, keine Ahnung, was plötzlich mit mir los war.

»Hier ist ein Bildband von Banksy, hier einer über Street-Art in Hamburg, ein Buch über die Berliner Szene, hier . . .« Was auch immer Daniel noch sagte, ich bekam es nicht mit. Obwohl ich an seinen Lippen hing wie eine Biene an der Blüte und jedes Wort, jede Silbe, ja jeden einzelnen Buchstaben in mir aufsog wie eine Verdurstende eine eiskalte Cola. »Schau dich einfach um, ich bin sicher, du findest hier das Richtige!«

Äh, hallo.

Wieso drehte Daniel sich jetzt auf einmal einfach weg, als hätte ich mich gerade in Luft aufgelöst?

Und was machte eigentlich diese dumme Kuh von Felicia hier?

Die konnte doch nicht einmal das Wort KUNST buchstabieren.

»Würdest du dich bitte einen Augenblick gedulden, ich war zuerst dran«, zickte ich sie an, fest entschlossen, mich ab sofort nicht mehr unterkriegen zu lassen. Schließlich hatte Daniel gerade *mich* beraten und sollte seinen Job dann gefälligst auch anständig zu Ende bringen. Im Bistro brachte ich ihm den Kaffee schließlich auch *inklusive* Milch und Zucker.

»Kennt ihr beiden euch?«, fragte Daniel und sah erstaunt von einer zur anderen. »Wir wohnen zusammen«, antwortete ich eisig und verschränkte die Hände vor meiner Brust.

»Das ist meine Stiefschwester Cynthia. Du müsstest sie eigentlich kennen«, erklärte Felicia, die sich wieder mal extrem aufgebrezelt hatte und sogar einen Pelzkragen trug.

Wenn der echt war, konnte sie nachher ganz schön was erleben!

»Äh, wieso sollte ich das?«, fragte Daniel, nun komplett verwirrt, und kratzte sich verlegen am Kinn.

Erde tu dich auf und verschling mich.

Daniel hat soeben zugegeben, dass er mich noch nie bewusst wahrgenommen hat.

Und das VOR dieser Miss-Universum-Bitch Felicia ...

»Vielen Dank für die Beratung, ich komme ein andermal wieder«, stammelte ich und stürmte aus der Buchhandlung, bevor noch irgendetwas anderes passierte, weshalb ich gezwungen war auszuwandern. Als sei der Teufel höchstpersönlich hinter mir her, hechtete ich die Treppenstufen nach oben und hätte dabei beinahe Kristen umgerannt. »Dir scheint's ja wieder besser zu gehen, wie schön«, flötete sie. Bei dieser Bemerkung brach mir endgültig der Schweiß aus allen Poren. »Tut mir leid, dass ich nicht gestorben bin«, zischte ich sie an und mobilisierte meine letzten Energien, um nach oben zu kommen.

Dort warf ich mich erst mal ächzend auf mein Bett. La Perla kam hinterhergeflogen und setzte sich neben mich. Aus seinen zweifarbigen Augen sah er mich an und gurrte – den Ton einer Taube imitierend – »Rucke di guh, Blut ist im Schuh«. Obwohl ich eigentlich gerade stinksauer auf Kristen war, musste ich doch lachen. Offenbar war der Vogel immer noch auf dem Aschenputtel-Märchen-Trip.

»Kann ich reinkommen? Ich glaube, du hast mich da eben falsch verstanden«, rief Kristen von draußen und klopfte zaghaft an die Tür.

Oh nee, auch das noch!

Widerwillig knurrte ich: »Ja, okay«, und öffnete.

»Es ist wirklich schön, dass es dir wieder besser geht, wir haben uns nämlich alle ein bisschen Sorgen um dich gemacht«, erklärte Kristen, sah sich in meinem Zimmer um und wirkte ziemlich verlegen. »Du hattest hohes Fieber, hast zeitweise fantasiert und wirres Zeug von irgendeinem Daniel erzählt und warst kaum ansprechbar.«

Oh mein Gott, das durfte nicht wahr sein!

Kristen lächelte, als wüsste sie genau, was gerade in meinem Kopf vor sich ging. »Keine Sorge, ich verrate niemandem, dass du in Daniel Petersen verliebt bist. Muss ja keiner wissen. Du hast schließlich auch nicht gepetzt, dass Adrien und ich nicht nur ausschließlich mit Englisch-Nachhilfe beschäftig waren ...«

»Willst du dich nicht setzen, anstatt hier herumzutrippeln wie ein aufgescheuchtes Reh?«

Kristen zog den Schreibtischstuhl an mein Bett und ich musste daran denken, wie sie anlässlich unseres großen Streits gesagt hatte, dass sie sich diese Situation schließlich auch anders gewünscht hätte. Litt sie am Ende etwa genauso wie ich unter unserer Patchwork-Familien-Konstellation?

»Wie kommst du auf die Idee, dass ich mich für Daniel Petersen interessiere?«, fragte ich und versuchte, beim Aussprechen des Namens möglichst unbeteiligt zu wirken.

»Felicia hat neulich erzählt, dass sie in der ›Ersten Liebe‹ war und du Daniel beim Servieren dermaßen angeschmachtet hast, dass es wohl schon peinlich war. Also habe ich eins und eins zusammengezählt. Im Gegensatz zu dir bin *ich* nämlich ganz gut im Rechnen.« Kristen grinste.

WIE BITTE?

ICH sollte mich so dermaßen dämlich verhalten haben?

Wer hatte sich denn so aufgedonnert, als ginge es zum Presseball und als könne sie es kaum erwarten, sich Daniel endlich unter den Nagel zu reißen?

»Woher kennt Felicia Daniel eigentlich?«, fragte ich, um davon abzulenken, dass ich kurz davor war, an die Decke zu gehen.

Na warte, du miese Petze, das gibt Ärger!

Kristen verzog ihren Mund zu einem Lächeln, als freute sie sich darüber, endlich ein kleines Geheimnis mit mir teilen zu können. »Aus dem Fitness-Studio. Sie hat mal ein paar Wochen den Trainer vertreten und Daniel bei einigen Übungen beraten. Seitdem unternehmen die beiden ab und zu was miteinander oder treffen sich spontan in der ›Ersten Liebe‹ zum Kaffeetrinken.«

Am liebsten hätte ich sie auch noch gefragt, ob da was lief, zwischen den beiden. Aber ehe ich mir diese Blöße gab, biss ich mir lieber die Zunge ab.

»Und was ist mit dir und diesem Adrien? Ist der jetzt dein fester Freund?«

»Er wäre es gern, aber ich bin mir da nicht so sicher. Ich suche nach einem *richtigen* Mann, nicht nach so einem süßen Schnulli-Typen. Ich möchte mal heiraten, eine Familie gründen und dann aufhören zu arbeiten. Mit einem Mann, der keine Ambitionen hat, Karriere zu machen, ist das aber ein bisschen schwierig.«

Ich wusste nicht, ob ich lachen oder heulen sollte.

Hörte sich Kristen eigentlich auch mal selbst zu?

»Wieso denkst du schon daran, mit dem Arbeiten aufzuhören, wenn du noch nicht einmal damit angefangen hast?«, stichelte ich, auch wenn das ein bisschen fies war.

Immerhin hatte sich Kristen gerade das erste Mal überhaupt geöffnet und bemühte sich, nett zu sein. »Was ist denn mit deiner Stewardessen-Prüfung?«

»Flugbegleiterin«, korrigierte sie mich mit ernster Miene. Wenn es um dieses Thema ging, verstand sie keinen Spaß. »Wie gesagt: Ich muss mein Englisch verbessern, mir die Augen lasern lassen, abnehmen.«

»Na dann mach doch!«

»Will ich ja, aber das ist alles nicht so einfach. Du isst doch auch gern, aber im Gegensatz zu mir kannst du es dir auch leisten. Ich werde nun mal schwach, wenn es irgendwo Süßigkeiten gibt.« *Oder anderer Leute Ovomaltine, Frit-Sticks oder Kekse . . .*

»Und wenn du einen Beruf ergreifen würdest, bei dem es nicht so sehr auf Äußerlichkeiten ankommt? Du bist doch sehr hübsch, so wie du bist. Aus meiner Sicht müsstest du überhaupt nicht abnehmen.«

Himmel, was redete ich da eigentlich?

Es ging mich doch überhaupt nichts an, was diese Frau mit ihrem Leben anfing. Schließlich war sie alt genug, um selbst zu wissen, was sie tat. Bevor ich mich weiter mit diesem Thema auseinandersetzen musste, läutete es an der Tür. Kristen sah auf ihre Armbanduhr und schreckte hoch. »Das wird Frau Werner sein«, sagte sie und ich verstand mal wieder nur Bahnhof. »Frau Werner ist die Haushaltshilfe, die ab sofort zweimal die Woche kommen wird.«

Neugierig folgte ich Kristen in den Flur und konnte mein Glück kaum fassen. Was auch immer bei Stephanie zu diesem Sinneswandel geführt hatte, es war mir egal.

Endlich würde sich hier etwas ändern. »Hallo Frau Werner«, begrüßte ich eine ungefähr sechzigjährige, sympathisch aussehende Frau.

»Meine Mutter müsste jeden Moment hier sein«, erklärte Kristen. »Kommen Sie doch so lange schon mal mit in die Küche.«

Ich entschied, die beiden besser alleine zu lassen, und verkrümelte mich in mein Zimmer. Dabei überlegte ich, ob nicht vielleicht Aurelia bei dieser Sache ihre Finger im Spiel gehabt hatte . . .

17.

Endlich bist du wieder da, Liebchen. Wir haben dich schon vermisst!«, rief GG und strahlte über das ganze Gesicht, als ich Dienstag nach der Schule im Atelier auftauchte. *Wir* waren übrigens Gernot und Leopold, der Schuhdesigner, der gerade eine ganze Weile in Tokio gewesen war, um sich dort über neue Trends zu informieren und inspirieren zu lassen. »Wow, was ist das denn?«, rief ich begeistert, als mein Blick auf das knallrote Pop-Art-Sofa fiel, das die Form eines Mundes hatte. Das war eindeutig neu und sah ultrascharf aus.

»Tja, Liebchen, da staunst du, was? Dieses gute Stück heißt Bocca und ist ein absoluter Design-Klassiker der 1970er-Jahre. Es wurde als Hommage an Salvador Dali entworfen. Aber pass auf, wenn du dich draufsetzt, das kleine Miststück ist nämlich abartig teuer!«

»Okay, dann lass ich es lieber«, antwortete ich und ging sofort auf Abstand. »Keine Angst, es beißt nicht«, amüsierte sich Leopold und verzog sich dann wieder in seine Ecke des Ateliers, wo er an irgendetwas herumwerkelte.

»Geht es dir denn wieder besser?«, fragte GG besorgt, während ich die neuesten Entwürfe auf seinem Tisch begutachtete. Gernot schien sich nun offenbar mit Hosen und Kappen mit Filzkrempe zu beschäftigen. »Ich denke schon«, antwortete ich und fuhr verträumt mit der Hand über die Stoffe. Es musste einfach wundervoll sein, sich den ganzen Tag mit Dingen beschäftigen zu können, die einen wirklich faszinierten. »Aber ich bin noch ein bisschen schlapp und werde es daher diese Woche noch etwas ruhiger angehen lassen. Aber ich hatte Sehnsucht nach dir, deshalb wollte ich euch ein, zwei Stündchen besuchen, bevor es unser erstes von Stephanie verordnetes Familienabendessen gibt.«

»Verordnetes Familienessen? Das klingt irgendwie anstrengend«, sagte GG und verzog das Gesicht. »Gewisse Dinge kann man einfach nicht erzwingen und schon gar kein harmonisches Familienleben. Aber anyway, lässt sich ja jetzt nicht ändern. Also mach es dir gemütlich und lass dich von der Muse küssen. Good luck!«

Ich versuchte, seinen Rat zu befolgen, kritzelte ein bisschen auf meinem Block herum, war aber nicht so ganz bei der Sache. Als dann auch noch Essensdüfte meine Nase kitzelten, gab ich endgültig auf. Ganz offensichtlich war ich noch nicht gesund genug, um mit dem Zeichnen richtig durchzustarten. »Mhm, was riecht denn hier so gut?«, wunderte ich mich und sah GG fragend an. Der zuckte nur mit den Schultern und murmelte: »Leopold hat anscheinend eine Kreativ-Blockade und kocht. Das macht er immer, wenn ihm nichts einfällt.«

Neugierig ging ich in Richtung der Miniküche, die neben der Unisex-Toilette lag. Und tatsächlich: Leopold stand am Herd, hatte seine Ärmel hochgekrempelt, seine langen Haare zum Zopf gebunden und rührte völlig versunken in einem Topf. Untermalt wurde das Ganze von den coolen Klängen einer dieser Indie-Pop-Bands, auf die GG und er standen. »Das riecht super, was kochst du denn da?«, wollte ich wissen und stellte mich neben Leopold. »Ach, nichts Besonderes, nur ein indisches Linsengericht. Willst du mal probieren?« Das brauchte er mir natürlich nicht zweimal zu sagen. Kaum hatte ich den ersten Löffel im Mund, fühlte ich mich in den Orient versetzt, einfach himmlisch! »Was sind da denn für Gewürze drin?«, fragte ich und nahm mir Nachschub.

Leopold war ganz offensichtlich geschmeichelt: »Frischer Ingwer, Kurkuma, Kreuzkümmel, Knoblauch, Salz und Pfeffer – mehr eigentlich nicht.«

»Und wie viele Linsensorten hast du genommen?«, bohrte ich weiter und betrachtete fasziniert die Farbenvielfalt im Topf. Nun lächelte er geheimnisvoll: »Gelbe und rote, schwarze Beluga und grüne du Puy aus Frankreich.«

Das musste ich mir unbedingt merken. Doch Leopold konnte offenbar Gedanken lesen: »Dieses Gericht ist übrigens ganz einfach zu kochen, ich kann dir gern das Rezept geben. Ich habe es von meiner indischen Freundin Alka, die zusammen mit ihrem Freund JamieTim den ›Veggie-Himmel‹ im Karolinen-Viertel führt.«

Als ich abends mit Paps und den Grazien beim Essen saß, hatte ich kaum noch Appetit. Restlos begeistert vom Geschmack des indischen Eintopfs, hatte ich schließlich zwei kleine Schüsseln voll verputzt. »Schmeckt es dir etwa nicht?«, fragte Stephanie mit leicht vorwurfsvollem Unterton.

Ich hatte die Hälfte ihrer Spinat-Lasagne mit Lachs stehen lassen müssen, obwohl ich sie eigentlich mochte. Wenn Stephanie sich Mühe gab, konnte sie durchaus kochen.

»Doch, doch, ich habe heute nur keinen besonderen Hunger«, antwortete ich und konnte es kaum erwarten, dass diese Zwangsveranstaltung endlich zu Ende war. Währenddessen plapperte Kristen ununterbrochen und erzählte von den Angeboten unterschiedlicher Firmen, die Augenlaser-Operationen durchführten. Das war aber immer noch besser, als die schweigende Arroganz, mit der Felicia in ihrer Lasagne herumstocherte. Seit unserem Zusammenstoß in der Buchhandlung gingen wir beide uns ganz bewusst aus dem Weg. »Was haltet ihr davon, wenn ab nächster Woche immer reihum einer für die anderen kocht?«, schlug Stephanie vor, woraufhin Paps sich an seinem Rotwein verschluckte. »Wwwiewie meinst du das denn?« Jetzt war auch Felicia aus ihrer Starre erwacht.

»Ich dachte, das könnte vielleicht Spaß machen. Oder noch besser: Wir einigen uns auf ein Gericht und kochen dann zusammen.« *Au Mann, die Frau hatte eindeutig zu viele Kochshows und Sendungen wie Promi-Dinner geguckt.*

»Dann sollten wir aber darauf achten, dass wir kalorienarm kochen«, meldete sich nun auch Kristen zu Wort. Bei diesem Stichwort kam mir eine Idee: »Mögt ihr indisches Essen? Ich habe da ein tolles Rezept für einen Linseneintopf, das ihr garantiert lieben werdet. Außerdem macht das bestimmt nicht dick.«

»Die guten ins Töpfchen, die schlechten ins Kröpfchen«, erschallte es da wie auf Kommando von La Perla, den ich zuletzt in meinem Zimmer gesehen hatte. Anscheinend hatte ich vergessen, die Türe zu schließen.

Doch anstatt herumzumeckern und auf den Beo zu schimpfen, lächelte Stephanie. »Schon erstaunlich, was der Vogel in dieser kurzen Zeit alles gelernt hat«, sagte sie und erntete mit dieser Bemerkung ein paar verstörte Blicke ihrer Töchter.

Auch ich war verwirrt.

Aus dieser Frau würde ich wirklich nicht mehr schlau werden.

Mittwochnachmittag ging ich mit gemischten Gefühlen in die »Erste Liebe«. Zum einen hatte ich ein schlechtes Gewissen, weil ich eine Woche krank gewesen war, zum anderen hatte ich heute überhaupt keine Lust darauf, Daniel zu begegnen.

Die Tatsache, dass er mit Felicia befreundet war, lag mir immer noch schwer im Magen. »Hey, da bist du ja wieder, geht's dir denn gut?«, begrüßte mich Holly, freundlich wie immer. »Danke, so weit ganz okay. Ich freue mich, wieder hier zu sein.« Zu mehr Geplänkel blieb keine Zeit, denn das Bistro war wieder mal rappelvoll. Jedes Mal wenn die Tür aufging, setzte mein Herz für einen Schlag aus, doch Daniel kam nicht. Als irgendwann klar war, dass er heute nicht mehr auftauchen würde, konnte ich mich endlich entspannen. Hier zu arbeiten, machte echt Spaß. Und ich schien mich auch nicht ganz doof anzustellen, denn ich bekam relativ viel Tip. Um kurz nach acht holte ich meinen Mantel und sah durch die Fenster, dass draußen ein Typ auf und ab ging.

Der will bestimmt Holly abholen, dachte ich und öffnete die Tür.

»Hallo Cynthia, hast du einen Augenblick Zeit?«

»Hi Daniel, was gibt's?«, fragte ich und war gleichzeitig einem Kollaps nahe.

Was machte der denn hier? Wartete er etwa auf mich?

»Ich wollte mich dafür entschuldigen, dass ich dich neulich wegen Felicia habe stehen lassen. Das war total unhöflich und unprofessionell. Wenn du magst, können wir die misslungene Beratung nachholen.«

»Schon okay, du musst dich nicht entschuldigen. So was kann passieren. Und wie du siehst, habe ich es überlebt.«

»Außerdem tut es mir leid, dass ich dich nicht gleich erkannt habe, als du in die Buchhandlung gekommen bist. Mir ist erst später wieder eingefallen, dass du ja in der ›Ersten Liebe‹ kellnerst.«

Und dass ich schon mal in dich reingerannt bin, dass wir zusammen beim Ballett waren . . .

»Nett, dass du das sagst, aber alles halb so wild. Ich komme einfach in den nächsten Tagen bei euch vorbei und wühle mich durch euer Street-Art-Angebot, ihr habt ja massig Auswahl.«

»Du könntest auch gleich mitkommen, wenn du magst. Der Laden hat zu und du hättest mich . . . äh, ich meine die Bücher . . . ganz für dich allein.«

Mir wurde ganz schwindelig. Himmel, was sollte ich denn jetzt tun? »Tja, wenn du das so nett anbietest, warum nicht?«, hörte ich mich antworten, auch wenn eine andere Stimme in mir gleichzeitig etwas ganz anderes sagte. Was wollte ich mit einem Typen, der mit einer Kuh wie Felicia befreundet war?

Daniel schloss die Tür von Petersen & Lachmann auf, schaltete die Lichter an und ich war sofort wieder hin und weg. Der Duft nach Papier und Holz, den ich so sehr liebte, die vielen schönen Bücher, die ausgestellten Bilder, die künstlerische Atmosphäre – das alles war einfach paradiesisch.

»Magst du einen Tee?«, fragte Daniel und ich nickte.

Während er in der Personalküche herumwerkelte, breitete ich die Titel, die mich interessierten, auf dem Lesetisch aus und blätterte sie durch. »So, nun bringe ich dir zur Abwechslung mal was«, lächelte Daniel und stellte ein Tablett auf den Tisch. Aus der Kanne dampfte der Tee, auf einem Tellerchen lagen lecker aussehende Schokoladenkekse. »Das nenne ich mal Service. Pass auf, sonst gewöhne ich mich womöglich noch an diese Sonderbehandlung.«

»Interessierst du dich aus einem speziellen Grund für Street-Art?«, wollte Daniel wissen und schenkte uns beiden Roibusch ein.

»Ich wollte mich ein bisschen inspirieren lassen, weil ich für einen Freund Motivschablonen zeichnen will.«

Daniel betrachtete mich aufmerksam. »GG ist Modedesigner«, fügte ich erklärend hinzu.

»Du kannst also zeichnen und interessierst dich offenbar für Kunst, da haben wir beide ja schon eine Menge gemeinsam.«

»Du zeichnest auch?«, fragte ich begeistert.

»Zumindest für den Hausgebrauch. Ich studiere auf Lehramt und möchte Kunst, Deutsch und Philosophie unterrichten. Für die Kids reicht mein Talent hoffentlich.«

Oh Mann, da war es wieder, dieses sensationelle Lächeln. Irgendwie verwegen und sexy zugleich.

»Willst du denn nicht in das Geschäft deines Vaters einsteigen? Was wird denn später aus der Buchhandlung, dem Verlagshaus und dem Kultur-Festival?«

»Die Buchhandlung wird wahrscheinlich mein jüngerer Bruder Anton übernehmen, das CLC-Festival wird von mir organisiert und das Verlagshaus von einem Geschäftsführer geleitet werden. Aber darüber müssen wir eigentlich noch nicht nachdenken. Mein Vater hat nicht vor, schon so bald in Rente zu gehen«, fügte Daniel mit einem Grinsen hinzu.

»Stimmt, er sieht auch noch ziemlich jung aus.«

»Woher kennst du meinen Dad?«, fragte Daniel verwundert und legte den Kopf schief, wie La Perla es auch immer tat.

»Ich habe ihn neulich getroffen, als deine Eltern bei der Ballettaufführung in der Laeiszhalle waren. Du warst übrigens auch da . . .« Sorry, aber diesen kleinen Seitenhieb konnte ich mir wirklich nicht verkneifen.

»Ballett . . . Ballett«, wiederholte Daniel, sichtlich überfordert. »Ach ja, stimmt. Wir haben uns da am Sektstand mit einer der Tänzerinnen unterhalten. Und da warst du auch dabei?«

»Ich bin die beste Freundin der Tänzerin und stand die ganze Zeit neben ihr.« Oh, oh, jetzt wurde Daniel ziemlich rot.

»Du musst mich ja allmählich für einen kompletten Volltrottel halten«, sagte er schließlich betreten.

»Na ja . . .«, antwortete ich und genoss es, den Rest des Satzes ungesagt im Raum hängen zu lassen.

»Okay, Cynthia. Wenn das alles so ist, würde ich vorschlagen, dass wir jetzt noch mal ganz von vorne anfangen. Ich bin Daniel Petersen und freue mich sehr, dich kennenzulernen.«

»Und ich bin Cynthia Aschenbrenner und freue mich auch.«

»Dann also weiterhin auf gute Nachbarschaft!«

»Auf gute Nachbarschaft«, wiederholte ich und wir prosteten uns mit den Tee-Bechern zu.

»Gibt es sonst noch etwas, das ich über dich wissen sollte? Ich kenne deinen Namen, ich weiß, dass du in der ›Ersten Liebe‹ jobbst und für einen Modedesigner auf Motivsuche bist. Außerdem bist so eine Art Stiefschwester von Felicia, richtig?«

»Geht doch«, lächelte ich und freute mich wie ein kleines Kind, dass endlich mal ich am längeren Hebel saß. »Ja, ich wohne mit Felicia und ihrer Schwester zusammen, seit mein Vater und ihre Mutter Stephanie beschlossen haben, Patchwork-Familie zu spielen.«

»Das klingt ja nicht gerade begeistert.«

»Nee, das bin ich auch nicht. Felicia wird dir sicher erzählt haben, dass es nicht besonders gut zwischen uns läuft.«

»Hat sie nicht, aber das ist natürlich blöd, wenn es so ist. Sind deine Eltern denn geschieden?«

Ein feiner Schmerz durchzuckte mich, als ich an Mama dachte und mir einfiel, dass ich sie seit fast zwei Wochen nicht mehr besucht hatte. »Meine Mutter ist vor einem Dreivierteljahr gestorben«, flüsterte ich und versuchte, meine Gefühle durch das Knabbern eines Kekses unter Kontrolle zu bringen.

»Oh, das tut mir leid. Das muss für deinen Vater und dich sehr, sehr schwer sein.«

»Danke, das ist lieb. Aber lass uns jetzt bitte von etwas anderem reden. Wirst du denn auch beim CLC-Festival sein?

»Aber klar werde ich das. Und ich hoffe sehr, dass du auch kommst!«

18.

Nach der Mathe-Nachhilfe am Freitag war es endlich so weit: Paule, Louisa und ich hatten uns zum Shoppen verabredet. Paule wollte sich ein Trostpflaster wegen ihres Enrico-Liebeskummers gönnen und ich schon mal nach Kleidern für das CLC-Festival Ausschau halten. Louisa suchte etwas für ihre morgige Geburtstags-Party. »Was hältst du davon?«, fragte Paule und hielt sich ein knallrotes, hautenges Longshirt vor die Brust. »Damit sieht dich jeder auf zehn Kilometer Entfernung«, antwortete Louisa. »Außerdem bekommt Enrico garantiert einen Herzanfall, wenn er dich so sieht. Das Teil hat echt einen rattenscharfen Ausschnitt.«

»Okay, ich nehm's!«, strahlte Paule, die ansonsten immer noch etwas blass war. Ihre Haare waren zu einem strähnigen Zopf zusammengebunden, anstatt wie sonst zum Ballerinaknoten. Dieser Tanzlehrer hatte ihr offenbar wirklich das Herz gebrochen. »Soll ich ihn auf meine Party einladen, damit du ihn dort eifersüchtig machen kannst?«, schlug Louisa vor und schon kam Leben in Pauline. »Das würdest du wirklich tun?«, jubelte sie und Louisa nickte. »Ja, das würde ich tun, um diesem Obermacho so richtig eins auszuwischen. Ist ja nicht mit anzusehen, wie du leidest.«

»Aber mit wem willst du Paule denn verkuppeln?«, mischte ich mich nun auch in die Rachepläne ein, schließlich kannte ich Louisas männlichen Freundeskreis. Darunter war dummerweise nicht ein geeigneter Kandidat. Alle »guten« Jungs waren liiert und die anderen waren zwar nett, aber auch ein bisschen langweilig. Oder zu kindlich, in meinen Augen zumindest. Nun wurde auch Lousia unsicher. »Also ich dachte da an, ähem . . . weiß ich jetzt auch gerade nicht. Kannst du denn nicht diesen Daniel mitbringen, jetzt, wo ihr so dicke miteinander seid? Und er soll am besten noch einen seiner Kumpel anschleppen. Da war doch noch dieser Theater-Typ in der Bar. Lukas oder so ähnlich . . .«

»Paule soll Enrico mit Daniel eifersüchtig machen?«, fragte ich und schnappte schon bei der bloßen Vorstellung nach Luft.

»Okay, das war jetzt kein so genialer Geistesblitz«, antwortete Louisa kleinlaut.

Ich dachte nach: Weder GG noch Leopold wirkten besonders tuntig. Sie sahen beide sehr gut aus, waren sympathisch und charmant und hatten bestimmt nichts dagegen, mal einen Abend lang so zu tun, als wären sie an Mädchen interessiert. »Ich frage einfach Gernot, ob er Lust hat, zusammen mit Leopold zu kommen. So eine Aktion würde ihnen bestimmt Spaß machen.«

»Also ich weiß nicht, ob das wirklich so eine gute Idee ist. Stell dir mal vor, Enrico kriegt das spitz, dann stehe ich ja noch dümmer da als vorher«, entgegnete Paule kopfschüttelnd.

»Daniel kann ich aber auf gar keinen Fall fragen. Nur weil wir einen netten Abend bei ihm in der Buchhandlung hatten, heißt das noch lange nicht, dass ich ihn zu einer Party mitschleifen kann. Wir kennen uns im Prinzip ja noch gar nicht.«

»Auch wieder wahr«, seufzte Louisa. »Tja, und was nun? Müssen wir uns jetzt einen Mann mieten?« Bei dieser Vorstellung musste ich lachen. Wollten die beiden etwa unter so etwas wie www.rent-a-man-for-one-night.com nachschauen? »Ich finde, wir probieren es mit GG. Wie sieht's aus, Paulchen, bist du dabei?« Pauline nickte ergeben. »Okay, dann rufe ich ihn jetzt mal an.« Wie ich bereits vermutet hatte, fand GG die Vorstellung mehr als amüsant und auch Leopold hatte Samstagabend zum Glück nichts anderes vor. Ich gab den beiden ein paar dezente Hinweise bezüglich ihres Outfits und Auftretens und nannte noch Louisas Adresse.

Danach begann auch ich, mich durch das Bekleidungs-Angebot zu wühlen, allerdings mit eher mäßigem Erfolg. Im Gegensatz zu meinen Freundinnen schien das Shopping-Glück heute nicht auf meiner Seite zu sein. Im fünften Geschäft begann ich, langsam die Nerven zu verlieren. »Bis zum Festival hast du doch noch ganz viel Zeit«, versuchte Paule, mich zu beruhigen, weil ich mittlerweile so schlecht gelaunt war, dass ich selbst über die Teile meckerte, die mir normalerweise gefallen hätten. Aber die Aussicht darauf, an drei aufeinanderfolgenden Abenden mit Daniel feiern zu können, versetzte mich schon jetzt in einen emotionalen Ausnahmezustand.

»Also Jungs, ihr wisst, was ihr zu tun habt, okay?«, feuerte ich GG und Leopold an, die heute Abend extrem super aussahen und sich beide nicht rasiert hatten, um einen Tick männlicher zu wirken. »Pauline ist die Balletttänzerin mit dem Knoten im Haar?«, fragte Leopold interessiert, denn er liebte Ballett, wie sich herausgestellt hatte. Nachdem wir Louisa zum Geburtstag gratuliert und unsere Geschenke überreicht hatten, scannte ich das Wohnzimmer nach Paule und Enrico ab. Zum Glück hatte der so spontan Zeit gehabt und Laura zu Hause gelassen.

Louisas Eltern waren so nett gewesen, übers Wochenende zu verreisen, damit wir ungestört feiern konnten. Im Gegensatz zu Stephanie, die beinahe einen Anfall bekommen hatte, als ich das erzählt hatte, hatten sie bei so einer Aktion keine Bedenken. »Vielleicht sind sie in der Küche beim Buffet«, mutmaßte ich und schleppte die beiden hinter mir her. Und tatsächlich: Pauline und Enrico hantierten beide an der Kaffeemaschine herum, tief versunken in ein Gespräch.

»Hallo Schatz, du siehst heute Abend umwerfend aus. Tut mir leid, dass ich so spät bin«, rief Leopold und stürzte auf Paule zu. Die guckte erst etwas irritiert, fing sich dann aber schnell wieder. »Rot steht dir wirklich sensationell«, schwärmte Leo und erreichte damit natürlich genau das, was wir beabsichtigt hatten – nämlich dass Enricos Blick beinahe in Paules Ausschnitt versank. Pauline fiel Leopold bilderbuchmäßig um den Hals und küsste ihn einen kleinen Tick länger als nötig. Enrico räusperte sich und ich hätte mich wegschmeißen können. Unser Plan schien tatsächlich zu funktionieren! Nachdem in der Küche so weit alles im grünen Bereich war und wir beide erst mal nicht mehr gebraucht wurden, ging ich mit GG zurück ins Wohnzimmer und machte ihn mit Louisas Freunden bekannt.

Dabei entging mir nicht, dass er besonders von Marc, einem Mitspieler aus Louisas Handballverein, angetan war. Der stand aber meines Wissens nach nicht auf Männer. »Nun gönn mir doch auch mal ein bisschen Spaß, Pauline ist schließlich versorgt. Auch wenn ich nicht auf der Suche nach einem festen Freund bin, habe ich nichts gegen einen kleinen Appetithappen zwischendurch«, raunte GG mir ins Ohr, als ich demonstrativ zu hüsteln begann.

»Schon gut, schon gut, mach, was du willst«, antwortete ich und ärgerte mich ein bisschen. Mittlerweile bereute ich es nämlich, nicht mit Daniel hierher gekommen zu sein. Je länger die anderen Gäste um mich herum flirteten und knutschten, desto mehr wuchs meine Sehnsucht.

Daniel war an jenem Abend in der Buchhandlung so dermaßen nett, zuvorkommend und aufmerksam gewesen, wie ich es bislang noch nie bei einem Typen erlebt hatte. Nach dem Tee hatte er mir den Bildband seines Lieblings-Street-Art-Künstlers gezeigt, der unter Pseudonym arbeitete: die lebende Legende Banksy, der angeblich aus Bristol stammte und von Kunstsammlern der ganzen Welt geschätzt und gekauft wurde. Sogar Brad Pitt und Jude Law schwärmten für seine ironischen, doppeldeutigen Arbeiten. Vollkommen fasziniert und angesteckt von Daniels Begeisterung hatten wir mindestens eine Stunde damit zugebracht, uns Banksys Fotografien anzuschauen.

Erst gegen halb elf hatte ich schließlich den Bildband sowie ein allgemeines Buch über Street-Art gekauft. Und Daniel hatte angeboten, dass ich ihn jederzeit fragen könne, falls ich noch etwas wissen wollte – oder mal wieder Lust auf einen Exklusivabend bei Petersen & Lachmann hatte.

»Na, träumst du?«, fragte GG grinsend und knuffte mich in die Seite. »Äh, ich glaub schon«, antwortete ich verlegen. »Und du? Wie läuft's mit Mister Handball?«

»Wir treffen uns nächste Woche im Atelier, weil ich ihm meine Sportkollektion zeigen will. Marc ist offenbar ganz angetan von der Vorstellung, mal ein eigens für ihn entworfenes Shirt zu tragen . . .«

»Apropos eigens entworfene Sachen«, antwortete ich. »Hast du irgendeine Idee, was ich an den drei Abenden des CLC-Festivals tragen könnte? Mein Shopping-Trip mit den Mädels war nämlich eine totale Pleite und ich will schließlich gut aussehen . . .«

»Und dir natürlich anlässlich des Events deinen Traummann angeln!«, vervollständigte GG den Satz und grinste dabei über beide Ohren. Natürlich hatte ich ihn schon gnadenlos mit dem Thema Daniel zugetextet. »Hm, mal sehen . . . was könnte ein liebreizendes Mädchen wie du tun, um ihren nicht weniger liebreizenden Designer-Freund davon zu überzeugen, es mit drei atemberaubenden Outfits auszustatten, wie die Welt sie noch nie gesehen hat?!?«

»Und mit Schuhen, die einem die Schuhe ausziehen«, lachte Leopold, Arm in Arm mit Paule, die an seinen Lippen hing. Verfolgt wurden die beiden von giftigen Blicken aus Enricos dunkelbraunen Augen.

»Tja, keine Ahnung . . . vielleicht ein paar tolle Motive für deine Shirt-Kollektion entwerfen?«, antwortete ich.

GG lächelte vielsagend: »Na, das klingt doch nach einem Deal, würde ich sagen. Das Motto wird übrigens lauten: Free your mind! Meinst du, du kannst mit diesem Slogan etwas anfangen, Liebchen?«

19.

Am nächsten Tag saß ich im Atelier, grübelte und notierte ein paar Begriffe, die mir für GGs Mode-Kollektion einfielen:

Wandlung
Freiheit
Metamorphose
Häutung
Enthüllung
Ausbruch
Befreiung

Passend dazu skizzierte ich verschiedene Motive auf meinem Zeichenblock: Schmetterling, Luftballon, Vogel, offener Käfig, Pusteblume, Schaukel, Flugzeug, Engelsflügel, der rote Stern, der mittlerweile unzählige Che-Guevara-Caps und -T-Shirts schmückte . . .

»Na, das sieht doch schon ganz gut aus«, freute sich GG, der soeben mit zwei Coffee to go hereingekommen war und mir einen Becher sowie ein belegtes Brötchen unter die Nase hielt.

»An sich finde ich ja das Motiv des fünfzackigen Sterns ganz schön, aber leider auch schon total abgenudelt . . .«, antwortete ich und zeichnete gedankenverloren weiter. »Man müsste ihn mit irgendetwas verbinden, wodurch seine Symbolik verändert wird und die Grundaussage trotzdem gleich bleibt.« Während ich dies sagte, scribbelte ich, wie von Zauberhand geführt, links und rechts neben die Zacken zwei Flügel, wie ich sie auf meinem Engelbild gemalt hatte.

»Das ist ja oberhammergeil!«, schrie GG und verschüttete vor Aufregung beinahe den Kaffee über meinem Block. »That's it, baby, das ist cool! Aber auch die anderen Motive sind toll. Simpel, aber wirkungsvoll.«

Ich dachte nach. »Was hältst du davon, wenn wir nicht nur das Symbol selbst aufs Shirt drucken, sondern auch die Umrandung der Motivschablone, inklusive der Spray-Spuren?«, schlug ich mit klopfendem Herzen vor. »Ich habe so was zwar bisher noch nie gemacht, aber ich würde es gern mal versuchen.«

»Das wird ja immer besser«, jubelte GG und tänzelte aufgeregt um meinen Tisch herum.

»Okay, dann besorg ich gleich Montag die notwendigen Utensilien und lege los.«

GG grinste schon wieder über beide Bäckchen, die heute immer noch unrasiert waren, was ihm fantastisch stand. »Das klingt ja, als würde da gerade eine kleine Sprayerin in dir erwachen. Steht der lieben Cynthia etwa auch eine persönliche Metamorphose bevor?«

Gernots Worte beschäftigten mich immer noch, als ich am späten Nachmittag nach Hause fuhr, weil dort noch Mathe – und diverse andere Hausaufgaben – auf mich warteten. Ich fand nicht zum ersten Mal, dass Schule irgendwie überflüssig war.

Und ich dachte an Daniel ...

Von Sehnsucht geleitet nahm ich den kleinen Umweg über Petersen & Lachmann und riskierte einen Blick durchs Schaufenster. Dort war alles dunkel, nur ganz hinten schimmerte ein wenig Licht. Da ich aus der Distanz nicht erkennen konnte, ob Daniel im Laden war, beschloss ich, besser nach Hause zu gehen und mich auf die morgige Klassenarbeit vorzubereiten. Bevor ich aber überhaupt anfangen konnte, rief Pauline an. Sie klang total aufgedreht: »Leopold ist ja soooooo süß«, fing sie sofort an, mir ins Ohr zu quasseln. »Und er sieht sooooo gut aus. Außerdem interessiert er sich für Ballett, ist das nicht toll?!«

»Tja, so ist das mit den lieben Schwuppen. Sie empfinden wie wir, sie interessieren sich für dieselben Dinge wie wir, sie sehen meist gut aus und sie sind süß. An sich die perfekten Männer, wenn da nur nicht diese eine Sache wäre . . . tja . . .«

»Schade, schade, schade«, stimmte nun auch Paule in mein Seufzen mit ein. »Aber wenigstens hat Enrico nichts geschnallt und ist gestern vor Eifersucht beinahe geplatzt. Er hat seit heute Morgen schon zehnmal versucht, mich zu erreichen, aber ich bin natürlich nicht rangegangen. Bist du jetzt stolz auf mich?«

»Ja, Paule, ich bin total stolz. Ich wäre aber noch viel stolzer, wenn du jetzt nicht gleich wieder auf ihn reinfällst. Der wird sich nicht auf einmal ändern, nur weil ihm gerade klar wird, was ihm entgangen ist.«

»Meinst du nicht?«

»Nee, das meine ich eher nicht!«

Nachdem wir noch eine Weile über die gestrige Party gequatscht und uns gefreut hatten, dass Louisas Racheplan aufgegangen war, machte ich mich widerwillig an meine Mathe-Lektion. La Perla schien es langweilig zu sein, denn er flatterte aufgeregt durch mein Zimmer und gab ständig unaufgefordert Zitate aus Aschenputtel von sich.

»Wenn du noch einmal *Bäumchen rüttel dich und schüttel dich, wirf Gold und Silber über mich* rufst, geht's ab in den Käfig. Hast du mich verstanden?«, meckerte ich schließlich gereizt. La Perla antwortete artig: »Verstanden, verstanden«, worauf ich doch wieder lachen musste. Schlauer Vogel ...

Als es mir gerade ein wenig gelungen war, mich auf den Stoff zu konzentrieren, klopfte es an der Tür. Es war Kristen. »Na, was gibt's?«, fragte ich, nachdem ich sie hereingebeten hatte. »Mama möchte gern wissen, ob es dabei bleibt, dass du Dienstagabend diesen indischen Linseneintopf machst«, wollte sie wissen und schaute mir über die Schulter. »Oh, Mathe, dein Lieblingsfach.«

»Und wieso fragt sie mich nicht einfach selbst?«

»Weil sie sich gerade zurechtmacht. Thomas und sie gehen doch heute Abend in die Oper.« Stimmt, das hatte ich ganz vergessen. Wer hätte gedacht, dass eine Frau wie Stephanie sich für Opernarien begeistern konnte. Kristen lächelte: »Kann ich dir denn irgendwie helfen?«

Helfen?!?

Ich konnte es kaum fassen, die Saftschubse in spe wollte mir erklären, wie das verdammte Newton-Dingsda funktionierte?

»Pass auf: Wenn das direkte Verfahren zur Bestimmung der Nullstelle nicht oder nur mit sehr großem Aufwand anwendbar ist, verwendet man in der Regel das sogenannte Näherungsverfahren. Im Gegensatz zur Regula falsi besteht beim Newton-Verfahren die grundlegende Idee darin, die gegebene Funktion in der Nähe der gesuchten Nullstelle durch eine Tangente anzunähern und dann die Nullstelle der Tangente als neue Approximation der Nullstelle der Funktion zu nutzen ...«

»Sorry Kristen, ich bin zwar total beeindruckt, aber ich verstehe KEIN Wort. Du klingst wie ein lebendes Mathematiklexikon. Kannst du mir bitte mal verraten, weshalb du Stew... äh Flugbegleiterin werden willst, anstatt etwas aus diesem Talent zu machen? Rechnen muss man da oben in der Luft ja wohl eher selten, oder?«

»Darf ich mich setzen?«

»Bitte, das Bett gehört dir! Zumindest für ein paar Minuten.«

Kristen machte ein ernstes Gesicht und sah aus, als würde sie mit sich ringen. »Weißt du irgendetwas über meinen Vater?«

»Nur dass er tot ist, ansonsten nichts.« Ich schüttelte den Kopf und wartete gespannt darauf, was Kristens Papa mit dem Mathe-Thema zu tun hatte.

»Mein Vater war Pilot!«

Es dauerte einen Moment, bis ich begriff ...

»Du denkst, dass du ihm nahe bist, wenn du diesen Beruf ergreifst?« Kristen nickte und hatte Tränen in den Augen. Ich betrachtete sie und bekam plötzlich unheimliches Mitleid. Wer hätte gedacht, dass sie genauso um jemanden trauerte wie ich.

»Wie lange ist das denn schon her ... und wie ... wie ist er gestorben?«, fragte ich mit zitternder Stimme. Mama war plötzlich wieder so präsent, als säße sie neben uns. Kristen räusperte sich und ihre Stimme zitterte, als sie antwortete: »Ich war sechs und Felicia fast acht. Er wurde von einem Auto überfahren, als er morgens für uns Brötchen holen ging. Der Fahrer hatte die rote Ampel übersehen und war einfach auf ihn zugerast. Er war sofort tot.«

Ich konnte nicht anders, ich musste Kristen einfach in den Arm nehmen. Seine Mutter wie ich mit fünfzehn zu verlieren, war schon hart genug.

Aber wenn man noch so klein war ...

Außerdem hatte ich mich wenigstens noch von Mama verabschieden können und war in ihren letzten Stunden bei ihr gewesen.

Als hätte Kristen nur darauf gewartet, endlich mal ihren Gefühlen freien Lauf lassen zu können, fing sie sofort an zu weinen, bis mein Pulli ganz nass war. Ich hielt sie umschlungen, während sie die ganze Zeit wie Espenlaub zitterte. Um sie zu beruhigen, strich ich ihr übers Haar und murmelte: »Alles wird wieder gut, du wirst sehen!« Selbst der Beo schien betroffen und setzte sich direkt neben sie. »Guck mal, er will dich auch trösten«, sagte ich, während ich gegen meine eigene Trauer ankämpfen musste. Es gab Tage, an denen so viel passierte, dass ich kaum an Mama dachte.

Und es gab Tage, an denen ich das Gefühl hatte, die Welt sei mit ihrem Tod stehen geblieben. »Trösten, trösten«, krächzte La Perla und nun musste Kristen lachen. »Der kann ja richtig süß sein«, strahlte sie und betrachtete meinen Vogel, der daraufhin eitel auf der Tagesdecke auf und abspazierte. Sein schwarzes Gefieder schimmerte im Licht meiner Schreibtischlampe und der gelbe Schnabel leuchtete. »Darf ich ihn mal anfassen?«

Als ich nickte, fuhr sie mit einem Finger zaghaft und behutsam über La Perlas Federn, der die unerwartete Streicheleinheit und die Aufmerksamkeit sichtlich genoss.

»Ich würde sagen, du hast einen Freund fürs Leben gefunden«, sagte ich, um sie wieder auf andere Gedanken zu bringen. Dann sammelte ich all die Taschentücher vom Boden auf, die Kristen vollgeweint hatte.

»Das war wirklich lieb von dir«, bedankte sie sich und stand vom Bett auf. »Es tut mir leid, dass ich mich anfangs so blöd benommen habe. Aber ich hatte Angst davor, wie es werden würde, wenn wir alle hier zusammenwohnen. Und ich hatte Angst, dass dein Vater den Platz im Herzen meiner Mutter einnimmt, der eigentlich Papa gehört.«

»Schon okay, ich kann dich verstehen, ging mir ja nicht anders«, antwortete ich. »Aber eins sag ich dir: Wenn du weiterhin meine Süßigkeiten klaust, gibt's Ärger!«

Kristen grinste, als sie zur Tür ging.

La Perla schmetterte; »Verstanden, verstanden«, und ich versuchte wieder, so gut es ging, mich auf die morgige Mathe-Arbeit zu konzentrieren.

Doch ich kam nicht besonders weit, weil mein Handy klingelte und ein ziemlich aufgekratzter GG mir einen Vorschlag machte: »Was hältst du davon, wenn wir demnächst mal nachts losziehen und ein bisschen die Stadt verschönern?«

Es dauerte eine Weile, bis ich begriff, was Gernot damit meinte. Vor Aufregung hielt ich die Luft an: »Du meinst also, wir sollen ... aber ist das denn nicht viel zu gefährlich?«

»Nur wenn man so blöd ist, sich von den Bullen erwischen zu lassen. Also Liebchen: Denk dir schon mal einen Künstlernamen aus. Deinen badge hast du ja schon – den knallroten Stern mit den pinken Engelsflügeln. Ich verspreche dir auch, Schmiere zu stehen und auf dich aufzupassen!«

Als ich aufgelegt hatte, schnappte ich mir sofort mein Buch über Street-Art und sah im Glossar nach, was *badge* hieß: Es war der Begriff, den die Szene für Erkennungs- oder Markenzeichen benutzte.

Was Daniel wohl dazu sagen würde, wenn er wüsste, dass ich demnächst auf den Spuren seines Lieblingskünstlers Banksy durch das nächtliche Hamburg geistern würde?

20.

Flieg in dein Zimmer, du machst mich ganz nervös«, schimpfte ich, weil La Perla permanent um mich herumflatterte, während ich mit Schweißperlen auf der Stirn versuchte, Leopolds indisches Linsengericht nachzukochen.

Nehmen Sie für vier Personen 300 ml Gemüsebrühe stand da. Ich begann zu rechnen. Wenn ich für vier Personen dreihundert Milliliter brauchte, wie viel benötigte ich dann für fünf? Das hier hörte sich verdächtig nach Textaufgabe an. Die hatte ich schon früher nie gelöst gekriegt. War das nicht ein Fall für den klassischen Dreisatz?

Und wieso hatte ich eigentlich so spät erst bemerkt, dass das Rezept auf die falsche Personenanzahl angelegt war?

Am besten ich versuchte erst einmal, dreihundert durch vier zu teilen und das Ergebnis dann mal fünf zu nehmen.

Oder war es genau umgekehrt?

»Kristen«, brüllte ich mit letzter Kraft, in der Hoffnung, dass sie mir helfen konnte. »Wieso seid ihr beide eigentlich seit Neuestem so dicke miteinander?«, fragte Felicia, die gerade provokant lässig in die Küche geschlendert kam und aussah, als wolle sie gleich zu einer Preisverleihung oder einem ähnlich glamourösen Event. »Na ja, auch egal! Ich wollte nur kurz Bescheid geben, dass ich heute Abend nicht mit euch essen kann. Daniel und ich müssen zu so einer Sport-Veranstaltung. Das hatte ich total vergessen. Und übrigens muss ich dich leider korrigieren, was deine Einschätzung betrifft: Linsen haben verdammt viele

Kalorien!« Damit ließ sie mich einfach stehen und rauschte davon.

Es dauerte einen Moment, bis ich begriffen hatte, was da gerade passiert war.

Felicia ging an unserem gesetzlich festgelegten Familienabend zu einem Sport-Event?

MIT DANIEL?????????!!!!!!!!!!!!!!????????????????

Ich schnappte nach Luft und versuchte, meinen Puls unter Kontrolle zu bringen. Das einzig Positive an dieser Mega-Katastrophe war:

a) Ich musste Felicias Anwesenheit nicht ertragen und
b) ich ersparte mir das mühsame Umrechnen der Zutaten.

»Alles klar bei dir, Cynni-Maus?«, fragte mein Vater, der in diesem Moment in die Küche kam und drei Briefumschläge auf den Tisch legte. Er sah ziemlich müde und gestresst aus. »Ja, alles gut so weit«, murmelte ich und machte mich daran, die notwendigen Zutaten für den Linseneintopf auf die Arbeitsplatte zu stellen. Paps setzte sich auf Mamas Küchenbank und schaute mir zu, während ich Knoblauch und frischen Ingwer klein hackte. »Die Parkplatzsituation wird hier echt immer schlimmer. Ich musste zehn Mal um den Block fahren, bis ich endlich was gefunden hatte«, stöhnte er. Ich hörte ihm kaum zu, weil ich nämlich gerade ganz andere Probleme hatte. Mit aller Macht versuchte ich, das Bild von Felicia und Daniel zu verdrängen – mit eher mäßigem Erfolg.

»Wieso ist das mit den Parkplätzen denn auf einmal so schwierig?«, fragte ich, nur halb bei der Sache, und öffnete eine Dose Kokosmilch. Paps lockerte seine Krawatte, streckte die Beine aus und sah aus, als bräuchte er dringend ein Bier. »Hinter der Admiralitätsstraße reißen sie gerade die halbe City auf. Keine Ahnung, was da wieder alles gebaut werden soll. Mittlerweile gibt es kaum noch einen Flecken in dieser Stadt, an dem kein Kran steht oder der nicht von Bauzäunen eingeschlossen ist.«

Bauzäune????!!!???

»Wo genau ist das denn?«, fragte ich und versuchte, möglichst unbeteiligt zu wirken.

Bauzäune sind wunderbare Flächen, um darauf zu sprayen oder zu malen . . .

Paps murmelte irgendetwas von »Richtung Michel« und wurde von Kristen und Stephanie unterbrochen, die die restlichen Utensilien für das gemeinsame Abendessen besorgt hatten. »Als Nachtisch gibt es Mango-Lassi«, verkündete Stephanie und ich war für einen Moment irritiert. »Aber das ist doch ein Getränk, kein Dessert«, protestierte ich, weil ich auf etwas wie Halwa, Kokosschnitten oder Gulab Jamun gehofft hatte.

»Weißt du, wie viele Kalorien Mango-Lassi hat?«, fragte Kristen empört.

»Keine Ahnung, sag's mir!«

»Dreihundertachtzig!«

»So, jetzt ist aber Schluss hier«, schimpfte Stephanie und räumte Lassi und Reita in den Kühlschrank und legte indisches Papadam in den Brotkorb. »Wir wollen diesen Abend doch genießen, oder nicht? Schade übrigens, dass Felicia nicht kann, ich hätte sie wirklich gern dabeigehabt. Thomas, was sind das da eigentlich für Briefe auf dem Tisch?«

Paps drehte den ersten der drei identisch aussehenden,

edlen Umschläge um: »Die sind alle drei von Petersen & Lachmann, adressiert an Cynthia, Kristen und Felicia.«

»An mich?«, schrie ich beinahe hysterisch, riss Paps das Kuvert aus der Hand und kassierte dafür ein Grinsen von Kristen.

Persönliche Einladung zum dreitägigen
CLC-Festival
Vom 6. bis 8. Dezember
mit anschließender Preisverleihung und Abschlussball.
Um Abendgarderobe wird gebeten.

»Juhu, ich bin zum CLC-Ball eingeladen«, kreischte ich und hüpfte in der Küche herum, ohne darüber nachzudenken, dass ich gerade nicht allein war. »Na, da freut sich aber jemand«, lächelte Paps, stand auf und begutachtete meine bisherigen Vorbereitungen. »Essen wir heute Abend nur Linsen und dieses Lassi-Zeug?«, fragte er und machte ein enttäuschtes Gesicht. »Hast du Angst zu verhungern, mein Schatz?«, entgegnete Stephanie mitleidig und ich verdrehte die Augen. Paps hatte ganz schön zugenommen, seit wir hier wohnten. Es bestand also überhaupt kein Anlass zur Sorge, dass er vom Fleisch fallen könnte. »Ich werde dir Scampi dazu braten«, beruhigte sie ihn und ich machte mich seufzend daran, erst die Linsen einzuweichen und anschließend Kokoschips goldbraun zu rösten. Während meine Hand den Griff der Pfanne umklammerte, überkamen mich böse Fantasien: Ich hatte nicht übel Lust, bei dem Sport-Dingsbums aufzutauchen und den beiden mit diesem schweren Teil eins überzubraten.

Dass Felicia in dieser Nacht bis zwei Uhr morgens nicht wieder auftauchte, machte die Sache nicht unbedingt besser ...

»Fehlt da nicht jemand?«, fragte ich, als wir uns alle am nächsten Morgen schlaftrunken am Frühstückstisch trafen. Alle – bis auf Felicia. »Sie ist bestimmt schon früh aufgestanden, um ins Studio zu gehen. Auf solchen Events läuft man ja meist Gefahr, viel zu viel zu essen, das will sie sich bestimmt gleich wieder abtrainieren«, mutmaßte Stephanie und gähnte herzhaft. »Deine Linsen waren übrigens ausgesprochen köstlich«, schwärmte sie und lächelte mich an, während Paps sich morgenmuffelig hinter dem Hamburger Abendblatt verschanzte. Mechanisch antwortete ich: »Danke für das Kompliment«, und überlegte gleichzeitig, unter welchem Vorwand ich mich in Felicias Zimmer schleichen und überprüfen konnte, ob sie diese Nacht überhaupt in ihrem eigenen Bett verbracht hatte. Irgendwie glaubte ich nicht so recht an die Sportstudio-Theorie. »Entschuldigt mich einen Moment, Leute, ich hab was vergessen«, murmelte ich und stand auf. Aber scheinbar interessierte das sowieso niemanden.

Auch Kristen schlief noch halb, also hatte ich freie Bahn.

Auf Zehenspitzen schlich ich in Richtung Felicias Zimmer und öffnete leise die Tür.

Anschließend umrundete ich zweimal das Bett, das verdächtig ordentlich aussah – sogar die Tagesdecke war kunstvoll drapiert.

Das Problem war nur, dass ich überhaupt nichts über Felicias Gewohnheiten wusste. Verhielt sie sich nur außerhalb der eigenen vier Wände so schlampig und war in Bezug auf ihre eigenen Sachen eine Ordnungsfanatikerin? Oder war das säuberlich gemachte Bett das Werk der netten Frau Werner, die gestern bei uns geputzt hatte?

Das würde ja bedeuten – ich wagte kaum, diesen Gedanken zu Ende zu denken –, dass Felicia heute Nacht überhaupt nicht nach Hause gekommen war . . .

»Nicht nach Hause gekommen, Schlampe! Nicht nach Hause gekommen, Schlampe!«, kreischte es plötzlich über mir. Offenbar hatte ich Selbstgespräche geführt. »Halt den Schnabel, La Perla!«, zischte ich und versuchte, so furchterregend wie nur möglich auszusehen. Doch der Beo dachte nicht im Traum daran zu gehorchen und wiederholte den Satz, den er gerade neu gelernt hatte, in voller Lautstärke.

»Was ist denn hier los?«, fragte Kristen belustigt. Sie stand auf einmal hinter mir und war mittlerweile anscheinend hellwach. »Ich . . . ich . . . wollte mir mal anschauen, was Felicia für eine Tagesdecke hat«, stotterte ich verzweifelt. »Ich brauche nämlich auch eine und alle, die ich bisher gesehen habe, waren so . . .«

»Felicia war heute Nacht zu Hause, keine Sorge. Sie ist zwar erst ziemlich spät gekommen, so gegen halb vier, aber sie hat hier geschlafen«, erklärte Kristen, die meine Aktion kristallklar durchschaut hatte. »Na, wenn das so ist«, murmelte ich. »Danke für die Info!« Ohne sie noch einmal anzusehen, schlüpfte ich schnell aus dem Zimmer, gefolgt von La Perla, dem ich in diesem Moment ausnahmsweise mal gerne den Hals umgedreht hätte.

Andererseits hätte ich ohne seinen Kreischalarm auch nicht erfahren, dass Felicia nicht wie befürchtet die Nacht bei Daniel verbracht hatte.

Allerdings wusste ich immer noch nicht, warum es so dermaßen spät geworden war und was die beiden die halbe Nacht gemacht hatten. Und war Felicia wirklich so früh aufgestanden, nur um ins Fitnesstudio zu gehen?

21.

Turnschuhe (um schnell weglaufen zu können)
Kapuzenshirt & Cap (ich möchte ja nicht erkannt werden)
Digitalkamera (denn Street-Art-Kunst ist vergänglich)
Schablonen (mein badge-Motiv, Shirt-Motive für GGs Kollektion)
Molotow-Sprühdosen (Silber, Schwarz, Rot, Pink)
Stencil Cap (als Aufsatz für die Spraydose)
Cold-sweat-on-the-run-Marker (für kleinere Details)
Atemschutzmaske (meine Lunge ist mir heilig!)
Schutzhandschuhe (meine Hände auch)
Tasche (um den ganzen Kram zu transportieren)
Fahrrad (um noch schneller flüchten zu können)

Hatte ich noch etwas vergessen?

Ich starrte auf den Notizblock.

»Cynthia, are you still with us?«, fragte Mister M und grinste. Louisa trat mich unterm Tisch gegen das Schienbein.

Ich antwortete: »Of course!«, und hoffte, dass ihm das als Antwort genügen würde. Zum Glück fuhr Marcus Mohrmann ohne weiteren Kommentar mit dem Englisch-Unterricht fort.

»Was hast du denn vor? Ich hab auf deinem Zettel irgendwas von Schutzmaske gelesen«, fragte Louisa in der ersten großen Pause und sah mich dermaßen durchdringend an, dass mir nichts anderes übrig blieb, als ihr die Wahrheit zu sagen. Ich erzählte von GGs Plan, demnächst nachts kleinere Spray-Aktionen durchzuführen. »Sag mal, spinnst du?«, fauchte sie und zerrte mich in eine abgelegene Ecke unseres Pausenhofs – vermutlich um zu vermeiden, dass schon jetzt irgendjemand Zeuge meiner *illegalen Pläne* wurde. »Dafür kannst du verhaftet werden, in den Knast wandern, eine Vorstrafe oder hohe Geldbußen bekommen oder wer weiß was noch alles . . .«

»Nun komm mal wieder runter«, versuchte ich, eher mich selbst als sie zu beruhigen. Natürlich war auch mir vollkommen klar, dass das Sprayen in der Stadt juristisch betrachtet als Beschädigung öffentlichen Eigentums galt.

Genau deshalb hatte ich ja auch mit GG vereinbart, dass wir weder Hauswände noch Eingänge noch Garagentore besprühen würden. Ich wollte schließlich kein Eigentum zerstören, sondern lediglich eine große Baustelle mit meinen Bildern verzieren.

»Weiß Paule davon?«

»Nee, noch nicht. Ich sag's ihr heute Abend. Im Moment ist sie noch total auf dem Leopold-Trip und hat kaum Augen und Ohren für etwas anderes. Gestern Abend waren sie zusammen im Ballett: *Die kleine Meerjungfrau* nach einer Choreografie von John Neumeier.«

Louisa zog die Nase kraus und guckte immer noch mindestens so streng wie Heidis Hausdame Fräulein Rottenmeier. »Will Paule sich jetzt gleich ins nächste Unglück stürzen oder was?« Ich guckte sie verständnislos an. »Wieso, nächstes Unglück?!?«

»Ja, wie soll denn das funktionieren? Paule verknallt sich in Leopold und versucht, ihn dann davon zu überzeugen, dass Mädchen die besseren Jungs sind, oder wie?« Nach diesem Satz brachen wir beide in schallendes Gelächter aus und es läutete zur nächsten Stunde.

Punkt fünfzehn Uhr betrat ich die »Erste Liebe« und checkte wie gewohnt als Erstes ab, wer alles anwesend war. Heute ging es hier ein bisschen ruhiger zu, was ja auch mal ganz angenehm war. So konnte Holly sich ausnahmsweise mal eine Zigarettenpause vor der Tür gönnen. »Hallo Cynthia, hast du meine Einladung bekommen?«, fragte Daniel, der ganz allein in der hintersten Ecke des Bistros saß, wo ich ihn nicht sofort entdeckt hatte. Sofort fingen zwei Stimmen in meinem Kopf wild an zu diskutieren: Die eine freute sich, ihn zu sehen – die andere grummelte immer noch wegen seines Dates mit Oberzicke Felicia. »Hab ich, danke«, antwortete ich und beschloss, mich erst mal möglichst neutral zu halten. Daniel ließ offenbar nicht so schnell locker. »Hast du einen Augenblick Zeit, dich zu mir zu setzen?«

»Sorry, aber ich fange gerade erst an. Frag mich in einer Stunde noch mal . . .«

»Mach ruhig, ist ja gerade tote Hose hier«, mischte sich Holly ein, die umgeben von einer stinkenden Rauchschwade wieder hereingekommen war und unseren Wortwechsel mit angehört hatte.

»Okay, aber wirklich nur kurz«, lenkte ich also ein und setzte mich Daniel gegenüber. Dabei bemerkte ich zum ersten Mal, dass seine Augen dieselbe Farbe hatten wie die Flügel auf meinem Engelsbild, nämlich Waldseegrün.

»Ist irgendwas?«, fragte er belustigt. »Ich weiß, dass ich heute ein bisschen fertig aussehe, weil ich letzte Nacht etwas versackt bin – aber letztlich kommt es ja auf den Charakter an, oder?« Schon wieder dieses unwiderstehliche Grinsen, gegen das ich einfach machtlos war.

Ich beschloss, aufs Ganze zu gehen und endlich Klarheit in den mysteriösen Fall Felicia und Daniel zu bringen: »Was war denn gestern los, dass du heute so in den Seilen hängst?«

Es stimmte nämlich. Daniel war deutlich blasser als sonst und hatte leichte Augenringe, wodurch er allerdings eher noch ein bisschen cooler aussah. *Seufz!*

»Ich war mit Felicia und ein paar anderen Leuten aus dem Fitnessstudio auf der Verleihung des Hamburger Sport-Awards. Und weil es da so grottenlangweilig war, sind wir danach noch ein bisschen um die Häuser gezogen. Erst waren wir im Schanzenviertel unterwegs und danach ging's noch weiter auf den Kiez. Aber genau das hätte ich mir wohl besser sparen sollen. Aber jetzt zu dir: Hattest du schon Zeit, in deine Bücher reinzuschauen?«

Ich gab keine Antwort. Es dauerte erst mal einen Moment, bis ich all diese Informationen verarbeitet hatte und zu dem Ergebnis gekommen war, dass Felicia wohl doch keine Gefahr für mich darstellte.

Zumindest nicht im Augenblick. Dann sagte ich: »Ja, hatte ich und ich habe auch schon jede Menge Entwürfe gemacht. Gernot ist begeistert und will fünf davon als Motive für seine Sommerkollektion nehmen.«

»Das ist ja super!« Daniel sah mich anerkennend an. »Aber wo findet man eigentlich seine Sachen? Er scheint ja keinen Verkaufsraum oder so was zu haben, sondern nur ein Atelier.«

»Hast du GG gegoogelt?«, fragte ich freudig überrascht.

»Ja, hab ich. Schließlich will ich ja wissen, wo deine Sachen demnächst verkauft werden.«

»Du designst Klamotten?«, kam es nun neugierig von Holly, die gerade den Nebentisch abwischte und mir einen bewundernden Blick zuwarf. »Nein, das nicht gerade. Ich unterstütze nur einen Freund bei seiner neuen Street-Art-Kollektion. Man findet seine Klamotten übrigens in ein paar exquisiten Läden in der Schanze, im Karoviertel, in der Langen Reihe und in Ottensen. Ich gebe euch gern eine Liste mit Adressen, wenn es euch interessiert. Oder ihr schaut auf seine Homepage. Da kann man die Sachen übrigens auch online bestellen.«

Holly und Daniel nickten und ich freute mich und war richtig stolz auf meinen Designer-Freund. Vielleicht kaufte ja einer der beiden ein Teil aus seiner Kollektion. Noch konnte GG sich nämlich keinen eigenen Laden leisten, auch wenn genau das sein größter Traum war.

»Kann ich deine Entwürfe auch mal sehen oder ist das alles topsecret?«, fragte Daniel und ich bekam langsam das Gefühl, dass das heute mein Glückstag werden könnte.

Anscheinend hatte ich mir ganz unnötig Sorgen wegen Felicia gemacht. »Ich suche nämlich noch etwas ganz Besonderes für meine Freundin, die hat bald Geburtstag. Vielleicht könnte ich ja eines der Motive kaufen, die dieser GG nicht nimmt, und lasse sie dann auf ein Sweatshirt drucken . . .«

Okay, Wendemanöver um hundertachtzig Grad: Vielleicht wird dies auch eher einer der schlimmsten Tage meines Lebens, zumindest in Liebesangelegenheiten.

»Prinzipiell eine gute Idee, ich bin allerdings derzeit ein

bisschen eingespannt. Aber lass uns gern mal telefonieren und dann machen wir was aus, okay? Sorry, aber wie du siehst, muss ich jetzt wirklich arbeiten. Genieß deinen Kaffee!«, antwortete ich so cool wie möglich.

Zum Glück hatte soeben ein Schwung neue Gäste die *»Erste Liebe«* betreten und wartete darauf, dass ich die Bestellungen aufnahm. Um sieben Uhr kam dann Pauline, die mit mir über Leopold reden und ausnahmsweise auch mal einen Kuchen essen wollte, weil *Leo* auch fand, dass sie nicht so streng mit sich sein sollte.

»Ich hab mal eine Frage, GG: Woran erkennt man, dass ein Typ definitiv schwul ist?«, fragte ich Gernot, der wie immer lange im Atelier arbeitete. Pauline lümmelte auf meinem Bett und wartete gespannt auf die Antwort, während ich aufgeregt mit dem Handy auf und ab ging. GG prustete mir ins Ohr. »Wieso fragst du? Meinst du, dein Dreamboy Daniel könnte möglicherweise HS sein?« Da war sie wieder, diese mysteriöse Abkürzung. Stand *HS* vielleicht für homosexuell?

»Also äh, nicht so direkt. Ich frage eher so allgemein, weil Pauline und ich ...« Weiter kam ich nicht, weil Paule aufgesprungen war und wie wild mit den Armen fuchtelte. Dabei schüttelte sie dermaßen energisch den Kopf, dass es mich nicht gewundert hätte, wenn er abgefallen wäre. »Also weil wir das eigentlich immer schon mal wissen wollten und na ja ... so halt ...«

»Geht mit dem Mann, um wen auch immer es sich handelt, spazieren und beobachtet, wie er auf entgegenkommende Typen reagiert. Wenn sie gut aussehen und er sie einen Tick länger anschaut als nötig, dann wisst ihr Bescheid. Habt ihr beiden Süßen sonst noch irgendwelche Fragen oder darf ich jetzt weiterarbeiten?«

»Ja, darfst du, vielen Dank!«

Nachdem ich das Gespräch beendet und die Lautsprecherfunktion wieder ausgeschaltet hatte, überlegten Pauline und ich, wie sie Leopold am besten zu einem Spaziergang überreden konnte. »Ich kann ihn doch nicht schon wieder anrufen und fragen, ob wir was zusammen machen wollen. Wir waren doch erst gestern im Ballett«, quengelte Paule und stopfte sich gleichzeitig eine halbe Tüte Erdnussflips in den Mund.

»Wieso denn nicht? Vielleicht seid ihr ja eine genauso gute Kombi wie GG und ich. Wenn er dich sympathisch findet, hat er sicherlich nichts gegen einen herbstlichen Spaziergang an der Elbe einzuwenden. Und wenn er dich nur als Begleiterin fürs Ballett haben wollte, wird er dir das schon sagen. Aber wie bist du überhaupt auf die Idee gekommen, er könnte auf Frauen stehen? Die Anzeichen sprechen doch wohl alle eher dagegen, oder nicht?« Paule machte ein beleidigtes Gesicht und fiel ohne ein weiteres Wort über die Schokocrossies her. Wenn das so weiterging, würde sie garantiert ordentlich Ärger mit ihrer Tanzlehrerin Giséle bekommen, die bei ihren Schülerinnen neben einer guten Figur auch Wert auf einen klaren, pickelfreien Teint legte. Ich wusste schon sehr gut, warum ich bei dieser Schinderei nicht mehr mitmachte.

»Und wie läuft's mit dir und Daniel?«, wollte Paule wissen.

»Er hat eine Freundin«, antwortete ich seufzend. »Aber doch nicht etwa Felicia?«, fragte Paule dermaßen angewidert, dass ich beinahe lachen musste. »Keine Ahnung, aber es ist mir auch egal. Wenn Daniel so einen schlechten Geschmack hat, ist er sowieso nichts für mich!«

Und dann fiel mir plötzlich etwas ein und ich musste laut anfangen zu lachen: »Ey, warum machen wir es uns mit Leopold eigentlich so kompliziert? Ich kann GG doch ganz einfach fragen, ob Leo auf Mädels oder Jungs steht.«

»Oh mein Gott, wir sind echt dumm wie Brot«, kreischte nun auch Paule los und bekam einen Lachanfall. »Das darf man echt keinem erzählen.«

»Nee, besser nicht«, antwortete ich und fing übergangslos an zu heulen. Die Vorstellung, dass Daniel eine Freundin hatte, machte mich wirklich total fertig.

22.

Na? Startklar?«, fragte mich GG am Samstag und musterte mein Outfit. »Liebchen, du siehst aus wie eine Sprayer-Göttin, einfach hinreißend!«

»Findest du?«, fragte ich und betrachtete mich im Spiegel von GGs Atelier. Das coole, neue Kapuzenshirt mit den langen Ärmeln, das er mir zu diesem Zweck genäht hatte, die abgeranzte Baggy-Jeans, die mir sprichwörtlich in den Kniekehlen hing, und der schwarze *Trilby*-Hut im Justin-Timberlake-Style sahen wirklich ziemlich hip aus. »Schade nur, dass es niemand sehen wird, weil es so dunkel ist«, kicherte ich nervös und probierte zum x-ten Mal die Atemschutzmaske aus. »Mit dem Ding könnte ich glatt in diesem Viren-Thriller mitspielen. Wie hieß der noch mal?«

»Outbreak – Lautlose Killer«, antwortete GG und schoss ein paar Fotos von mir. Dann legte er die Digitalkamera beiseite und bekreuzigte sich unvermittelt.

»Damit wir heute Nacht unter Gottes Schutz stehen«, erklärte er auf meinen verwunderten Blick hin. Aha! Deshalb also der Ohrstecker in Kreuzform und der Marien-Anhänger an der Kette.

Der sonst so coole GG war also tatsächlich gläubig! »Wo fangen wir eigentlich an?«, fragte ich und versuchte, das Zittern meiner Hände unter Kontrolle zu bringen. Als ich gestern die Sprayer-Utensilien besorgt und die Schablonen vorbereitet hatte, war ich vergleichsweise ruhig gewesen, aber jetzt . . .

»Ich denke, es ist ganz gut, wenn wir zum Üben erst mal in diesem Viertel bleiben. Hier weiß ich am besten, wann und wo mit Polizei zu rechnen ist und wem ich vertrauen kann.«

»Okay, dann mal los. Auf in dein Revier«, entgegnete ich – stolz darauf zu wissen, dass die Viertel, in denen die Sprayer ihre Aktionen durchführten, *Revier* genannt wurden.

Ich schaute auf die Uhr, es war kurz nach drei.

Um halb zwei hatte ich mich aus der Wohnung geschlichen, zu meiner großen Erleichterung unbemerkt von La Perla, was geradezu an ein Wunder grenzte. Der Beo hatte tatsächlich brav unter der Decke in seinem Käfig weitergeschlafen, als ich auf Zehenspitzen meine Sachen zusammengesucht hatte und schließlich Richtung Wohnungstür geschlichen war. Aus dem Schlafzimmer von Paps und Stephanie hatte man deutlich das Geschnorchel meines Vaters gehört (wie hielt Stephanie das nur aus?). Felicia war mal wieder unterwegs, nur durch Kristens Türschlitz hatte Licht geschimmert.

Fünf Minuten später hatte ich unbemerkt das Haus verlassen und mich mit meinem Rad auf den Weg zu GGs Atelier gemacht.

Wir waren schon eine ganze Weile die Lange Reihe in Richtung Alster hinuntergefahren, als GG plötzlich stoppte und auf einen Elektrokasten deutete, der tatsächlich noch unbemalt war. »Wie wär's damit, als kleines Warm-up?« Ich nickte, lehnte das Rad an einen Baum, schloss es aber nicht ab, um notfalls sofort abhauen zu können. GG machte es genauso. Als mir klar wurde, dass es jetzt gleich losgehen würde, fingen meine Hände wieder an zu zittern und mir wurde ganz schwindelig und auch ein bisschen schlecht.

War das jetzt eine Panikattacke?

»Soll ich erst mal probehalber den Slogan sprühen oder gleich mit einem Motiv anfangen?«, fragte ich mit brüchiger Stimme, während mein Herz so schnell schlug, dass ich den Puls spüren konnte. »Mit dem Slogan, ich würde nämlich echt gern sehen, wie das wirkt«, antwortete Gernot, der sich schon seit Tagen über die Vorstellung freute, dass alle Hamburger irgendwann auf die Zeile *Free your mind!* aufmerksam werden würden. Er erhoffte sich davon einen kostenlosen Werbeauftakt für seine Sommerkollektion. Mir persönlich wäre das viel zu riskant gewesen, weil so jedem früher oder später klar sein würde, dass GG hinter den Spray-Aktionen steckte. »Wenn ich in den Knast wandere, aber dafür viele Käufer für meine Sachen gefunden habe, ist es mir die Sache ehrlich gesagt wert«, hatte er schulterzuckend gesagt, als ich ihn auf dieses Risiko aufmerksam gemacht hatte.

»Okay, go for it!«, feuerte GG mich an, als ich mir die Maske vors Gesicht zog und anfing, den ersten Schriftzug in Gold auf den Elektrokasten zu sprühen.

Danach sprayte ich einen knallroten Luftballon in Herzform. Als Letztes kam mein badge, der pinkrote Flügel-Stern. »Das sieht total krass aus«, lobte GG mich und begann, wie wild zu fotografieren. Der Kamerablitz erhellte die ansonsten dunkle Nebenstraße und mir wurde von Minute zu Minute mulmiger. Trotzdem wollte ich nicht aufgeben.

Also wiederholten wir die ganze Sache – allerdings in anderen Farbtönen – auf einer Litfaßsäule, auf dem Gehweg und auf einer weiß lackierten Parkbank an der Alster. »Da bekommt man ja den Total-Flash«, japste ich begeistert und hätte ewig so weitermachen können.

Bis wie aus dem Nichts der Kegel eines Scheinwerfers auftauchte und sich uns langsam näherte. »Shit, schnell weg hier!«, zischte GG und wir schnappten uns die Räder. Hundert Meter weiter hielten wir keuchend hinter einer Baumgruppe an, um herauszufinden, wer oder was uns verscheucht hatte. »Ich fass es nicht, wer macht denn so was?«, fragte GG, als wir erkannten, dass die vermeintliche Polizei in Wirklichkeit ein nächtlicher Jogger mit Head light war.

»Das ist wirklich total krank«, murmelte ich, heilfroh, keine Handschellen umgelegt bekommen zu haben.

Gegen fünf Uhr kamen wir wieder beim Atelier an und ließen uns vollkommen erschöpft, aber total glücklich auf das teure Bocca-Sofa sinken. Dann sahen wir uns die Fotos an, die Gernot geknipst hatte. »Also, wenn das keine tolle Werbung für deine Kollektion ist, weiß ich auch nicht«, freute ich mich und betrachtete ganz verliebt mein Sprayer-badge und meine schönen Motive.

»Ja, die sehen alle wirklich total super aus. Aber eins fehlt noch, Liebchen«, wandte GG ein und drehte an seinem Kreuz-Ohrring. »Du hast immer noch keinen Künstlernamen. Unter den nächsten Bildern will ich eine Signatur sehen, ist das klar?!?« Anstelle einer Antwort legte ich meine Hand an die Stirn und tat so, als würde ich salutieren.

Als ich um kurz nach sechs in meinem Bett lag, wälzte ich mich schlaflos hin und her, weil ich immer noch so aufgekratzt war. Leider fiel mir kein einziger Name ein, der dazu geeignet war, mein Künstlername zu werden. Als hätte La Perla gespürt, dass ich wieder da war, kam er aus seinem Käfig geflattert und setzte sich zu mir auf die Daunendecke. »Rucke di guh, Blut ist im Schuh!«, rief er fröhlich und da hatte ich eine Idee: Ich würde meine Bilder mit *AP* für Aschenputtel unterzeichen. Die Free-your-mind-Kampagne stand ja unter dem Motto Verwandlung – Metamorphose. Und man konnte schließlich schon behaupten, dass diese Märchenfigur eine mehr als beeindruckende Wandlung hingelegt hatte: von der unterdrückten, staubwischenden Küchenmagd zur strahlenden, vom Königssohn persönlich erwählten Prinzessin!

»Hallo, hörst du mich? Aufwachen! Es ist Zeit fürs Frühstück, wir warten schon alle auf dich!«

Stöhn, wo kam denn auf einmal diese Nervstimme her? Konnte man denn nicht *einmal* in Ruhe ausschlafen?

»Wenn man dich so sieht, könnte man glatt glauben, du hättest heimlich die Nacht durchgemacht«, ertönte es direkt neben meinem Ohr. Ich schielte in Richtung Wecker, es war zwanzig nach neun. »Schon gut, schon gut, ich hab's kapiert. Ich komme gleich«, grummelte ich und zog mir die Decke übers Gesicht. »Wenn du in zehn Minuten nicht am Tisch sitzt, gibt's Ärger«, antwortete Paps und klang jetzt doch ein wenig genervt.

»Gibt's Ärger. Gibt's Ärger«, echote La Perla, der offenbar seinen Schönheitsschlaf beendet hatte.

»Halt die Klappe, Vogel«, stöhnte ich und stopfte mir einen Zipfel der Decke ins rechte Ohr.

Wie viele Stunden hatte ich eigentlich geschlafen? Zwei, oder drei? Oh Gott, wie sollte ich nur den Sonntag überstehen?

Nach einer Katzenwäsche schlurfte ich gähnend ins Esszimmer, fand dort aber nur noch Paps und Felicia vor.

Stephanie werkelte in der Küche herum, wie ich dem lautstarken Klappern von Töpfen entnehmen konnte, von Kristen fehlte jede Spur. »Also ich finde das nicht zu teuer«, hörte ich Felicia gerade sagen. Dabei funkelte sie meinen Vater an, als sei sie gerade tierisch sauer auf ihn.

Nanu? Was war denn hier los?

»Alle Welt hat heutzutage ein Smartphone. Ohne das ist man eine soziale Null. Und ich finde nicht, dass das ein übertrieben teures Geburtstagsgeschenk ist. Du und Mom, ihr verdient doch beide gut, wo ist also das Problem?«

Verwirrt schaute ich von Felicia zu Paps und von Paps zu Felicia. Die Stimmung war dermaßen angespannt, dass es nicht lange dauern würde, bis Stephanies kostbare Kristallgläser in tausend Stücke zersprangen. »Deine Mutter und ich sind bereit, die Hälfte dazuzugeben und dir auch noch diese sündhaft teure Handtasche zu schenken, die du seit drei Wochen unbedingt haben willst. Außerdem sponsern wir deine Party. Aber das ist dann auch mehr als genug. Wenn du ohne dieses Ding nicht leben kannst, wirst du die andere Hälfte eben selbst bezahlen müssen.«

Hui, Paps schien ja mächtig sauer zu sein. Hihi.

»Wann hast du denn Geburtstag?«, fragte ich scheinheilig, auch wenn mich das eigentlich nicht die Bohne interessierte. Von mir würde sie jedenfalls weder ein Geschenk bekommen, noch würde ich ihr einen Kuchen backen. Sie konnte froh sein, wenn sie einen Glückwunsch von mir zu hören bekam.

Aber auch *das* musste ich mir noch sehr gut überlegen.

Felicia zog ihre Augenbrauen in schwindelerregende Höhen und strafte mich mit einem Blick voller Verachtung. »Heute in zwei Wochen«, antwortete sie spitz. »Aber ich habe schlechte Nachrichten für dich: Du bist NICHT zu meiner Party eingeladen!«

»Und ich habe schlechte für dich: Das ist mir vollkommen egal, denn ich wäre sowieso nicht gekommen. Für kein Geld der Welt!«

»Was ist denn hier los?«, fragte Stephanie und blickte entsetzt in die Runde. »Kleine familiäre Differenzen«, entgegnete Felicia schnippisch und stolzierte hoch erhobenen Hauptes aus dem Raum. »Wärst du bitte so freundlich, diesmal dein Geschirr mit in die Küche zu nehmen und selbst in die Spülmaschine zu stellen?«, rief Paps ihr hinterher und ich hätte ihn küssen können. Endlich war ich nicht mehr die Einzige, die sich über dieses divenhafte Gehabe beschwerte. Wie hatten die Wolters das eigentlich vorher gemacht? Hatten sie ein Dienstmädchen gehabt, das ihnen alles hinterhertrug? Wohl kaum . . . »Lass sie Thomas, ich mach das gleich«, versuchte Stephanie, Paps zu besänftigen, und legte ihre Hand auf seinen Arm. »Sie macht zurzeit gerade eine schwere Phase durch. Das Abi, die Bewerbung für den Studienplatz, das viele Jobben, der Sport . . .«

Ich war kurz davor, mich auf Stephanies Orientteppich zu übergeben. Glaubte die Frau eigentlich selbst an das, was sie sagte? »Cynni-Maus, was hältst du von einem kleinen Spaziergang mit deinem Vater?«, fragte Paps, anstatt auf Stephanies Klagelied über die ach so überforderten Felicia einzugehen. »Sobald ich fertig gefrühstückt habe, gern!«

Als wir zwanzig Minuten später am Hafen angelangt waren und die einlaufenden Schiffe beobachteten, fiel mir plötzlich etwas ein: Hatte Daniel nicht neulich gesagt, dass seine Freundin *bald* Geburtstag habe?

»Wie würdest du den Zeitbegriff ›bald‹ definieren, Paps?«, fragte ich mit klopfendem Herzen und zog den Mantel enger um mich. Von einem Moment auf den anderen war mir kalt geworden. »Keine Ahnung«, antwortete mein Vater und schaute gedankenverloren in die Ferne. »Irgendwas zwischen ein und zwei Wochen, würde ich sagen, warum fragst du?«

23.

Ich konnte es immer noch nicht fassen: Endlich, endlich hatte ich mal eine bessere Note in Mathe! Zwar keine Drei, was absolut grandios gewesen wäre, aber eine Vier war ja für den Anfang gar nicht mal so schlecht.

Zumindest eine Sache läuft nach Plan, dachte ich seufzend, als ich die Tür zur »Ersten Liebe« aufstieß und dort wie immer auf die üblichen Verdächtigen traf: Daniel, Luc, Felicia und irgendein Typ, den ich nicht kannte. Sofort schlug meine Laune ins absolute Gegenteil um und ich wurde stinksauer. Von wegen arme, völlig überforderte Felicia, die gerade eine schwierige Phase durchmachte. Wenn Im-Café-Sitzen und Mit-Jungs-Flirten so schwierig war, wünschte ich mir in Zukunft eine Welt VOLLER Schwierigkeiten. Felicia schien bester Laune zu sein, lachte mal wieder über jede Kleinigkeit, zwirbelte sich eine ihrer glänzenden Haarsträhnen um den Finger und trug heute einen nudefarbenen Lipgloss, den ich noch nie an ihr gesehen hatte. Dummerweise stand er ihr auch noch. Als sie sich zum ungefähr hundertsten Mal aufreizend über die Lippen leckte, zog sich alles in mir zusammen.

Während Holly und ich im Akkord Cappuccino schäumten, brodelte es weiter in mir. Jetzt wusste ich noch besser, wie es für Pauline gewesen sein musste, mit Enrico und Laura denselben Tanzkurs zu besuchen. Daniel und Felicia zusammen zu sehen, war genauso schlimm. »Kann ich noch was bei dir bestellen?«, rief Luc quer durch das Bistro und ich hatte im selben Moment eine Idee . . . »Na klar«, antwortete ich und schenkte Luc mein strahlendstes Lächeln, als er einen doppelten Espresso orderte. »Ich mach ihn auch extra stark für dich, damit du nachher die anstrengenden Proben durchhältst. Läuft es denn ganz gut bis jetzt? Ist ja gar nicht mehr so lange hin bis zum CLC-Festival.« Daniel starrte mich an, als hätte er eine Erscheinung. Auch Felicia hörte auf, an ihrer Haarsträhne herumzumachen, und der andere Typ musterte mich, als sehe er mich zum ersten Mal.

Tja, Leute, Zeit, mich endlich zur Kenntnis zu nehmen!!!

Dann drehte ich dem Tisch den Rücken zu und stolzierte hüftschwingend davon. Wozu hatte ich schließlich zusammen mit Paule diverse Salsa-Workshops besucht?

Als ich ein paar Minuten später zurückkam und Luc den Espresso servierte, beugte ich mich absichtlich besonders weit nach vorne. Da ich heute einen eng anliegenden Pulli mit V-Ausschnitt trug, blieb diese Bewegung nicht ohne Wirkung: Daniel fielen fast die Augen aus dem Kopf, sein Freund bekam einen Hustenanfall und Luc? Luc lud mich zu einer Probe ein. »Wir starten Freitagnachmittag unseren ersten Gesamtdurchlauf. Komm doch vorbei, wenn du Lust hast, und schau zu, ich würde mich freuen!«

»Mal sehen«, antwortete ich, »ob ich es einrichten kann. Momentan bin ich nämlich ziemlich busy!« Dazu versuchte ich, ein bisschen gelangweilt dreinzuschauen. Felicia stand kurz vor einem Kollaps. »Ich geh mal einen Moment an die frische Luft«, informierte sie uns, was aber dummerweise niemanden interessierte. Falls sie auf ein besorgtes »Geht's dir nicht gut?« gehofft hatte, hatte sie eindeutig Pech gehabt. Denn der unbekannte Typ – Lucs Regie-Assistent Ben, wie sich dann herausstellte – war ebenfalls damit beschäftigt, mich zum Kommen zu überreden. Und gleichzeitig drängte Daniel darauf, endlich einen Termin mit mir abzumachen, um sich meine *Arbeiten* anzuschauen. Währenddessen stakste Felicia mit demonstrativ zur Schau getragener Leidensmiene vor dem Fenster auf und ab, aber die Einzige, die davon Notiz nahm, war ich.

Danach arbeitete ich mit dem überwältigenden Gefühl des Triumphs im Bauch weiter, bis die drei sich verabschiedeten. Felicia zog es vor, draußen zu bleiben, sodass Daniel gezwungen war, ihre Rechnung zu übernehmen. Und weil ich gerade so extrem gute Laune hatte, fielen mir während des Servierens lauter neue Motive für die Free-your-mind-Kampagne ein: Ich nahm mir vor, die simplen Motive zu einem ganzen Bild zu erweitern und anstatt zu sprayen, Bilder zu malen, die ich mithilfe von Kleister an die Wand kleben wollte.

Der Bauzaun in unserem Viertel war von der Szene bislang wie durch ein Wunder unbemerkt geblieben und damit das ideale Terrain für mich. Jetzt musste ich mich nur noch in die Kunst der Herstellung von Plakaten einarbeiten, bevor Teil zwei der Reise in die Welt von Street-Art beginnen konnte.

Als ich zu Hause war, begann ich, im Netz nach Informationen über Plakat-Aktionen zu forschen, denn natürlich stand in meinen Kunstbüchern nichts darüber, wie so etwas richtig gemacht wurde.

Und tatsächlich – irgendjemand hatte seine Aufzeichnungen anonym auf die Website einer Vereinigung von Graffiti-Künstlern gestellt. Der- oder diejenige schrieb dazu Folgendes:

Wenn Street-Art-Künstler plakatieren gehen, heißt das, dass sie zu Hause aufwendige Bilder auf Papier vorbereiten. Diese von Hand gemalten Kunstwerke befestigen sie draußen, an zuvor ausgewählten Stellen, mit Tapetenleim. Dazu verwendet man besonders stark klebenden Leim (gibt es im Baumarkt) und extra dünnes Papier. Dünnes Papier hat den Vorteil, dass man die Bilder schlecht von der Wand lösen kann. Im Gegensatz dazu kann man bei dickerem Papier (Kopierpapier) das Motiv auch oft in einem Stück wieder ablösen. Wenn die Wand Witterungsbedingungen ausgesetzt ist und der Kleber nicht so gut hält, hängen die Bilder oft schon nach wenigen Tagen herunter. Ich habe es auch schon erlebt, dass am nächsten Tag, wenn ich ein Foto machen wollte, mein Kunstwerk weg war. An anderen Stellen hielten die Bilder dafür sogar jahrelang . . .

Okay, das war doch schon mal sehr aufschlussreich. Papier lag hier wegen des Druckers massenweise herum und auch vom Tapetenkleister musste noch einiges übrig sein. Stephanie war erst vor zwei Wochen auf die Idee gekommen, eine Wand des Schlafzimmers mit einer Schmucktapete zu verzieren, die sie in einer Wohnzeitschrift entdeckt hatte.

Ein wenig mulmig wurde mir allerdings, als ich beim Googeln des Begriffs *Wildplakatierung* entdeckte, dass es im Bezirksamt Nord sogar eine eigene Zentralstelle für dieses Delikt gab. Dort konnte man jeden anzeigen, der gesetzwidrig gehandelt und unerlaubt etwas auf Hamburgs Plakat- oder Häuserwände geklebt hatte. Demnach musste man nicht nur darauf aufpassen, nicht von der Polizei erwischt zu werden, sondern auch, dass man keinem in die Quere kam, der Spaß daran hatte, sich als Ordnungshüter aufzuspielen.

Na toll!

Unterm Strich hieß das, dass ich auf gar keinen Fall alleine losziehen durfte, sondern immer jemanden brauchte, der Schmiere stand.

»Was hast du Samstagnacht vor?«, fragte ich Paule, die gerade von einer Ballettprobe zurückgekommen war und ziemlich aufgekratzt wirkte. Sie war so energiegeladen, dass der Funke sogar durch den Hörer auf mich übersprang.

»Bislang noch nichts, aber das ändert sich hoffentlich bald«, antwortete sie geheimnisvoll kichernd. »Das ist gut, denn ich wüsste was, das machst du garantiert nicht alle Tage. Es ist genau genommen ein Abenteuer – und ich hätte dich gern dabei.« So, nun war es raus.

»Sag jetzt bitte nicht, dass du mich zu einer von diesen illegalen Aktionen mitschleppen willst, denn da mache ich nicht mit«, erwiderte Paule und klang auf einmal gar nicht mehr so lustig. »Hat dir Louisa nicht ausführlich erklärt, was ihr dabei alles riskiert? Man kann dafür in den Knast wandern, ist euch das überhaupt klar?«

»Wir wandern aber nicht in den Knast, wenn wir nicht erwischt werden. Und deshalb brauchen wir jemand, der aufpasst und die Augen offen hält«, antwortete ich trotzig. »Aber ich will dich zu nichts überreden, wenn du ein ungutes Gefühl dabei hast. Ich dachte nur, es würde dir vielleicht auch Spaß machen, mal etwas zu tun, das ein bisschen außergewöhnlich und aufregend ist. Schließlich sind wir sonst immer so brav.«

»Danke, aber ich finde mein Leben gerade aufregend genug. Ich weiß immer noch nicht, ob Leopold auf Männer oder Frauen steht . . .«

Keine Ahnung, warum, aber ich wurde plötzlich sauer. Musste sich die Welt immer nur um Männer drehen? Es gab doch schließlich auch noch andere Themen im Leben.

»Dann ruf halt GG an oder frag Leopold am besten selbst«, antwortete ich so patzig, dass ich es sofort bereute.

24.

Ein wenig aus der Puste, weil Koi-Karpfen-Tobi die Mathe-Nachhilfe gnadenlos überzogen hatte, bog ich am Freitag in die Admiralitätsstraße ein und klingelte an der Tür des Fleettheaters. »Hey, da bist du ja endlich«, begrüßte Luc mich, legte den Finger an die Lippen und lotste mich in den Zuschauerraum. Es herrschte totale Dunkelheit, nur die Bühne war erleuchtet. »Setz dich da vorne hin, neben Ben«, flüsterte er. Auch Ben schien sich zu freuen, mich zu sehen, und küsste mich links und rechts auf die Wange. Luc selbst setzte sich wieder mittig in die erste Reihe und verfolgte weiter kritisch das Geschehen. Die Schauspielerin – ich nahm an, dass sie Muffin, die Hauptfigur von *Killing Road,* darstellte – proklamierte gerade einen Monolog über das Thema Einsamkeit. Dabei sah sie ihrer Rolle gemäß in der durchlöcherten Wollstrumpfhose, den dunkel geschminkten Augen, dem verschmierten Lippenstift und den Rattenzöpfen wirklich erbärmlich aus. »Halt, stopp, so geht das nicht«, unterbrach Luc die Darbietung plötzlich und ging zu Daniela auf die Bühne. »Sorry, aber deine Figur ist mir momentan noch zu holzschnittartig, ich kann sie nicht fühlen. Du spielst total kopflastig, aber das muss hier rauskommen!« Bei diesen Worten deutete er auf Muffins/Danielas Bauch. Hui, wer hätte gedacht, dass Luc so streng sein konnte?

Während Daniela den Monolog wiederholte, begannen sich meine Augen an die Dunkelheit zu gewöhnen und ich entdeckte vier weitere Zuschauer. »Das sind Nina, unsere Dramaturgin, Cleo, zuständig für Hair-Styling und

Kostüme, Nic, der Beleuchter, und Frank, der Bühnenbildner«, erklärte Ben, nachdem Luc eine Pause angeordnet hatte, weil Daniela durch die Kritik ins Stocken geraten war.

»Ich bin Cynthia«, stellte ich mich vor und schüttelte allen nacheinander die Hand. Die vier waren total offen und nett und wir kamen schnell ins Gespräch. »Guckst du heute nur mal so zu oder hast du auch eine besondere Rolle bei dem Ganzen hier?«, fragte mich Nina. »Ich interessiere mich für alles, was mit Kunst und Kultur zu tun hat, und kenne Luc aus der ›Ersten Liebe‹«, antwortete ich. »Er hat mich eingeladen, euch mal über die Schulter zu schauen. So was wollte ich immer schon mal machen. Aber man kann ja schlecht beim Intendanten des Schauspielhauses anklopfen und sagen: ›Hallo, ich bin Cynthia und würde gern mal bei einer Probe Mäuschen spielen . . .‹«

»Genau und deshalb ist es auch Schicksal, dass wir uns über den Weg gelaufen sind«, bestätigte Luc, der sich mit einer großen Thermoskanne und Bechern zu uns gesellte. Bildete ich mir das nur ein oder hatte er mir gerade wirklich besonders lange in die Augen geschaut? »Ich würde vorschlagen, wir trinken jetzt erst einen Kaffee, atmen ein paar Mal tief durch und dann geht's weiter. In einer halben Stunde kommen die beiden anderen Darsteller, bis dahin sollte der Monolog sitzen.«

»Das war so cool, das kannst du dir gar nicht vorstellen«, schwärmte ich, als ich auf dem Nachhauseweg GG vom Handy aus anrief. »Vielleicht kannst du ja mal irgendwann Kostüme für eine von Lucs Inszenierungen nähen«, schwelgte ich in Zukunftsfantasien, doch GG gab sich unbeeindruckt: »Immer langsam, Liebchen! Im Moment hab ich ganz andere Sorgen.«

»Was denn für Sorgen?«, fragte ich erschrocken.

»Ich habe mich die ganze Nacht schlaflos herumgewälzt und überlegt, ob ich mich für die deutsche Version von *Project Runway* bewerben soll.«

Mein Gehirn fing an zu rattern, als ich den Namen hörte . . . »Ist das nicht diese amerikanische Sendung, in der Heidi Klum und eine Jury aus der Modebranche Designs bewerten?«, fragte ich aufgeregt.

»Ja, genau die«, antwortete Gernot. »Sie wollen das Format jetzt auch in Deutschland laufen lassen und bieten dem Gewinner der Staffel einen Vertrag als Chef-Designer eines neuen Modelabels. Das Ganze wird natürlich massiv gesponsert und beworben und das Siegerstück jeder einzelnen Folge wird von einem bekannten Versender produziert und über dessen Katalog verkauft.« Ich wusste erst mal nicht, was ich sagen sollte. Irgendetwas an dieser Geschichte fühlte sich nicht so ganz stimmig an. »Gedreht wird in Berlin und man muss sich verpflichten, ungefähr drei Monate zu Verfügung zu stehen«, ergänzte GG.

»Aber was wird dann aus The-Famous-GG-Designs und deiner geplanten Sommerkollektion?«

»Die würde ich versuchen, parallel zu produzieren. Überleg mal, was das für eine Chance wäre: Millionen von Zuschauern würden Woche für Woche sehen, was für tolle Klamotten ich entwerfe. Und selbst wenn ich bei der Sache nicht gewinnen sollte, kennt dann zumindest jeder meinen Namen . . .«

»Mit dem du dann aber garantiert nicht mehr werben kannst«, fügte ich ziemlich gnadenlos hinzu. »Das läuft doch bestimmt genauso wie bei allen anderen Casting-Shows auch. Willst du dir das wirklich antun? Bei deinem Talent hast du das doch gar nicht nötig.« Und dann kam mir noch eine Idee: »Warum meldest du dich nicht lieber für das CLC-Festival an? Wenn du da gewinnst, bekommst du dreißigtausend Euro Preisgeld. Das wäre doch eine super Finanzspritze.«

»Die Anmeldefrist ist aber seit zwei Monaten abgelaufen«, wandte GG ein. »Und schlag jetzt bloß nicht vor, dass du bei Daniel nachfragen könntest, ob die für mich eine Ausnahme machen. Das will ich wirklich nicht. Außerdem kann ich da immer noch nächstes Jahr mitmachen.«

»Okay, okay, ich hab's kapiert. Aber falls du Wert auf meine Meinung legen solltest, würde ich dir davon abraten. Echte Qualität setzt sich auf anderen Wegen durch. Vertrau doch lieber auf unsere tolle Kampagne. Apropos: Hast du Lust, morgen Nacht mit mir mein Viertel ein bisschen zu verschönern?«

»Sorry, Liebchen, aber ich fahre morgen Nachmittag nach Berlin, um mich mit einem Redakteur dieser Sendung zu treffen. Er ist der Freund eines Freundes und wird mir bestimmt eine ehrliche Einschätzung geben, ob sich die ganze Geschichte für mich überhaupt lohnt. Ich will ihm meine Arbeiten zeigen und dann sehen wir weiter …«

Ein wenig enttäuscht legte ich auf. Mit wem sollte ich denn dann morgen Nacht losziehen? Louisa und Paule hatten mir ihre Meinung dazu mehr als deutlich gesagt, GG hatte keine Zeit und jemand anderes wollte ich in mein Geheimnis nicht einweihen.

»Alle ausgeflogen. Alle ausgeflogen«, begrüßte La Perla mich fröhlich plappernd im Flur, als ich die Tür aufschloss.

Da fiel mir wieder ein, dass Paps und Stephanie bei einem befreundeten Ehepaar eingeladen waren, Kristen übers Wochenende eine Freundin in München besuchte und Felicia bis Samstag an einem Trainer-Workshop teilnahm. Also hatte ich zum ersten Mal, seit ich hier wohnte, die ganze Wohnung für mich allein. Zunächst tigerte ich ein Weilchen ziellos auf und ab, machte mir etwas zu essen, zappte ein bisschen durch ein mieses Fernsehprogramm und war dabei in Gedanken ganz woanders: Ich dachte an GG, an Paule, an meine geplanten Aktionen – und daran, dass gerade so viel im Umbruch war. Selbst Kristen hatte mir heute Morgen beim Frühstück erzählt, dass sie darüber nachdachte, den Gedanken an die Ausbildung als Flugbegleiterin an den Nagel zu hängen und stattdessen etwas anderes zu machen. GGs Motto *Free your mind* schien gerade bei allen an der Tagesordnung zu sein. Beflügelt von dieser Vorstellung beschloss ich, mit den Entwürfen für meine Bauzaun-Aktion zu beginnen, und ging in Paps Arbeitszimmer. Das Papier lag in einem Regalfach neben seinen CDs. Plötzlich bekam ich Lust, mir seine Sammlung ein bisschen genauer anzusehen. Da war bestimmt auch etwas dabei, was er gehört hatte, als er so alt war wie ich. Ich schnappte mir ein paar CDs, die mir spontan ins Auge fielen, und nahm sie mit in mein Zimmer.

Als Erstes legte ich die *Doors* in meinen Player – wie gut, dass Paps seine Vinyl-Platten irgendwann verkauft und durch moderne Technik ersetzt hatte. Als die Regentropfen aus dem Intro von *Riders on the storm* allmählich zu einem bedrohlichen Gewitter aufbrausten und die ersten Klänge der Orgel ertönten, war ich völlig fasziniert und fühlte mich beinahe high.

Wie genial war das denn?

Endlich mal kein getunter Pop-Mist, bei dem ein Stück wie das andere klang und auf dessen Video-Clips sich halb nackte, überschminkte Girlies an der Poledance-Stange rekelten.

Das war *echte* Musik – Gänsehaut pur!

Nach *Break on through to the other side* ließ ich mich von *Light my fire* in Brand setzen und tanzte später zu den Klängen von Steppenwolf's *Born to be wild* durch mein Zimmer, warf meine Haare wild hin und her und spielte Luftgitarre dazu.

La Perla umflatterte mich und schrie ebenfalls: »Borntobewild! Borntobewild!«, bis mir vor Lachen die Tränen kamen und ein unendliches Glücksgefühl mich durchströmte. Bislang hatte ich immer geglaubt, diese Art von Musik sei absolut nichts für mich, doch das Gegenteil war der Fall.

Paps hatte Geschmack und wusste, was gut war!

Ob er wohl noch ein Bier im Kühlschrank hatte?

Er hatte eines und ich wünschte mir, so cool, »wild und gefährlich« zu sein, dass ich den Kronkorken mit den Zähnen öffnen konnte. Solange ich allerdings Cynthia Aschenbrenner war, brauchte ich dafür leider immer noch einen Flaschenöffner.

Mit der Bierflasche in der Hand tanzte ich in meinem Zimmer herum – mittlerweile angelangt bei Queen und Songs wie *I want to break free* und natürlich *We are the champions*.

Angefixt von der Musik – und ja, ich geb es zu – auch ein bisschen vom Bier – begann ich, wie im Rausch zu zeichnen und zu malen. Innerhalb weniger Stunden entstanden Bilder, wie ich sie noch nie zuvor zustande gebracht hatte.

Alle stellten irgendeine Form von Verwandlungen dar: Ich zeichnete eine Raupe, die zum Schmetterling wurde, ein flaumiges Küken, das zum stolzen Schwan heranwuchs, eine Miesmuschel, die sich zur Perlenauster wandelte, Frauen mit Leopardenköpfen, einen Panther, der Gitterstäbe auseinanderbog, eine Rakete und vieles mehr.

Als ich um ein Uhr morgens aufgedreht, gleichzeitig todmüde, überglücklich und total durchgeknallt im Bett lag, hatte ich an die dreißig Motive gemalt. Bunt, schräg, ausdrucksstark – und was das Wichtigste war – beim Malen waren alle Barrieren und Schranken in meinem Kopf gefallen. Professor Rohrbach wäre mit Sicherheit stolz auf mich gewesen!

Ich hatte das erste Mal in meinem Leben das Gefühl, hundert Prozent ich selbst zu sein.

Und ich konnte es kaum erwarten, Samstagnacht loszuziehen und meine Motive an den Bauzaun zu kleben.

Auch wenn ich es alleine tun musste, denn jetzt hatte ich keine Angst mehr!

25.

Unfassbar, wie leicht es war, unbemerkt aus unserer Wohnung zu kommen! Es war zwei Uhr morgens, ich hatte meine Tasche mit den Bildern, dem Kleister, einer Flasche Wasser, einem Eimer und einer Bürste gepackt und wieder das Outfit gewählt, das GG für mich genäht hatte. Auf Zehenspitzen schlich ich die Treppe hinunter. Altbau war ja leider unglaublich hellhörig und ich war überhaupt nicht scharf darauf, jetzt jemandem im Hausflur zu begegnen. Unten angekommen packte ich meine Utensilien in den Fahrradkorb und schwang mich auf den Sattel, um in Richtung Michel zu fahren. Auf den Straßen war es totenstill und ich fröstelte, während ich in die Pedale trat.

Dieses Viertel war überhaupt kein Vergleich zum lauten, quirligen Stadtteil St. Georg, in dem GG lebte und in dem die ganze Nacht das Leben pulsierte. Der Vollmond war teilweise von Wolken verdeckt, ab und zu hörte ich aus der Ferne das Geräusch eines Motors, ansonsten nichts.

Die gigantisch große, von Kränen und Absperrgittern umsäumte Baugrube wirkte beinahe gespenstisch. Es war lausig kalt, mein Atem bildete kleine Wölkchen und ich fluchte leise, weil ich meine Handschuhe zu Hause vergessen hatte. Mit steif gefrorenen Händen verrührte ich den Tapetenkleister, pinselte ihn auf die Rückseite der ersten drei Bilder und begann mit dem Plakatieren des Bauzauns. Als die ersten Motive hingen, trat ich ein paar Schritte zurück, um mein Werk zu begutachten. Alles, was ich denken konnte, als der Mondschein auf die Frau mit dem Leopardenkopf fiel, war IRRE.

Absolut irre!

Derart beflügelt klebte ich weitere zehn Bilder und fotografierte sie anschließend. Nicht zu fassen, wie lebendig diese tote Absperrung auf einmal wirkte. Jetzt erzählte sie plötzlich eine Geschichte, sie erzählte von Träumen und Wünschen, sie erzählte von mir. Ich dachte an GGs Ermahnung *Unter den nächsten Bildern will ich eine Signatur sehen, ist das klar?!* und sprayte erst den Slogan, dann mein badge und schließlich die Initialen *AP* unter mein Werk.

Da mir furchtbar kalt war, trank ich danach einen Schluck Tee, den ich in einer Thermoskanne mitgenommen hatte, und ging ein wenig auf und ab, um meine Füße aufzuwärmen.

Plötzlich hörte ich ein surrendes Geräusch. Ich erstarrte vor Angst und Kälte und hielt instinktiv den Atem an. Bis zum Fahrrad würde ich es nicht mehr schaffen. Das Einzige, was ich machen konnte, war wegrennen.

»Keine Angst, Nachteule, ich verhafte dich schon nicht!«

Mit einem Mal stand ein fröhlich grinsender Skater vor mir. Während ich knapp an einem Herzanfall vorbeischrappte, stieg er lässig von seinem Board, nahm es unter den Arm und betrachtete meine Bilder. »Wow, die sind ja echt geil!«, sagte er und pfiff anerkennend. »Die sind doch von dir, oder?«

Ich nickte stumm, unfähig zu irgendeiner anderen Reaktion.

»Weißt du, dass es so gut wie keine Mädchen in dieser Szene gibt?«

Ich nickte wieder.

»Kannst du generell nicht sprechen oder hat dir nur meine Anwesenheit die Sprache verschlagen?«, fragte er grinsend und kam näher.

Ich wich instinktiv zurück und versuchte, den Abstand zu meinem Rad abzumessen. Vielleicht . . . wenn ich schnell genug war . . .

»Ey, du brauchst echt keine Angst vor mir zu haben! Wir Skater gehören zur friedlichsten Spezies auf diesem Planeten. Außerdem stehen wir total auf eure Kunst, schließlich schmückt sie auch unsere Boards! Ich bin übrigens Jojo. Und du heißt *AP*, wie ich sehe. Was soll das heißen, Apokalypse? Appenzeller? Aprakadabra?« Nach dem letzten Wort lachte er.

»Ich heiße Cynthia«, presste ich schließlich hervor. Der Typ sah eigentlich ganz nett aus und schien Humor zu haben. Vielleicht konnte ich ihm wirklich vertrauen.

»Also, Cynthia. Wie kommt es, dass ein so hübsches und talentiertes Mädchen wie du Samstagnacht alleine unterwegs ist, ohne dass irgendeiner für es Schmiere steht? Wenn du meine Freundin wärst, würde ich dich nicht eine Sekunde aus den Augen lassen.«

Mit diesem Satz hatte Jojo mich endgültig geködert. »Möchtest du einen Tee?«, fragte ich ihn und er nickte. Nachdem ich ihm kurz erklärt hatte, dass ich nur heute ausnahmsweise allein war, nickte er erneut und betrachtete noch einmal die Bilder: »Du weißt aber schon, dass die meisten Street-Art-Leute das tagsüber machen?«

Mir klappte fast die Kinnlade runter.

Wie jetzt, tagsüber?

»Aber dann sieht doch jeder, was man tut«, widersprach ich ungläubig.

»Und genau das ist dann auch dein Schutz. Tagsüber sind haufenweise professionelle Plakatierer für Werbefirmen unterwegs. Wer kann schon den Überblick behalten, wer legal klebt und wer nicht?«

Auch wieder wahr.

»So, Cynthia, ich muss jetzt weiter. Aber ich würde mich bereit erklären, noch einen Moment hierzubleiben und auf dich aufzupassen, wenn du noch mehr Bilder kleben willst.«

»Das wäre . . . das wäre echt super und wirklich lieb von dir . . .«, stammelte ich, immer noch vollkommen neben der Spur. »Ist mir ein Vergnügen«, erwiderte Jojo und ich legte los, während er mit dem Board in meiner Nähe auf und ab skatete. Als ich das letzte Motiv geklebt und alles wieder in meine Tasche gepackt hatte, schien es auf einmal, als wäre Jojo nie da gewesen. Ich hörte in der Ferne nur noch das Rollen seiner Räder – dann hatte die dunkle Nacht ihn ganz verschluckt.

»Und der Typ hat dir nicht mal seinen vollen Namen genannt?«, wollte Paule wissen, als ich ihr am Sonntag von meiner aufregenden Nacht erzählte, und sah mich mit aufgerissenen Augen an. »Ich weiß nur, dass er Jojo heißt und auf mich aufgepasst hat«, antwortete ich und überlegte immer noch, ob ich das alles nur geträumt hatte.

Doch auf einem der Fotos war sein Board drauf, also konnte ich mir unsere nächtliche Begegnung nicht eingebildet haben. »Das ist ja krass und irgendwie total romantisch«, fand Paule, die heute irgendwie anders aussah als sonst. Ich wusste nur nicht, weshalb, was mit Sicherheit daran lag, dass auch diese Nacht wieder unglaublich kurz gewesen war. »Na ja, also ich weiß nicht . . . erst so 'ne Ansage machen und dann einfach ohne ein Auf Wiedersehen verschwinden . . .«

»Wir könnten versuchen, ihn zu googeln, wenn du möchtest«, bot Paule an, doch das ging mir entschieden zu weit. So wichtig war mir das Ganze nun auch wieder nicht. »Und wie findest du meine Bilder?«, fragte ich und lud meine Fotos auf ihrem PC hoch. Pauline wirkte verblüfft und sagte eine Weile lang gar nichts, was extremst an meinen Nerven zerrte.

Fand sie die Bilder nun unbeschreiblich toll oder rang sie noch nach Worten, um mir klarzumachen, dass meine Karriere doch irgendwo anders lag als im Bereich Kunst?

»Mensch Cynthia, das ist ja der Hammer«, hauchte sie schließlich total ergriffen und klickte sich wieder und wieder durch das Fotomaterial. »Vollkommen unglaublich, wie sehr du dich in den letzten Wochen entwickelt hast! Kennt GG diese Bilder schon?« Ich schüttelte den Kopf. Nein, das sollte eine Überraschung werden. Aber ich war natürlich sehr gespannt, was er dazu sagen würde. Paule korrigierte sich: »Ach nee, stimmt ja, der ist in Berlin bei dieser Produktionsfirma.«

Ich stutzte. Woher wusste sie von Gernots Berlin-Trip? Ich hatte ihr jedenfalls nicht davon erzählt.

Und plötzlich erkannte ich auch, was heute anders an ihr war: Sie trug die Haare offen und nicht wie sonst zu diesem langweiligen Ballerinaknoten zusammengedreht. »Gibt es irgendetwas, das du mir sagen möchtest, und weißt du das rein zufällig von einem gewissen Leopold?«, wagte ich einen Schuss ins Blaue und landete damit einen Volltreffer.

Pauline wurde erst feuerrot und grinste dann von einem Ohr zum anderen. »Ich sag nur eins: Leopold ist *nicht* schwul! Und das ist auch sehr gut so!«

»Hey, das ist ja . . . das ist ja schön«, freute ich mich, auch wenn sich einen kurzen Moment lang so etwas wie Neid in mir breitmachte: Louisa war glücklich mit Yannick, Felicia anscheinend mit Daniel zusammen und nun war auch Paule frisch verliebt. »Bei dir klappt das auch noch, keine Sorge«, antwortete Pauline, die mal wieder ihre Sensoren ausgefahren hatte, und umarmte mich. »Genau deshalb würde ich ja auch gern ein paar Nachforschungen anstellen, wer dieser Jojo ist. Klingt nämlich so, als würdet ihr ganz gut zusammenpassen. Außerdem ist das doch eine wirklich abgefahrene Kennenlern-Geschichte, die ihr später noch euren Enkeln erzählen könnt«, schwärmte sie träumerisch weiter. »Ja, im wahrsten Sinne des Wortes abgefahren«, sagte ich düster, noch immer den Klang der Skateboard-Rollen in meinem Ohr. »Aber lass mal, Paule. Ich hab im Moment echt anderes zu tun, als irgendwelchen Typen hinterherzurennen. Ist eigentlich alles ganz gut, wie es ist!«

War es natürlich nicht, aber ich hatte jetzt absolut keine Lust, wegen Daniel traurig zu sein und mir den Tag mit Pauline zu verderben. »Die offenen Haare stehen dir übrigens sensationell, solltest du ruhig öfter so tragen.«

»Und ich würde gern mitkommen, wenn du das nächste Mal in Sachen Kunst unterwegs bist. Ich finde das alles so toll, dass ich dich wirklich gerne unterstützen will«, sagte Paule und dann lagen wir uns gerührt in den Armen.

Wer brauchte schon Männer, wenn man eine so tolle, beste Freundin hatte?

26.

In unserer Wohnung ging es zu, als würde die Queen ihren einhundertzwanzigsten Geburtstag feiern. Der Catering-Service lieferte ungefähr eine Million Platten mit Antipasti, Hauptspeisen und Desserts an, Kellner rannten herum und deckten die eigens gemieteten Bistrotische ein – und das alles nur, weil Felicia heute Nacht volljährig wurde.

Stephanie überwachte die Vorbereitungen mit einer Ernsthaftigkeit, als ginge es darum, den Papst persönlich bei uns zu Hause zu empfangen.

»Wo steckt denn eigentlich Felicia?«, fragte ich Kristen, die, anstatt zu helfen, andauernd vom Essen naschte. »Erst im Spa, dann bei der Kosmetik und jetzt müsste sie eigentlich beim Friseur sein«, antwortete sie und knabberte an einem mit Schafskäse gefüllten Blätterteigröllchen.

»Zu ihrer Party kommt sie dann aber schon noch rechtzeitig?«, fragte ich und konnte mir dabei einen höhnischen Unterton nicht verkneifen. »Na, ihr beiden Hübschen, alles klar?«, wollte Paps wissen und trat zu uns an einen der Stehtische. »Alles klar!«, antwortete ich und überlegte, wie ich unauffällig etwas vom Essen beiseiteschaffen konnte. Louisa, Leopold, Paule, GG und ich würden später bestimmt Hunger kriegen . . .

Natürlich war Felicia schlussendlich nichts anderes übrig geblieben, als mich zähneknirschend zu ihrem Geburtstag einzuladen, und ich hatte genauso zähneknirschend angenommen. Aber ich würde diesen Abend auch nur deshalb überleben, weil ich wusste, dass ich später noch mit den anderen losziehen und Bilder kleben würde.

Da ich die ganze letzte Woche wie besessen gemalt hatte, freute ich mich nun riesig darauf, den Bauzaun weiterzugestalten zu können. »Wie viele Gäste kommen denn eigentlich?«, fragte ich Paps, weil ich allmählich den Eindruck bekam, dass das Ganze ein wenig überdimensioniert wurde.

»Ich glaube, so in etwa sechzig«, antwortete Paps.

Sechzig? Wo sollten die denn alle herkommen?

Bislang hatte ich bei uns zu Hause weder eine Freundin von Felicia noch einen Freund oder Klassenkameraden gesehen. Nur Kristen brachte außer Harry/Adrien Potter gelegentlich eine Freundin oder auch mal jemanden aus der Schule mit nach Hause. Und ich ja sowieso. Aber Felicia?!?

Einen ihrer Gäste kannte ich jedoch auf alle Fälle: Daniel Petersen. Und ich war mir noch nicht ganz sicher, wie ich es schaffen würde, seine Anwesenheit zu ertragen – noch dazu in unserer Wohnung! Aber was konnte ich jetzt noch tun, um dem ganzen Mist aus dem Weg zu gehen?

»Ich fliege übrigens bald für zwei Wochen nach Südostasien«, sagte Paps unvermittelt und ich schrak zusammen.

Zwei ganze Wochen allein mit den Grazien?

»Wann denn genau?«, fragte ich mit einem unguten Gefühl im Magen, das sich noch steigerte, als ich plötzlich Angst davor bekam, heute Abend neben Felicia nicht gut genug auszusehen. Keine Ahnung, woher dieser Gedanke plötzlich kam, denn bis eben hatte ich mich eigentlich noch ganz gut gefühlt.

Bis eben hatte ich allerdings auch krampfhaft versucht, nicht daran zu denken, dass Daniel heute ebenfalls hier sein würde. Ich hörte Paps gerade noch sagen: »Vom 3. bis

18. Dezember«, bevor ich auch schon in mein Zimmer stürmte. Dort angekommen plünderte ich meinen Kleiderschrank, wobei mich La Perla mit seinem Geflatter noch nervöser machte. Wieso hatte ich eigentlich nur solchen Billigfummel?

Wann hatte ich beschlossen, dass Orange eine tolle Farbe für mich sei?

Wann war ich auf die absurde Idee gekommen, geringelte Strümpfe gut zu finden?

Und was hatte ich mir dabei gedacht, eine hautenge Jeans mit Blumenmuster zu kaufen?

Wäre es nicht so spät gewesen, hätte ich einen Notruf an GG abgefeuert, aber jetzt blieb mir dummerweise nur noch eine halbe Stunde, bis die Party offiziell losging.

Als ich kurz drauf die ersten Gäste im Flur hörte, beschloss ich spontan, das totale Kontrastprogramm zu Felicia aufzulegen: Ich trug GGs abgerockte Sprayer-Jeans, darüber ein punkiges Sweatshirt in den Farben Pink, Schwarz und Grau und versteckte meine Haare unter einer lila Strickmütze. An den Füßen trug ich feste Schnürboots, die mir das Gefühl gaben, mit beiden Beinen fest auf dem Boden zu stehen.

Sollte Felicia ruhig mit den Absätzen ihrer Peep-Toes den Parkettboden durchlöchern und in ihrem Paillettenkleidchen vor sich hin glitzern – ich war eben ein anderer Typ.

Und das war auch gut so!

Als ich vor dem Spiegel stand und ein paar Mal tief durchatmete, klopfte es an der Tür.

Nanu?

»Ich bin's, Daniel, darf ich reinkommen?«

Oh mein Gott! Was sollte ich denn jetzt tun?

Daniel in meinem Zimmer, das würde ich bestimmt nicht überleben ... »Komm rein«, antwortete ich schließlich mit zitternder Stimme und tat so, als müsste ich noch dringend mein Outfit um einen Gürtel ergänzen. »Cooler Look«, lobte Daniel anerkennend und sah sich in meinem Zimmer um. Ich beschloss, nicht auf sein Kompliment einzugehen und mich stattdessen darauf zu konzentrieren, ihn so schnell wie möglich wieder nach draußen zu befördern.

»Hast du denn gar keine Bilder hier?«, fragte Daniel enttäuscht. »Ich hätte doch so gern endlich mal gesehen, wie du malst.«

Verdammt, verdammt!

Warum musste dieser Typ nur so verdammt süß aussehen und sich zu allem Überfluss auch noch für das interessieren, was ich am liebten machte?

»Nein, die sind alle in Gernots Atelier«, erwiderte ich und ging demonstrativ Richtung Tür. Ich wollte Daniel so schnell wie möglich aus meinem Zimmer haben, bevor ich am Ende doch noch die Beherrschung verlor und ihm einfach um den Hals fiel. Gut, dass wenigstens La Perla sich in einem plötzlichen Anfall von Schüchternheit irgendwohin verkrümelt hatte, wo Daniel ihn nicht sehen konnte. »Schade, aber da kann man dann wohl nichts machen«, sagte er enttäuscht und folgte mir. »Na dann ... wollen wir mal ... das Geburtstagskind hochleben lassen.«

Als er Felicia begrüßte, verfolgte ich die Umarmung der beiden mit Argusaugen. Sah so eine Begrüßung zwischen Liebenden aus? Wenn ja, konnte ich gut drauf verzichten.

Felicia sah zugegebenermaßen super aus, war aber bei

jedem Begrüßungsküsschen peinlichst darauf bedacht, weder ihren Lippenstift zu verschmieren noch sich ihr cremefarbenes Kleidchen (Seide anstatt der erwarteten Pailletten) zerknittern zu lassen. Wenn ich das Glück hätte, einen Freund wie Daniel zu haben, würde ich mich in seine Arme werfen und dort für den Rest meines Lebens bleiben, ganz egal, ob irgendwas verrutschte, verschmierte oder verknitterte.

Doch Felicia blieb maskenhaft und steif wie eine Puppe und trug stolz die lange Perlenkette, die Paps ihr aus Sri Lanka mitgebracht hatte, zur Schau. Stephanie flitzte mit hochroten Wangen wie ein aufgescheuchtes Huhn hin und her, Paps nahm den Gästen an der Tür die Mäntel ab und achtete darauf, dass die Kellnerin jedem ein Glas Champagner als Aperitif reichte.

So förmlich und überkandidelt würde ich meinen achtzehnten Geburtstag auf jeden Fall nicht feiern.

Keine Ahnung, wie ich die nächsten Stunden dieses Abends überstand, aber irgendwann gelang es mir tatsächlich, mich mitsamt meiner Utensilien unbemerkt aus der Wohnung zu schleichen.

Dabei hatte ich die Hoffnung, die anderen würden einfach davon ausgehen, dass ich vor Langeweile ins Bett gegangen war.

Vor dem Bauzaun warteten GG, Leopold, Paule, Louisa und sogar Yannick auf mich, wie Groupies auf ihren Star. Ich war begeistert, dass sogar Louisas Freund mitgekommen war. »Wie lief es mit Daniel?«, wollte Paule sofort wissen und musterte mich so eindringlich, als suche sie nach Spuren von Liebeskummer in meinem Gesicht.

»Nach einem kleinen Intermezzo in meinem Zimmer habe ich ihn praktisch nicht mehr gesehen«, erklärte ich, sehr zu Louisas und Paules Erstaunen, die beim Wort *Intermezzo* sofort die Augen aufrissen. »Das ist der Vorteil von so großen Wohnungen, man kann sich wunderbar aus dem Weg gehen, wenn man möchte.« Paule sagte nur: »Aha!«, was so viel hieß wie: *Wir reden morgen über die Details,* und auch Louisa wirkte enttäuscht.

Nachdem sie sich wieder etwas gefangen hatte, klatschte sie unternehmungslustig in die Hände und rief: »Dann mal los, ich kann es kaum abwarten!«

»Ich checke schon mal die Umgebung nach verdächtigen Personen ab«, erklärte Yannick, der eine Sonnenbrille trug und komplett in Schwarz gekleidet war. »Wenn du was erkennen kannst, gern«, antwortete ich grinsend und fing an, meine Tasche mit der Zeichenmappe auszupacken. »Das ist übrigens unser Catering für später«, erklärte ich und deutete auf Tasche Nummer zwei. »Irgendeinen Vorteil muss es ja haben, dass Felicia so eine Megaparty veranstaltet.«

Louisa und Paule stürzten sich sofort auf die Tasche, während GG und Leopold die Bilder begutachteten, die ich letzte Woche geklebt hatte. »Das ist ja echt genial«, lobte Leopold, nur GG sagte nichts.

Oh, oh, mochte er die neuen Sachen nicht?

Einen kurzen Moment lang blieb mir beinahe das Herz stehen. Keine Ahnung, weshalb mir gerade seine Meinung so wichtig war, aber so war es nun mal.

»Und? Wie findest du sie?«, piepste ich, als ich es nicht mehr länger aushielt, und stellte mich neben GG.

Der drehte sich anstelle einer Antwort zu mir um, hob

mich hoch und wirbelte mich so lange im Kreis herum, bis mir fast schlecht wurde. Leopold und Paule standen fest umschlungen daneben und amüsierten sich köstlich. Nachdem ich schließlich mit zittrigen Beinen wieder zum Stehen gekommen war, rief GG:

»Liebchen, deine Sachen sind absolut F.A.N.T.A.S.T.I.S.C.H!«

Ich konnte es kaum glauben: »Echt jetzt?!?«

»Echt! Das ist wirklich total irre! Ich hoffe, du hast das alles fotografiert?!?«

Ich schwebte wie auf Wolken. Vergessen waren die langweilige Partys und mein Daniel-Gefühls-Chaos. Alles, was jetzt zählte, war dieser Moment – und meine Kunst!

Derart motiviert und beschützt von meinen Freunden, die sichtlich Spaß an unserer Underground-Aktion hatten, klebte ich wie im Rausch weitere vierzig Bilder. GG half mir, die Motive mit Kleister zu bepinseln. »Wann hast du die denn eigentlich alle gemalt?«, fragte er, nachdem wir die erste Hälfte fein säuberlich an die Holzwand geklebt hatten.

»Letzte Woche«, antwortete ich und betrachtete mein Werk aus ein paar Schritten Distanz. Der Bauzaun sah mittlerweile aus wie die Ausstellungswand in einem Museum. Zu schade, dass das alles irgendwann entfernt und zerstört werden würde.

Aber so war das eben mit Street-Art: Sie gehörte nicht dem Künstler, sondern den Menschen der Stadt!

»Beeindruckend, Liebchen, wirklich beeindruckend«, murmelte GG immer wieder. Erst jetzt fiel mir ein, dass ich ihn noch gar nicht gefragt hatte, wie seine Reise gewesen war.

»Wie lief es denn eigentlich in Berlin?«, wollte ich

wissen, während Yannick eine Sektflasche öffnete und den Inhalt auf die edlen, langstieligen Plastikgläser verteilte, die ich ebenfalls von der Party gemopst hatte.

»Du hattest recht, diese Casting-Show scheint tatsächlich nichts für mich zu sein«, antwortete GG mit ungewohnt ernster Miene. »Aber lass uns jetzt nicht von mir reden. Heute ist dein Abend. Das hier hat fast etwas von einem Happening – oder einer Vernissage. Also Leute, hebt das Glas auf dieses wunderbare neue Talent am Street-Art-Himmel. Auf dich, Cynthia!«

Ich hätte beinahe vor Rührung geweint, als wir uns gegenseitig zuprosteten, jeder Einzelne mich umarmte und zu meiner Kunst beglückwünschte.

Schade, dass Daniel nicht hier war, um das alles zu sehen ...

Schade, schade, schade!

27.

Guck mal, Cynni-Maus, das hier ist doch was für dich«, sagte Paps und schaute mich am Montagmorgen gut gelaunt über den Rand des Hamburger Abendblatts hinweg an. Mir plumpste wegen akuter Übermüdung beinahe der Löffel in meine Cornflakes – die letzten Nächte hatte ich eindeutig zu wenig geschlafen. Ich zwang mich, meine Augen noch ein paar Millimeter mehr zu öffnen, und mein Blick fiel auf Bilder, die einen Bauzaun zierten und mir irgendwie bekannt vorkamen.

Darüber prangte die Schlagzeile:

Hamburgs Street-Art-Kunst ist weiblich!

Sofort war ich hellwach.

Das durfte doch nicht wahr sein!

Wie um alles in der Welt waren die Fotos von meinen Bildern an die Presse geraten?

Ich rief: »Gib her«, und entriss meinem Vater die Zeitung.

Die Grazien schreckten aus ihrem morgendlichen Frühstücksschlaf hoch und sahen mich alle drei erschrocken an. »Ist was passiert?«, fragte Stephanie besorgt, nur Felicia sackte sofort wieder in sich zusammen. Ihre öde Party hatte erstaunlicherweise bis drei Uhr morgens gedauert, auch wenn es mir absolut schleierhaft war, wie die Gäste das so lange ausgehalten hatten. »Zeig mal«, forderte nun auch Kristen, stellte sich hinter meinen Stuhl und betrachtete den Artikel, der eine komplette Doppelseite einnahm.

»Sieht irgendwie so aus, als wären die Bilder von dir«, murmelte sie und mein Herz setzte für einige Schläge aus. Ich musste um jeden Preis vermeiden, dass irgendjemand herausfand, dass ich für diese illegale Aktion verantwortlich war.

»Wer auch immer sich hinter den geheimnisvollen Initialen AP *verbirgt, hat eindeutig ein Herz für Hamburgs Frauen. Im Gegensatz zu den vielen maskulinen Motiven der Sprayer und Graffiti-Künstler stehen bei* APs *Arbeiten eher weibliche Themen im Vordergrund. Wer es genauer wissen will, sollte sich bald in die Nähe des Michels begeben, bevor . . .«*, las Kristen vor. »Hey, das ist ja bei uns um die Ecke!« Ich hatte das Gefühl, dass mein gesamtes Blut in den Kopf geschossen war.

Stephanie musterte mich eindringlich, nur Felicia schwebte immer noch in ihrem ganz eigenen Universum.

»Ach, ist es das?«, fragte ich so teilnahmslos wie möglich und war heilfroh, als kurz hintereinander drei SMS in meinem Handy piepten und ich einen Grund hatte aufzustehen. »Ich schau nur mal kurz nach, wer da geschrieben hat. Vielleicht ist Louisa ja krank und kann nicht zur Schule oder so«, murmelte ich und rannte in mein Zimmer. Dort angekommen, ließ ich mich erst mal auf den Fußboden sinken, atmete tief durch und schaute dann in das Nachrichtenfach meines Handys. Die SMS waren von GG, Louisa und Paule – und hatten alle denselben Inhalt: den Artikel im Hamburger Abendblatt. Und alle drei wollten wissen, wie die Fotos dorthin gelangt waren. »Keine Ahnung, ich bin selbst komplett von den Socken«, antwortete ich und beschloss, vorerst nicht mehr darüber nachzudenken, was das in letzter Konsequenz für mich bedeutete. Ich griff nach meiner Jacke, um zur Schule zu fahren, als sei nichts passiert.

In der ersten Stunde hatten wir heute ausnahmsweise Kunst bei Mister M, anstatt Englisch, wie sonst. »Hat jemand von euch heute schon das Hamburger Abendblatt gelesen?«, wollte er wissen und ich wäre beinahe im Erdboden versunken. Louisa ließ ihren Kugelschreiber mit einem lauten *Klack* auf die Tischplatte fallen und ich verschluckte mich vor Schreck dermaßen, dass ich Schluckauf bekam. »Cynthia, alles gut bei dir?«, fragte Mohrmann besorgt und ich nickte, gefolgt von mindestens zehn Hicksern. Louisa reichte mir ihren Saft und ich kämpfte tapfer gegen den Schluckauf an.

»Ich lasse jetzt mal einen Artikel herumgehen und möchte euch bitten, etwas dazu zu sagen. Wir nehmen aktuell zwar gerade das Thema ›Unschärfe‹ in Fotografie und Malerei durch, aber ich denke, wir können damit ruhig mal eine Stunde pausieren, wenn in unserer Stadt etwas so Spannendes passiert!«

Oh mein Gott! Wie sollte ich das jetzt überleben?

Hilflos sah ich zu, wie die Seite mit meinen Free-your mind-Bildern durch die Hände meiner Mitschüler wanderte – begleitet von vielen »Ahs« und »Ohs« oder auch »Na jas« – und schließlich bei mir und Louisa landete. Was sollte ich denn sagen, falls Mister M meine Meinung hören wollte?

»Ist das nicht ein bisschen zu sehr Mainstream?«, fragte Theobald mit leicht genervtem Unterton. Er nahm sich wie immer irre wichtig und war, seitdem ich ihn kannte, von der Sehnsucht befallen, um keinen Preis der Welt dasselbe zu sagen oder zu tun wie alle anderen.

Meine Bilder Mainstream?!? Na warte, wer so einen Namen hatte, sollte lieber die Klappe halten!

Auch Mister M schien irritiert: »Was soll denn daran Mainstream sein? Das ist doch wirklich fantasievoll und nicht gerade das, was man tagtäglich an Hamburgs Straßenwänden sieht.« Theobald guckte doof aus der Wäsche und wusste offenbar nicht, was er darauf erwidern sollte.

Ich klappte die Zeitung zusammen, bevor ich sie Mohrmann gab. Auf gar keinen Fall wollte ich noch eine Sekunde länger auf meine Fotos schauen müssen. Mister M musterte mich genau: »Was sagst du denn dazu, Cynthia, oder kannst du immer noch nicht sprechen?«

Schluckauf, wo bist du, wenn man dich braucht?

»Ich ähem ... finde auch nicht ... dass das so das Übliche ist ... ich finde das alles gar nicht so ... schlecht ... obwohl ich persönlich mit dieser Art von Kunst nicht so viel anfangen kann«, murmelte ich, ohne ihn anzusehen. Louisa hüstelte und Mohrmann grinste. »Kann es sein, dass ihr am Wochenende ein bisschen viel gefeiert habt?«, fragte er und ich schämte mich in Grund und Boden. Nun musste ich ausgerechnet vor dem Mann, dessen Meinung mir so wichtig war und dem meine Bilder ganz offensichtlich gefielen, so einen Unsinn reden.

Wie erbärmlich!

»Ich würde vorschlagen, dass wir uns in der nächsten Stunde persönlich anschauen, was *AP* gemalt hat, da diese Fotos nur einen Bruchteil der Bilder zeigen, die dort kleben. Es sollen ja insgesamt an die siebzig sein«, sagte Mister M und beifälliges Gemurmel erfüllte den Klassenraum.

Auch das noch!

An dem Tag würde ich mich auf alle Fälle krankmelden müssen.

»Was willst du denn jetzt machen?«, fragte Louisa, die mich in der Pause schon wieder an den Rand des Hofs gezerrt hatte, als seien wir Outlaws.

»Ich habe keine Ahnung«, antwortete ich düster und wünschte, ich wäre niemals auf diese dumme Idee gekommen. »Momentan überlege ich ernsthaft, heute Nacht den ganzen Kram wieder abzumachen.«

»Das wäre aber schade«, protestierte Louisa und zog ihre Stupsnase kraus. »Du hast so viel Arbeit investiert und die Bilder sind wirklich toll. Das findet sogar Yannick, und das will echt was heißen. Mich persönlich würde ja echt mal interessieren, wer dem Abendblatt die ganze Sache gesteckt hat. Meinst du, es war GG, der auf diese Weise seine Kampagne in Schwung bringen will?«

»Auf gar keinen Fall«, antwortete ich und schrie beinahe. »So etwas würde er nie tun. Wie kommst du denn auf so eine hirnrissige Idee?«

»Aber hat er nicht mal gesagt, dass er kein Problem damit hätte, in den Knast zu gehen, wenn es dem Verkauf seiner Klamotten dienen würde?«

Auch wenn ich mich sehr bemühte, kamen mir jetzt doch Zweifel.

Würde GG es wirklich riskieren, mich in Schwierigkeiten zu bringen, nur um damit den Verkauf seiner Kollektion anzuheizen?

»Ich glaube das ja auch nicht wirklich, GG scheint total nett zu sein, aber wenn du ehrlich bist, kennst du ihn ja kaum . . .«, fuhr Louisa fort. Zum Glück klingelte es in diesem Moment und wir mussten zum Matheunterricht.

Doch alles was das *Geodreieck* in dieser Stunde von sich gab, zog genauso an mir vorbei wie die Nachhilfe bei Tobi.

Louisas Vermutung nagte dermaßen an mir, dass ich spontan beschloss, nach der Mathe-Nachhilfe ins Atelier zu fahren, um persönlich mit Gernot zu sprechen. Der fing beinahe an zu hyperventilieren, als er begriff, was Louisa und ich ihm unterstellten. »Sag mal, spinnst du?«, fragte er und seine Stimme wurde derart kieksig, dass ich Mühe hatte, nicht laut loszuprusten. GG war Empörung pur. »Glaubst du allen Ernstes, ich würde dich, unsere Freundschaft und dein Talent missbrauchen, nur um ein paar olle Klamotten zu promoten? Für wen hältst du mich?«

»Es tut mir leid«, entschuldigte ich mich zerknirscht. »Im Grunde habe ich nicht eine Sekunde geglaubt, dass du so etwas tun würdest. Aber die ganze Sache hat mich dermaßen überrumpelt, dass ich nicht mehr ganz Herrin meiner Sinne war.«

»Hey Mädels, kommt mal schnell, das müsst ihr sehen!«, kam es vom anderen Ende des Ateliers, wo Leopold gerade seinen Minifernseher laufen hatte. Wir drei schauten mit offenem Mund zu, wie meine Arbeiten im Hamburg Journal gezeigt wurden. Offenbar hatte der NDR aufgrund des Abendblatt-Artikels ein Kamerateam an die Baustelle geschickt. Die Moderatorin stand mit eingefrorener Miene, das Mikrofon umklammernd vor dem Bauzaun und spekulierte vor laufender Kamera darüber, wer hinter der Signatur *AP* stecken könnte. »Das badge mit dem roten Stern-Motiv lässt auf einen linkspolitischen Hintergrund schließen, andererseits scheint es dem Künstler oder der Künstlerin auch wichtig zu sein, das Symbol durch die pinkfarbenen Engelsflügel in einen anderen Kontext zu stellen . . .«

»Oh mein Gott, haben die heute nichts anderes, worüber sie berichten können?«, fragte ich, während ich versuchte, gegen Schwindel und Übelkeit anzukämpfen. Wenn es nach mir gegangen wäre, hätte ich mich zusammen mit Aurelia auf dem nächstbesten Kreuzfahrtschiff eingebucht und erst mal eine Weltreise gemacht, ohne irgendjemandem davon zu erzählen.

Was wohl Mama von alldem hielt?

Und wie würde Paps reagieren, wenn er davon erfahren würde, dass seine Tochter gerade der Aufmacher in seiner Lieblingsregionalsendung war?

»Echt der Hammer«, murmelte Leopold und GG nickte zustimmend: »Du wärst mit einem Schlag berühmt, Liebchen, wenn du deine Identität preisgeben würdest.«

»Und ich säße schneller im Knast, als du das Wort ›berühmt‹ aussprechen kannst«, antwortete ich, immer noch verwirrt. Momentan konnte ich nur hoffen, dass das enorme Interesse eine Eintagsfliege mangels anderer Themen war und keiner herausfand, dass ich die Bilder gemalt hatte. »Wie wäre es, wenn ich euch zur Feier des Tages bekoche und wir Pauline auch dazu einladen?«, schlug Leopold vor und bekam bei der Erwähnung von Paules Namen glänzende Augen. Na den hatte es ja scheinbar schwer erwischt! »Vielleicht wiederholen sie den Beitrag später noch mal«, antwortete GG und begann, im Netz zu recherchieren. »Einhundertzwanzig Leuten gefällt das«, murmelte er ergriffen, als er die Reaktionen auf den Sendebeitrag entdeckte.

Ich schluckte.

Abgesehen davon, dass ich schreckliche Angst davor hatte, *entlarvt* zu werden, fühlte ein anderer Teil von mir sich natürlich sehr, sehr geschmeichelt. Hatte nicht Andy Warhol mal gesagt, dass in Zukunft jeder Mensch mindestens fünfzehn Minuten berühmt sein würde? Was mich betraf, so dauerte meine Berühmtheit nun schon fast einen ganzen Tag – wenn auch nur indirekt. Doch ich konnte es leider nur bedingt genießen. »Ich finde das mit dem Kochen eine gute Idee«, griff ich Leopolds Vorschlag auf, um mich ein wenig abzulenken. Da ich heute nicht viel für die Schule tun musste und keiner daheim auf mich wartete, konnte ich es mir genauso gut zusammen mit meinen Freunden nett machen.

Wer wusste schon, was später noch alles passieren würde?

28.

Kommt Daniel eigentlich gar nicht mehr hierher?«, erkundigte ich mich bei Holly, als wir uns während der Arbeitszeit einen kurzen Moment Pause gönnten und heiße Schokolade tranken.

Seit dem Aufruhr in der Presse waren beinahe zwei Wochen vergangen, und wie ich gehofft hatte, war das Phänomen *AP* kurze Zeit später verpufft. Aber was hätte man auch weiter schreiben oder zeigen sollen? Ich hatte aus lauter Angst vor Entdeckung nichts Neues gemalt – und kurz vor Weihnachten waren die Sender mit Wichtigerem beschäftigt. Zum Beispiel mit der Vorberichterstattung des CLC-Festivals, das morgen Vormittag feierlich eröffnet wurde. »Nee, den hab ich schon seit einer Ewigkeit nicht mehr gesehen«, antwortete Holly, die heute eine rote Bommelmütze trug, die ihr wirklich gut stand. »Er ist bestimmt mächtig im Stress wegen morgen und hat gar keine Zeit mehr für Kaffeepausen bei uns.«

Oder er geht mir aus dem Weg, dachte ich traurig.

»Vermisst du ihn denn?«, fragte Holly und grinste provokativ, woraufhin ich ihr die Mütze ins Gesicht zog und es vorzog, nicht zu antworten.

Als wir um kurz nach acht ins Freie traten, hatte sich auf dem Boden eine weiße Puderzuckerschicht gebildet – der erste Schnee. »Vielleicht haben wir ja Glück und es gibt dieses Jahr weiße Weihnachten«, seufzte Holly schwärmerisch, während ich mein Gesicht Richtung Himmel drehte und mit der Zunge nach den zarten weißen Flocken schnappte. »Ich würde zu gern mal wieder Schlitten fahren. Aber hey, guck mal. Sieht das nicht klasse aus?« Dabei deutete Holly auf die Vorbereitungen für den Aufbau der Festival-Location: Handwerker arbeiteten seit Tagen unter Hochdruck daran, die Fleetinsel in ein eindrucksvolles weißes Partyzelt zu verwandeln. Es gab insgesamt vier Eingänge, die jeweils von kleinen Tannenbäumen in roten Keramiktöpfen umsäumt wurden.

Auf den Zeltplanen glitzerten silberne Sterne im Licht der Laternen. »Und frieren müssen die Partygäste zum Glück auch nicht«, fuhr Holly fort, die eindeutig ein Sommerkind war und der der Wintereinbruch ziemlich zu schaffen machte. Elektriker montierten Heizstrahler und Heizpilze im Inneren des Zeltes, der Bodenleger bedeckte den Beton mit Holzdielen.

»Wie sieht's aus, Cynthia? Hast du noch Lust auf einen kleinen Absacker?« Wie um Hollys Frage zu unterstreichen, trug der Wind verführerischen Duft von Glühwein und gebrannten Mandeln von den benachbarten Weihnachtsmärkten herüber. Morgen früh würden die Kinder kleine Geschenke in ihren Nikolausstiefeln vorfinden. Paps war seit vorgestern in Südostasien und ich vermisste ihn jetzt schon. Warum musste er ausgerechnet in der Weihnachtszeit so lange verreisen? »Tut mir leid, ich habe gleich Anprobe bei GG«, sagte ich bedauernd und verabschiedete mich mit einem Küsschen von Holly. »Du meinst, du hast gleich ein Fitting«, korrigierte sie mich lächelnd, bevor sie sich umdrehte und davonstapfte. Ich bog Richtung U-Bahn ab und freute mich auf das, was mich gleich erwartete: GG und Leopold hatten in den vergangenen Tagen nämlich ein riesengroßes Geheimnis um ihre Designs gemacht und mittlerweile platzte ich beinahe vor Neugier.

»Na? Was sagst du?«, fragte GG und sah mich erwartungsvoll an. Auf dem Beistelltisch vor mir lagen ein silberner Hosenanzug mit zarten roséfarbenen Streifen, ein weißer Herrenhut und ein Paar Pantoffeln aus Seide, die mit silbernen Ornamenten bestickt und in der Mitte mit einer stilisierten Pfauenfeder verziert waren. »Und das ist der passende Schuh zu deinem morgigen Outfit«, erklärte Leopold und streifte mir den rechten Pantoffel über, während ich auf dem quietschroten Kussmund-Sofa saß und aus dem Staunen nicht mehr herauskam.

»Voilá, das hier ist für Samstag«, erklärte GG und deutete auf die Kleiderstange, die er gerade hereingeschoben hatte.

»Ein Traum in Nude und Puder. Du wirst darin aussehen wie ein Engel. Ich kann es kaum erwarten, dass du es anziehst.«

»Oder wie die kleine Meerjungfrau«, ergänzte Leopold, weil das Kleid in Wickeloptik unten eine kleine Schleppe hatte, die ein wenig an eine Schwanzflosse erinnerte. Durchsichtige Pailletten, die das Licht reflektierten, unterstrichen diesen Eindruck. »Zu so einem romantischen Look gehören natürlich eher schlichte Schuhe«, erklärte er und schon trug ich links einen hellgrauen, mittelhohen Pump.

»Und jetzt kommt, tataaaa, tataaaa, die Krönung des Ganzen – dein Kleid für Sonntag«, rief GG und umtänzelte mich aufgeregt. »Nun sag schon, wie findest du es?«

Ich war fassungslos, als ich einen Traum aus goldenem Organza, Seide und Samt in den Händen hielt. Darin würde ich zweifelsohne aussehen wie eine Prinzessin! Ich befühlte den Stoff und traute meinen Augen kaum, als sich herausstellte, dass das, was ich auf den ersten Blick für ein simples Muster im unteren Drittel des Kleids gehalten hatte, in Wirklichkeit mein Street-Art-badge war – der rote Stern mit den pinkfarbenen Engelsflügeln in Miniaturformat. »Dazu passend mein persönliches Meisterwerk«, kündigte Leopold seine Schuhkreation großspurig an – vollkommen zu Recht: zierliche, wunderschöne Stilettos aus Plexiglas mit schwindelerregend hohen Absätzen, in die goldene Sterne eingegossen waren.

»Das mit dem Gehen, das üben wir noch, Liebchen, keine Sorge«, lachte GG, als er meinen entsetzten Blick sah. Schließlich war ich sonst auf eher flachen Modellen unterwegs.

Ich war dermaßen überwältigt, dass ich Mühe hatte, die passenden Worte zu finden. »Wie kann ich das jemals wiedergutmachen?«, fragte ich, während Tränen der Rührung meine Wangen hinunterkullerten. »Daran müsst ihr ja wochenlang gearbeitet haben . . .« Leopold und GG wechselten bedeutungsvolle Blicke. »Ein paar Tage hat's schon gedauert, aber mach dir darüber mal keinen Kopf, denn es hat wirklich Spaß gemacht«, erwiderte Leopold und GG nickte.

»Erwähn einfach unsere Namen, wenn du auf dem roten Teppich auf und ab flanierst, und wir sind die glücklichsten Designer der Welt!«

Roter Teppich?

Hatte ich da was übersehen?

»Ich werde jedem, der es nicht wissen will, eure Namen sagen und Werbung machen, bis ganz Deutschland weiß, wer ihr seid«, versprach ich und überlegte gleichzeitig fieberhaft, wie ich den beiden darüber hinaus eine Freude machen konnte.

»Los jetzt, genug geschwärmt. Jetzt machen wir Catwalk-Training. Aber wisch dir vorher bitte die Mascara aus dem Gesicht, das sieht ja fürchterlich aus«, unterbrach GG mich und rollte Packpapier auf dem Atelierboden aus. Ich trocknete die Freudentränen und stellte mich schließlich mit wackligen Knien auf meine Startposition. Blöderweise war mein Gleichgewichtssinn noch nie der beste gewesen und jetzt war ich auch noch mit einem Schlag fünfzehn Zentimeter größer als sonst.

GG positionierte sich am anderen Ende des »Teppichs« und gab Kommandos: »Brust raus, Schultern zurück, Kinn hoch und ab geht's. Sei eine Diva!« Ich versuchte, seinen Anweisungen zu folgen, und setzte mich in Bewegung. Dummerweise verhedderte sich der bodenlange Stoff schon nach wenigen Zentimetern in meinem linken Schuh. »Macht nichts, das passiert jedem am Anfang. Tu so, als sei nichts passiert«, kommandierte GG. »Geh einfach geradeaus und schau mich an. Ich bin dein Fixpunkt, auf den du zugehst – alles andere muss dir egal sein.«

Leopold murmelte, dass noch etwas fehlte, und drückte mir eine mit goldenen Pailletten besetzte Clutch in die Hand, ein megaunpraktisches Teil ohne Henkel. Er lachte, als er sah, wie ich mit dem Ding haderte. »Trag sie einfach, als sei sie ein Teil deines Körpers, und denk dran: Die Handetasche musse og lebendig sein.« Dann gab er mir einen sanften Klaps auf den Po und ging neben mir her – vermutlich, um mich aufzufangen, falls ich umknickte.

»Lass diesen Top-Model-Mist, Leo, das ist doch total out, außerdem haben die Mädels jetzt JORGE«, schimpfte GG vom anderen Ende und ich bekam einen Lachkrampf. Der Handtaschen-Satz von Laufstegtrainer Bruce Darnell war mittlerweile zu einem geflügelten Wort geworden, doch ich hatte nicht damit gerechnet, dass ihn mal jemand zu mir sagen würde. Genauso wenig, wie ich jemals geglaubt hätte, einmal echte Haute Couture zu tragen und zu einem dreitägigen Event der Extraklasse eingeladen zu sein.

Jemand wie Felicia würde das hier natürlich unfallfrei und total professionell meistern und später auf allen Fotos perfekt aussehen. Oh mein Gott, ich durfte gar nicht daran denken, in welchen Outfits sie an den kommenden drei Abenden auf dem Festival auftauchen würde. Schließlich war sie in den letzten Tagen fast ausschließlich mit Shopping beschäftigt gewesen.

»Ich denke, das wird klappen«, meinte GG endlich, als ich gefühlte eine Million Mal über seinen Laufsteg aus Papier gelaufen war, ohne mich langzulegen. »Wenn du zu Hause noch ein bisschen übst, wirst du die Veranstaltung mit Grandezza meistern. Und denk dran, Baby: Haltung, Haltung, Haltung, dann kann gar nichts schiefgehen.«

Voller Vorfreude auf den morgigen Tag fuhr ich nach Hause und traf oben an der Haustür Kristen, die offenbar auf dem Sprung war. »Mom hat schwere Grippe, ich flitze mal eben schnell zur Notapotheke«, erklärte sie und sprintete die Treppe hinunter. »Bis später!« *Hui, so schnell war sie doch sonst nie.*

In meinem Zimmer angekommen legte ich die Kleidersäcke und die Schuhkartons aufs Bett und schmuste danach eine Weile mit La Perla. Ich erzählte ihm von meiner Anprobe und davon, dass ich auf dem besten Weg war, eine Laufsteg-Queen zu werden. »Felicia, bist du das?«, ertönte auf einmal Stephanies Stimme durch den Flur und verschreckte den Beo. »Nein, ich bin's nur, Cynthia. Ich glaube, Felicia ist gar nicht da«, antwortete ich und ging dann ins Schlafzimmer, in dem es so richtig schön mies nach Krankheit muffte.

»Au Mann, dich scheint es ja richtig erwischt zu haben«, sagte ich mitleidig. »Kann ich dir irgendwas bringen? Tee oder eine heiße Zitrone? Außerdem müsste hier mal dringend gelüftet werden, frische Luft kann manchmal Wunder wirken.« Mit diesen Worten öffnete ich das Fenster einen Spalt.

»Heiße Zitrone wäre toll«, krächzte Stephanie, die mit einem dicken Schal umwickelt im Bett lag und aussah wie der Tod auf Latschen. Während ich in der Küche den Saft einer Zitrone mit heißem Wasser und einem Teelöffel Honig verquirlte, kam Felicia nach Hause. Sie streckte den Kopf zur Tür herein und verzog sich schnell wieder, als sie hörte, dass ihre Mutter krank war. »Oh nein, bitte nicht, ich habe keine Lust, mich anzustecken«, hörte ich sie im Flur sagen – was ich angesichts der Tatsache, dass es ihrer Mutter scheinbar wirklich schlecht ging, ziemlich lieblos fand. »So, bitte schön, das wird dir guttun«, sagte ich zu Stephanie und stellte ein Tablett mit dem Becher und ein paar Keksen auf ihren Nachttisch. In dem Moment kam Kristen und breitete ein Arsenal an Medikamenten auf der Bettdecke aus. »Danke, Schätzchen, das ist wirklich lieb von euch«, bedankte Stephanie sich, trank einen Schluck und widmete sich dann Kristens Besorgungen.

Ich beschloss, die beiden alleine zu lassen, denn natürlich war auch ich nicht besonders scharf darauf, ausgerechnet während des CLC-Festivals flachzuliegen.

Schließlich wollte ich meine schönen Kleider ausführen und mich außerdem richtig amüsieren.

Und nicht zuletzt natürlich Daniel wiedersehen . . .

29.

Schade, schade, schade – diesen Freitag musste die Mathe-Nachhilfe wohl ausfallen, denn ich hatte weitaus Wichtigeres vor! Zuerst zwei der zehn Theaterstücke anschauen, die am ersten Festival-Tag auf dem Programm standen – und dann: Rein ins Outfit! Rauf auf die Party!

Momentan hatte ich zwar noch keinen blassen Schimmer, wie ich mit diesen Pantöffelchen durch die Kälte bis zum Partyzelt kommen sollte, aber da würde mir schon noch was einfallen. Die Notfalllösung war: umziehen auf der Toilette.

»Darf ich noch rein?«, fragte ich das sympathisch aussehende, wunderhübsche Mädchen am Eingang des Fleettheaters, das mir irgendwie bekannt vorkam. *Killing Road* lief schon seit einer knappen Viertelstunde. »Es ist zwar total voll, aber Luc hat extra einen Platz für dich reserviert«, antwortete das Mädchen, nachdem ich meinen Namen genannt und sie einen Blick auf die Gästeliste geworfen hatte. Mithilfe einer Taschenlampe dirigierte sie mich zu meinem Platz in der dritten Reihe, ganz außen. Ich setzte mich, zog meinen Mantel aus und verfolgte gebannt das Geschehen auf der Bühne. Muffins Eingangsmonolog war schon vorbei, jetzt war der Teil dran, den ich noch nicht kannte. »Schön, dass wir uns endlich mal wiedersehen«, wisperte jemand neben mir und ich bekam Gänsehaut, als ich die Stimme erkannte. *Seine* Stimme! Luc hatte mich doch tatsächlich direkt neben Daniel platziert. »Finde ich auch«, flüsterte ich zurück, nachdem ich mich einigermaßen gefangen hatte. Gut, dass das Stück noch eine knappe Stunde dauerte. Bis dahin würde ich mich wohl hoffentlich ein wenig beruhigt haben.

Dummerweise flog das Stück nur so an mir vorbei, ohne dass ich etwas davon mitbekam. Daniels unerwartete Nähe hatte mich dermaßen durcheinandergebracht, dass es mir nicht mal für eine Sekunde gelang, mich auf die Inszenierung zu konzentrieren.

»Und, wie fandst du es?«, wollte er wissen, nachdem Luc und seine Truppe sich ausgiebig verbeugt hatten und vom Publikum bejubelt worden waren.

Dem Applaus nach zu urteilen, hatte *Killing Road* wohl gute Chancen, den Wettbewerb zu gewinnen. »Gut ... äh, innovativ ... äh, unkonventionell, also super«, stammelte ich und verfiel damit blöderweise wieder in mein altes Verhaltensmuster.

Mensch, Cynthia, das hat doch schon mal besser geklappt! »Wie waren die anderen Stücke denn?«, fragte ich, um von meinem Gestammel abzulenken.

»Ich habe leider nur die beiden gesehen, die direkt davor waren, weil ich noch so viel zu tun hatte. Mir ist nämlich vorhin eine Designerin für morgen abgesprungen und ...«

»Aber wieso das denn?«, fiel ich Daniel unvermittelt ins Wort. Wie konnte sich jemand eine so tolle Möglichkeit entgehen lassen? »Wir mussten die Teilnehmerin disqualifizieren, weil wir durch Zufall erfahren haben, dass sie sich für die deutsche Version der Design-Casting-Show Projekt Runway beworben hat, die Anfang nächsten Jahres gedreht werden soll. So eine Aktion verstößt eindeutig gegen die Richtlinien unseres Festivals.«

Meine Gedanken fuhren Karussell.

Alles, was ich denken konnte, war: Ich muss GG in die

Show bringen. ICH MUSS EINFACH! Das wäre DIE Chance für ihn, endlich bekannt zu werden.

»Habt ihr denn für solche Fälle eine Nachrückerliste?«, versuchte ich, mich vorsichtig an mein eigentliches Anliegen heranzupirschen. Daniel wurde kurz von einem Mitglied der Theater-Jury abgelenkt, bevor er sich wieder mir zuwandte. »Denkst du dabei an jemand Bestimmten?«, fragte er und schenkte mir wieder dieses unwiderstehliche Daniel-Lächeln, das mir durch und durch ging.

Hach, wie sehr ich das vermisst hatte!

»Ich, äh, nein . . . ich dachte nur so allgemein, weil das ja doof für euch ist und so . . .«

»Sag GG, dass wir ihm sehr gern eine Chance geben, wenn er es schafft, Models und zwanzig seiner besten Outfits bis morgen früh um acht hierher zu bringen. Wenn er das hinkriegt, wird sich die Mode-Jury seine Sachen anschauen und entscheiden, ob er an der Show teilnehmen darf.« Ich konnte nicht anders, ich musste Daniel einfach um den Hals fallen.

Erstaunlicherweise wehrte er sich gar nicht gegen meine stürmische Umarmung, sondern hielt mich sogar einen Moment fest. Leider nur einen klitzekleinen Moment, weil auf einmal das Mädchen vom Eingang neben uns auftauchte und demonstrativ hüstelte. Sofort ließ ich Daniel wieder los und zückte stattdessen mein Handy: »Ich rufe GG an, damit er Bescheid weiß«, erklärte ich. Dabei hätte ich viel lieber etwas ganz anderes gemacht, nämlich Daniel an der Hand genommen, um einfach mit ihm abzuhauen . . .

GG war total aus dem Häuschen, als ich ihn erreichte. Er fragte dreimal hintereinander: »Ist das wirklich wahr?« Ich musste ihm die Nachricht genauso oft bestätigen: »Ja, es stimmt, vorausgesetzt du bist morgen früh pünktlich, hast coole Models dabei und vor allem Outfits, die die Jury überzeugen. Aber das dürfte ja wohl kein Problem sein . . .«

»Bis auf die Models in der Tat nicht, aber auch dafür wird sich eine Lösung finden.«

Nachdem ich Gernot alle wichtigen Details durchgegeben hatte, war endlich Zeit, Luc und Ben zu ihrer Inszenierung zu gratulieren. Beide waren weiß wie die Wand und schienen seit Tagen nicht geschlafen zu haben. »Ich drücke euch die Daumen, dass ihr die Jury überzeugt habt«, sagte ich und schaute auf die Uhr. Wenn ich mich später nicht zu sehr abhetzen wollte, konnte ich maximal noch die erste halbe Stunde des nächsten Stückes sehen, das auch bereits begonnen hatte. Es war wohl besser, wenn ich sofort nach Hause ging. Also verabschiedete ich mich von allen mit den Worten »Wir sehen uns später« und machte mich auf den Weg.

Angekommen im fünften Stock schaute ich als Erstes nach Stephanie, die jedoch tief und fest schlief. Im Bad stieß ich auf Felicia, die sich dort gerade mal wieder breitmachte und alles mit widerlich stinkendem Haarspray vernebelte.

»Würdest du bitte mal lüften, da erstickt man ja«, rief ich ihr im Vorbeigehen zu und betete, dass sie sich beeilte. »Ich lüfte, wenn ich es für nötig halte«, zickte sie zurück und ich rollte mit den Augen. Egal, was auch in Zukunft passieren würde: In diesem Leben würden wir keine Freundinnen mehr werden!

Um zehn nach sieben war Felicia immer noch im Bad,

weshalb ich beschloss, lieber auszuweichen, anstatt mich aufzuregen. Also schleppte ich meine Utensilien in das Badezimmer von Stephanie und Paps und begann mit dem Styling.

Um Viertel vor acht war ich endlich so weit: Ich hatte mir einen Zopf geflochten, der seitlich unter dem weißen Herrenhut herausschaute und locker über meine Schulter fiel. Dazu trug ich den silbernen Anzug, darunter ein weißes Shirt, auf den Lippen Paulines Plume-Lippenstift und an den Füßen Thermoboots, um unfallfrei zum Festivalzelt zu kommen. Leopolds Seidenpantoffeln würde ich in meine Tasche stecken.

»Ah, hier bist du«, rief Kristen, die mich offenbar schon gesucht hatte, und lachte, als ihr Blick auf mein derbes Schuhwerk fiel. »Na, das nenne ich mal Kontrastprogramm«, grinste sie, sah aber selbst überhaupt nicht so aus, als würde sie gleich zu einer Party gehen. »Ich wollte dir nur Bescheid geben, dass ich heute Abend nicht mitkomme, weil ich mich um Mom kümmern möchte. Du könntest also meine Einladung haben, wenn du möchtest. Vielleicht hat ja eine deiner Freundinnen Lust, dich zu begleiten?

»Das ist aber lieb von dir«, antwortete ich, nahm die Karte entgegen und überlegte, was Paule und Louisa heute Abend vorhatten. »Geht es denn Stephanie heute immer noch so schlecht? War sie beim Arzt?« Kristen schüttelte den Kopf. »Soweit ich weiß, nicht. Im Laden hat sie heute eine Aushilfe vertreten und ich denke, dass sie die meiste Zeit geschlafen hat. Dein Vater hat übrigens vorhin angerufen und lässt dich schön grüßen. Er macht sich ein bisschen Sorgen um Mom und hat uns gebeten, ein Auge auf sie zu haben.« Mich überfiel schlagartig so etwas wie schlechtes Gewissen. »Soll ich lieber auch hierbleiben?«

»Nein, danke, das ist nicht nötig. Ich bin eh nicht so besonders scharf auf die Party. Diese Kunst- und Theaterszene schüchtert mich sowieso nur ein. Außerdem kommt heute Abend *Twighlight* im Fernsehen, also bin ich bestens versorgt. Geh du nur und amüsier dich für mich mit!«

»Okay, dann danke. Meld dich aber, falls du meine Hilfe brauchst. Ich hab mein Handy an.«

Nachdem Kristen sich verzogen hatte, rief ich bei Paule an. Die kreischte vor Begeisterung, als sie hörte, dass ich noch eine Karte übrig hatte: »Ich habe zwar keine Ahnung, was ich anziehen soll, aber egal! Ich bin in einer halben Stunde da.«

Da ich nicht alleine bei der Party auftauchen wollte, beschloss ich, auf das Buffet zu verzichten und stattdessen auf Pauline zu warten. Und die hielt Wort: Punkt neun Uhr standen wir auf dem roten Teppich (zum Glück ohne Fotografen) und zeigten unsere Eintrittskarten vor. Drinnen war die Party schon in vollem Gang. Bis zur Preisverleihung war es nur noch eine halbe Stunde. »Ist das aufregend«, flüsterte Paule, die in ihrem kurzen roten Kleidchen ein echter Hingucker war, als wir die ersten Promis entdeckten. Wir hielten beide ein Glas Sekt in der Hand und staunten mit offenen Mündern. Eine Veranstaltung wie die Berlinale hatte mit Sicherheit nicht viel mehr Glamour-Faktor als dieses Festival. Im Gegensatz zu Paule verrenkte ich mir den Kopf nicht nur nach Stars und Sternchen, sondern auch nach einer ganz bestimmten Person, nämlich Daniel. Doch der war weit und breit nicht zu entdecken, genauso wenig wie sein Vater.

»Hey, da bist du ja«, begrüßte Luc mich. Ben stand an seiner Seite. Ich machte die beiden mit Paule bekannt und beobachtete gebannt, wie ein Techniker das Standmikrofon auf der Bühne überprüfte – ein Zeichen dafür, dass es jetzt gleich losgehen würde.

Mein Herz machte ein paar freudige Hüpfer, als Daniel und sein Vater zusammen aufs Podest stiegen und in die Runde blickten. Paule drückte meine Hand und ich atmete tief durch.

Nach einem Willkommensgruß las Daniel die Namen der drei nominierten Stücke und der jeweiligen Regisseure vor. Ich hielt die Luft an, als Lucs Name genannt wurde. »Und der Gewinner des diesjährigen Theaterpreises ist ...« Im Publikum war es totenstill. »... die Dorschungsgruppe für ihre mutige Inszenierung des Bestsellers *Feuchtgebiete*. Platz zwei geht an Luc Kragenburg für *Killing Road* und Platz drei ...« Der Rest der Ansage ging in Applaus und Jubelrufen unter. Das Gewinnerteam, Luc und Jolanda Stickel, die Drittplatzierte, gingen auf die Bühne, wo Johann Petersen die Jury-Begründung vorlas und im Anschluss daran drei Schecks überreichte. Der erste war mit dreißigtausend Euro dotiert, der zweite mit zwanzigtausend und Jolanda bekam immerhin zehntausend. »Dorschungsgruppe, was ist das denn für ein Name?«, kicherte Paule, sichtlich angeheitert von ihrem Sekt. Ich zuckte mit den Schultern: »Das ist so ähnlich wie Rimini Protokolle, Studio Braun oder Oper Dynamo West«, antwortete ich und sah gerührt zu, wie Daniel seinen Freund Luc umarmte und die beiden anschließend mit den anderen Gewinnern für die Fotografen posierten. Das musste wirklich ein irres Gefühl sein!

»Meinst du, GG schafft es, morgen dabei zu sein?«, fragte Pauline und zog mich Richtung Buffet, wo glücklicherweise noch einiges übrig geblieben war. »Das hoffe ich sehr«, antwortete ich, während ich genüsslich Kürbissuppe mit Orange und Ingwer löffelte. »Stell dir mal vor, er würde tatsächlich gewinnen, das wäre der absolute Hammer!«

»Meinst du, er hat da auch die Chance, Schuhe von Leo zu präsentieren?«, fragte Paule und blickte verträumt in die Ferne. Es war schön zu sehen, wie gut es ihr ging, seit dieser Idiot von Enrico kein Thema mehr war. Leopold schien wirklich super zu ihr zu passen und sie glücklich zu machen. »Bestimmt. Sie werden zwar nicht bewertet, aber GG wird garantiert alles tun, um die Presse auch darüber zu informieren, auf welchen Schuhen seine Models über den Laufsteg stöckeln.«

Wie aufs Stichwort vibrierte mein Handy, das ich natürlich auf lautlos gestellt hatte. Hoffentlich war nichts mit Stephanie!

Doch es war eine SMS von Gernot: »Traust du dir zu, morgen deine drei Outfits vorzuführen?«

»Ist irgendetwas passiert?«, fragte Paule besorgt. »Du bist ja total blass!« Ich reichte ihr wortlos mein Handy, damit sie lesen konnte. »Aber da gibt es doch gar nichts zu überlegen. NATÜRLICH machst du das! Wozu hast du schließlich gestern stundenlang Laufstegtraining gehabt?«

Ich schnappte nach Luft: »Hallo, geht's noch? Ich bin gerade mal ein paar Meter auf und ab gewackelt, und das auch nur, damit ich halbwegs unfallfrei den Abend überlebe. Nicht um teure Klamotten auf einem echten Catwalk zu präsentieren. Außerdem bin ich viel zu klein für so was und total unbegabt!«

»Aber GG hat dir die Kleider nun mal auf den Leib geschneidert und wird schon einen Grund dafür haben, dass er dich fragt. Er wird sich doch nicht seine eigene Show ruinieren wollen.« *Auch wieder wahr . . .*

»Na ihr beiden, amüsiert ihr euch?«

Oh shit, Felicia. Die hatte ich ja total vergessen.

»Danke, alles bestens«, antwortete ich abweisend.

»Ich finde es übrigens total ungerecht, dass Luc nur den zweiten Platz bekommen hat«, fuhr sie fort, ohne zu registrieren, dass sie echt nervte. »Ach ja, warum denn?«, fragte ich spitz zurück. Ich konnte mich nicht erinnern, sie in der gestrigen Aufführung gesehen zu haben. Wie also wollte sie dann die Qualität seiner Inszenierung beurteilen? »Die Dramatisierung eines Skandalbuchs ist halt eine ziemlich sichere Sache. Sex sells, das weiß doch jeder. Und wenn dann noch Fäkalausdrücke en masse benutzt werden, ist doch klar, dass die Masse darauf abfährt.«

Ich verdrehte innerlich die Augen und wusste einen Moment lang nicht, was ich schlimmer fand: die Tatsache, dass Felicia das Wort *Dramatisierung* benutzte, oder ihr Aussehen am heutigen Abend. Wüsste ich nicht, was für ein mieser Charakter in dieser Hülle steckte, würde ich mich auf der Stelle in sie verlieben, so toll sah sie heute wieder aus.

»Da muss ich dir leider widersprechen«, mischte sich nun Luc ein, der zusammen mit Ben und – Achtung Herz! – Daniel zu uns getreten war. »Die Kollegen haben dieses Stück so wunderbar inszeniert, dass man nur neidlos anerkennen kann, dass es um Klassen besser ist als die

Buchvorlage. Die Fäkalsprache – wie du es nennst – ist auf ein Minimum reduziert, Bühnenbild und Kostüme sind in keinster Weise naturalistisch und regietechnisch liegt der Schwerpunkt auf dem emotionalen Konflikt der einsamen Hauptfigur, ähnlich wie in meinem Stück. Auch wenn ich den Preis natürlich gerne selbst gewonnen hätte, muss ich ehrlicherweise zugeben, dass ich als Jury nicht anders entschieden hätte.«

Ich kicherte in mich hinein, weil Felicia mit offenem Mund dastand und so aussah, als hätte man ihr gerade ihre Lieblings-Barbie geklaut. »Gefällt euch die Party?«, wandte sich nun Daniel an Paule und mich. Als sein Blick auf Paule fiel, stutzte er einen Moment. »Du kennst Pauline aus dem Ballett«, beeilte ich mich zu erklären und überlegte kurz, wie ich geschickt den Namen Leopold ins Spiel bringen konnte. Denn Daniel guckte schon wieder so, als würde ihm gerade ein Engel begegnen.

Halt! Stopp! Schluss mit dem Neid! Pauline ist deine beste Freundin!, sagte ich mir und versuchte, mich zu beruhigen. »Und um deine Frage zu beantworten: Ja, es ist total toll hier. Vielen Dank noch mal für die Einladung.«

»Schön, freut mich!« Daniel grinste.

»Ach hier bist du«, mischte sich nun das Mädchen ein, das gestern am Fleettheater den Empfang gemacht hatte, und stellte sich dicht neben Daniel. VIEL ZU DICHT für meinen Geschmack!

»Darf ich euch bekannt machen? Meine Freundin Violetta. Das sind Cynthia, die du gestern schon gesehen hast, und ihre Freundin Pauline. Felicia und Luc kennst du ja.«

»Und ich kenne dich nicht nur vom Theater, sondern auch aus der ›Ersten Liebe‹«, ergänzte Violetta, gab mir die

Hand und lächelte. Ich versuchte, gegen die Wirkung der Worte *Meine Freundin* anzukämpfen und nicht ins Bodenlose zu fallen, als Daniel auch noch den Arm um sie legte.

Eines war jetzt allerdings klar: Felicia war nicht seine First Lady und würde es vermutlich auch nie sein.

Ausnahmsweise hatten wir etwas gemeinsam: So wie es aussah, hatte Violetta uns beide ausgestochen.

Dann war sie wohl auch die Frau, der Daniel ursprünglich eines meiner Sprayer-Motive zum Geburtstag schenken wollte.

Als ich spät am Abend todtraurig nach Hause ging (Felicia war aus irgendeinem Grund noch geblieben), versuchte ich, mich mit dem Gedanken an den morgigen Tag zu trösten. Viel wichtiger als die Frage, wer nun Daniels Freundin war, sollte doch sein, ob es GG gelingen würde, am Design-Wettbewerb teilzunehmen. Und weil auch ich natürlich alles dafür tun wollte, simste ich schließlich: »Ich sterbe zwar vor Angst, aber ich mach's!«

Danach legte ich mich mit pochendem Herzen ins Bett und versuchte, die Erinnerung an Daniel und Violetta zu verdrängen.

Manche Dinge sollten eben nicht sein ...

30.

Irgendetwas nervte entsetzlich und störte meinen Schlaf.

Klingelte da irgendwo ein Telefon oder war das wieder La Perla, der sich einen Spaß daraus machte, den Klingelton meines Handys zu imitieren?

Mühsam rappelte ich mich auf und versuchte, die Augen zu öffnen, um einen Blick auf mein Handy zu werfen. »The Famous GG« stand im Display und sofort war ich hellwach. Heute war Samstag und die Jury hatte entschieden, ob Gernot seine Designs zeigen durfte. »Rat mal, Liebchen, wessen Kleider heute auf dem CLC-Catwalk gezeigt werden?«, tönte es mir gut gelaunt entgegen. »Und rat mal, wer jetzt dringend aus den Federn muss, um noch ein bisschen Laufsteg-Training zu absolvieren?« Ach du Schande, das hatte ich ja total verdrängt. »Wir treffen uns in einer Stunde im Atelier. Meinst du, du schaffst das?« Ich grummelte was von »Mhmglaubschon« und legte auf. Worauf hatte ich mich da bloß eingelassen? Im Mittelpunkt zu stehen, war noch nie wirklich mein Ding gewesen. Ich hatte immer schon lieber die Geburtstage anderer gefeiert als meinen eigenen und grundsätzlich Lampenfieber vor Aufführungen aller Art gehabt. Als wir im Kunstunterricht den Bauzaun mit meinen Bildern besichtigt hatten, wäre ich am liebsten in das nächste Erdloch gekrochen. Aber all das war ein Klacks im Vergleich zu dem Auftritt, der mir heute Abend noch bevorstand.

Im Gegensatz zu den Theaterstücken, die gestern schon tagsüber gezeigt worden waren, fanden die Modenschauen der Designer heute erst ab achtzehn Uhr statt. Und vermutlich würde Daniel auch bei diesem Event dabei sein.

Mit Violetta ...

Das Handy klingelte erneut: »Du kommst doch wirklich oder hast du dich wieder hingelegt?«, fragte GG, als könne er meine Gedanken lesen. »Wenn dich das irgendwie motiviert: Ich hab eine kleine Überraschung für dich.«

Oh nein, nicht das auch noch. Mein Bedarf an Überraschungen war fürs Erste wirklich gedeckt. Ich antwortete: »Bin schon unterwegs!«, und stieg grummelnd aus dem Bett. Als ich sah, dass sogar La Perla noch friedlich schlummerte, sank meine Laune auf den Nullpunkt. Ich musste mich an einem Samstag abrackern und Daniel hatte eine Freundin. *Großartig!*

Mit meinen Outfits im Gepäck lief ich eine Stunde später im Atelier ein, nachdem ich mich zuvor vergewissert hatte, dass es Stephanie halbwegs gut ging und Kristen sich um sie kümmerte. Felicia schlief entweder noch oder strampelte schon wieder auf dem Crosstrainer. Egal was sie tat – Hauptsache sie lief mir nicht über den Weg. »Komm, ich nehm dir das ab«, rief Leopold, als er mich sah, und legte meine Sachen aufs Sofa.

Von GG war nichts zu sehen, dafür stand vor mir plötzlich ein Mädchen mit milchweißem Teint, rabenschwarzem, hüftlangem Haar und blutroten Lippen – geradezu überirdisch schön. Leopold beobachtete mich grinsend, während ich sie sprachlos musterte. »Ich bin Sarah Sandmann«, ergriff das etwa gleichaltrige Mädchen schließlich netterweise die Initiative. »Und du bist sicher Cynthia. Ich werde dir heute ein bisschen beim Laufsteg-Training helfen und deinen Auftritt mit dem von uns anderen Models koordinieren. Mein Lippenstift steht dir übrigens super!«

WIE JETZT, MEIN LIPPENSTIFT?!?

Was sollte das denn?

Und dann fiel endlich der Groschen.

Sarah war das Model der HeavenlyNature-Kampagne und warb neben dem Plume-Lipliner mittlerweile auch für Haarshampoo und die Tierschutzorganisation Peta. Neulich war sie in einer Talkshow gewesen, doch ich hatte dummerweise etwas zu spät eingeschaltet. »Sarah und fünf weitere Kolleginnen von Okay-Models werden heute Abend zusammen mit dir The-Famous-GG-Designs vorführen«, erklärte Leopold, der strahlte wie ein Honigkuchenpferd. Wow, da hatte GG ja einen ganz großen Wurf gelandet.

»Wie kannst du dir denn dieses Schneewittchen leisten?«, flüsterte ich GG zu, den ich am Waschbecken der Unisex-Toilette antraf, wo er sich gerade literweise kaltes Wasser ins Gesicht klatschte. »Sarah ist um ein paar Ecken mit Leo befreundet. Um genau zu sein, ist Leo ein guter Freund der Freundin von Sarahs bestem Freund Jamie-Tim. Deshalb macht sie es umsonst.«

Oh Gott, ging's noch komplizierter? »Musst du jetzt nicht verstehen. Tatsache ist aber, dass Sarah schon in Mailand, Paris und sogar auf der New York Fashion Week gelaufen ist. Sie hat also Erfahrung, ist außerdem supernett und hat total Lust, dich heute Abend ein bisschen zu unterstützen.«

Sarah war wirklich äußerst sympathisch, wie sich herausstellte, und blieb bei der ganzen Aufregung ruhig und normal. Sie zeigte mir Tricks, die weder Leo noch GG kannten. Nach einer Stunde fühlte ich mich halbwegs fit und der Verantwortung gewachsen, meine drei Outfits einigermaßen gut zu präsentieren.

Um achtzehn Uhr war es schließlich so weit: Daniel kündigte The-Famous-GG-Designs an, die Musik wurde aufgedreht *(Free your mind* von En Vogue) und Sarah eröffnete als Erste die Show. Nach ihr folgten die beiden anderen Models. »Du bist als Nächste dran«, wisperte GG und zupfte ein letztes Mal an meinem Herrenhut herum. Obwohl ich bislang einigermaßen ruhig gewesen war, begann sich plötzlich alles um mich herum zu drehen. Mir wurde heiß und kalt, das Blut sauste in meinen Ohren und ich hatte das Gefühl, gleich umzufallen. »Und . . . jetzt! Go, baby, gib alles!«, erteilte GG das Kommando und ich startete wie in Trance meinen Lauf. Ich hörte, wie die Sängerinnen von En Vogue »Free your mind, and the rest will follow« sangen. Die Bühne wurde mithilfe von Stroboskop-Licht in eine Disco verwandelt, um mich herum zuckten Blitze und ich konnte so gut wie überhaupt nichts sehen. Also ging ich einfach geradeaus und tat genau das, was GG und Sarah mir geraten hatten. Am Ende des Catwalks blieb ich stehen, schenkte den Zuschauern einen kurzen, arroganten Blick, knickte meine Hüfte ein und drehte mich um. Ich hörte tosenden Applaus. Hinter der Bühne wurde ich von GG in Empfang genommen und als Nächstes sofort in mein puderfarbenes Kleid gesteckt. Hut und Pantoffeln flogen in die Ecke, drei Sekunden später hatte ich graue Pumps an meinen Füßen. Als ich auch den nächsten Auftritt mit Bravour gemeistert hatte, fing die Sache langsam an, mir Spaß zu machen. Das Publikum applaudierte wie verrückt, offenbar kamen GGs Designs sehr gut an. Nun stand mir nur noch eine Herausforderung bevor: der Lauf auf den ultrahohen Stilettos. »Keine Angst, du schaffst das!«, wisperte Sarah mir zu, bevor sie mit einem der Sweater mit meinem Motiv loslief. Ich bekam Gänsehaut bei der Vorstellung, dass heute Hunderte von Leuten drei Shirts sehen würden, die ich zum größten Teil gestaltet hatte.

Als ich das Zeichen bekam, beschloss ich, diesen Moment zu genießen und keine Angst mehr zu haben. Ich trug das schönste Kleid der Welt und hatte auf einmal das Gefühl, dass Mama und Paps bei mir waren.

Sie wären bestimmt stolz gewesen, wenn sie mich so gesehen hätten. Ich lief bis zum Ende des Laufstegs, poste wie ein Profi, wurde dann aber unvermutet von einer Kamera geblendet. Als ich mich umdrehte, um zurückzugehen, machte ich einen falschen Schritt und fiel – was konnte einem auf dem Laufsteg Schlimmeres passieren? – der vollen Länge nach hin. Ehe ich mich aber versah, war ich schon wieder auf den Beinen, und zwar mithilfe von Daniel höchstpersönlich. Er begleitete mich bis hinter die Bühne und bestand darauf, dass ich mich setzte und meinen Knöchel untersuchte. Mit hochrotem Kopf tastete ich meinen Fuß ab und kam schließlich zu dem Ergebnis, dass ich Glück gehabt hatte. »Nichts weiter passiert, du kannst dich wieder um die Veranstaltung kümmern«, informierte ich Daniel, der allerdings nicht besonders überzeugt aussah. Auch GG war ganz aufgeregt und hüpfte um mich herum, wie ein aufgeregtes Huhn. »Kannst du das bitte lassen, du machst mich ganz nervös«, schimpfte ich.

Ich konnte es immer noch nicht glauben, dass ich den Walk auf fünfzehn Zentimeter hohen Absätzen heil überstanden hatte, um dann an einem blöden Kamerablitz zu scheitern. »Ich bin so aufgeregt, ich bin so aufgeregt«, rief GG und erinnerte mich jetzt doch eher ein bisschen an Rumpelstilzchen. »Liebchen, ich danke dir von Herzen, dass du mir geholfen hast. Das werde ich dir nie vergessen.« Zum Glück kam Sarah in diesem Augenblick. Sie war wahrscheinlich die Einzige, die Gernot wieder ein bisschen runterholen konnte. »Hier, trink das«, sagte sie und hielt ihm ein Glas vor die Nase. »Da ist Baldrian drin.« Hinter Sarah tauchte ein traumhaft gut aussehender Typ auf, der sie innig umarmte und schwer verliebt aussah. »Du bist super gelaufen, Süße!«, lobte er und nickte anschließend mir zu. »Du aber auch. Deine kleine Panne hat den Auftritt nur noch authentischer und charmanter gemacht.«

»Darf ich bekannt machen«, erwiderte Sarah, die sich aus der Umarmung gelöst hatte und ihrem Freund einen Kuss gab: »Das ist mein Freund Felix und dies ist Cynthia, GGs beste Freundin. Ihre Freundin Pauline ist übrigens mit Leopold zusammen.« Felix sah in etwa so verwirrt aus, wie ich heute Mittag, als Leo versucht hatte, mir klarzumachen, wer wen woher kannte. »Sarah hat mir erzählt, dass diese tollen Sprayer-Motive von dir stammen?«, fragte er und ich nickte. »Wenn es so was auch für Männer gibt, würde ich gern ein Shirt kaufen.«

»Sag das lieber nicht zu laut, sonst dreht hier gleich jemand völlig durch«, grinste ich mit einem Blick auf GG, der seinen Tee mit großer Ernsthaftigkeit trank und offenbar darauf wartete, dass endlich die Wirkung des Baldrians einsetzte.

»Wenn ihr den Rest der Show sehen wollt, müsst ihr

jetzt mitkommen«, mischte sich nun Daniel wieder in unser Gespräch und dirigierte uns in die letzte Reihe des Zuschauerraums, wo eine Reihe freier Sitze mit unseren Namen gekennzeichnet war. Ich setzte mich neben GG und hielt seine Hand, während fünf weitere Designer ihre Kreationen zeigten. Einer übrigens besser als der andere . . . unglaublich, was Hamburg an jungen Talenten zu bieten hatte.

Schließlich war es so weit, die Jury hatte entschieden.

Diesmal stand Daniel zusammen mit seiner Mutter auf der Bühne, um den Gewinner bekannt zu geben. »Die dreißigtausend Euro Preisgeld gehen an . . . den Designer Gernot Gernsbach für The-Famous-GG-Designs!«, verkündete Frau Petersen strahlend.

GG stieß einen spitzen Schrei aus, sprang vom Sitz, riss seine Arme in die Höhe und jubelte dermaßen ungeniert, dass Sarah und ich ihn wieder zurück auf seinen Sitz ziehen mussten. »Hast du zufällig auch K.-o.-Tropfen dabei?«, flüsterte ich ihr zu, während GG immer wieder den Kopf schüttelte und ununterbrochen »Ich fass es nicht, ich fass es nicht« murmelte. Nachdem die beiden anderen Sieger gekürt worden waren, musste GG auf die Bühne, um den Scheck entgegenzunehmen. Die Kameras blitzten und beleuchteten sein Gesicht, das ein einziges Strahlen war. Ich konnte mich nicht erinnern, jemals einen Menschen so glücklich gesehen zu haben.

»Komm, ich mach dich mit den sieben Zwergen bekannt«, sagte Sarah, nachdem die Preisverleihung zu Ende war. »Sieben Zwerge?!?«, fragte ich verwundert und glaubte, mich verhört zu haben. Sarah grinste. »Das sind die sieben Kerle, mit denen ich im Karolinenviertel zusammen in einer WG wohne. Sie nennen sich so, weil sie zusammen in den Kindergarten Tobezwerge gegangen sind«, erklärte sie und stellte mir nacheinander Aleks, Ben, Julius, Sebastian, Leander und Johnny D vor, die alle total sympathisch aussahen (und alles andere als klein waren). »Und das hier ist mein bester Freund Guido, genannt JamieTim. Wenn du dich fragst, wie dieser Spitzname zustande gekommen ist, musst du ihn nur mal im ›Veggie-Himmel‹ besuchen. Er betreibt diesen Imbiss zusammen mit seiner Freundin Alka.«

Jetzt erinnerte ich mich daran, dass Leopold erzählt hatte, das Rezept zu diesem leckeren Linseneintopf wäre von einer gewissen Alka.

»Hi JamieTim«, begrüßte ich den bärigen Typen, der ohne Begleitung hier zu sein schien. Während ich mit den Zwergen und Leopold plauderte, der wegen GGs Sieg auch total aus dem Häuschen war, gab Gernot Interviews und poste für die Kameras. Ich war schon gespannt, was er mit dem Preisgeld machen würde – vielleicht einen Laden anmieten?

»Leo, Cynthia, kommt doch mal her«, schrie GG quer durchs Zelt und winkte uns zu sich. »Ich möchte euch der Presse vorstellen.« Leopold und ich wechselten einen kurzen Blick, dann schob Leo mich Richtung GG, bevor ich verlegen Reißaus nehmen konnte. »Dies ist Leopold Blankenburg. Er hat die fantastischen Schuhe designt, die wir heute gesehen haben. Und das hier ist Cynthia Aschenbrenner, meine Muse und die hochbegabte Schöpferin der Sprayer-Motive auf meinen Shirts.« Die umstehenden Journalisten kritzelten unsere Namen auf ihre Blocks und die Fotografen baten uns um Einzelporträts und Gruppenbilder zusammen mit GG. Daniel stand am anderen Ende des Raums und verfolgte das Geschehen lächelnd, flankiert von Violetta und Felicia, die vor Neid bestimmt beinahe platzte.

Kein Wunder: Zuerst musste sie die Niederlage in Sachen Daniel einstecken und nun auch noch dabei zusehen, wie ich im Rampenlicht stand . . .

»Hat dir denn keiner gesagt, wie man für Fotos posiert?«, zischte sie mir zu, als wir mit der Presse-Aktion endlich fertig waren und uns hungrig auf das Buffet stürzten. »Nein, aber ich denke, es wird auch so gehen«, gab ich ungerührt zurück und häufte einen Berg Antipasti auf meinen Teller. Felicia kommentierte das mit einem spöttischen »Na da bekommt aber jemand den Hals nicht voll« und nahm sich demonstrativ ein Schälchen Karotten-Apfel-Salat. »Ich liebe Frauen, die Spaß am Essen haben«, kam mir JamieTim zu Hilfe. »Dieser Diätwahn ist doch mittlerweile total out. Das Leben ist zu kurz, um sich mit Kalorienzählen aufzuhalten.«

31.

Als ich kurz nach Mitternacht nach Hause kam, hörte ich im Flur, wie Kristen aus ihrem Zimmer nach mir rief.

»Was ist los?«, fragte ich, als ich sah, dass sie käseweiß war und rot unterlaufene Augen hatte. »Ich fürchte, es hat mich jetzt auch erwischt«, krächzte sie. Ich trat zu ihr ans Bett, um ihr die Hand auf die Stirn zu legen. Sie war glühend heiß. »Du hast ziemlich hohes Fieber, du Arme. Das hast du bestimmt von Stephanie.« Ich steckte ihr das Thermometer in den Mund und tatsächlich: Es zeigte fast vierzig Grad. »Okay, dagegen müssen wir was unternehmen! Ich mach dir jetzt erst einmal Wadenwickel und bringe dir ein fiebersenkendes Mittel. Geht es Stephanie wenigstens besser?«

»Ich glaube, nicht besonders«, krächzte Kristen heiser und ich beschloss, auf dem Weg zur Küche noch bei meiner Stiefmutter vorbeizuschauen. Auch Stephanie war wach, aschfahl im Gesicht und hatte fieberglänzende Augen.

»Oh Mann, das ist ja wie im Lazarett hier«, sagte ich und fluchte innerlich auf Felicia, die sich weiter auf der Party amüsierte, während ich hier alles alleine managen musste. Sie hatte wirklich immer ein sicheres Gespür dafür, wann es besser war, von der Bildfläche zu verschwinden. »Wahrscheinlich wäre es besser, einen Arzt zu holen, wenn es Kristen nun auch noch erwischt hat«, schlug Stephanie mit matter Stimme vor. »Und du solltest dich auch besser von mir fernhalten, damit du nicht auch noch krank wirst.«

»Das lass mal meine Sorge sein«, antwortete ich und beschloss, sofort den ärztlichen Notdienst zu verständigen. Ob die uns für verrückt hielten, wenn wir sie innerhalb von ein paar Wochen schon zum zweiten Mal anriefen?

»Ach was, so ist das eben in der Grippezeit«, versuchte die nette Dame in der Zentrale, mich zu beruhigen. »Krankheiten richten sich nun mal nicht nach dem Kalender. Es kann allerdings ein bis zwei Stunden dauern, bis Doktor Ahrens bei Ihnen ist. Im Moment liegt halb Hamburg flach.«

Ich fiel zwar beinahe um vor Müdigkeit, aber andererseits war ich auch noch so aufgedreht von dem Abend, der Preisverleihung, den Interviews und allem Drum und Dran, dass ich wahrscheinlich sowieso nicht hätte schlafen können. »Der Arzt kommt in ein bis zwei Stunden«, informierte ich meine Patientinnen und machte dann als Erstes Wadenwickel bei Kristen, bevor ich anschließend die durchgeschwitzte Bettwäsche von Stephanie wechselte. Danach versorgte ich sie mit heißer Zitrone und Aspirin.

Mehr konnte ich im Moment nicht tun.

Doktor Ahrens kam um halb zwei und verabreichte beiden Antibiotika. Als er wieder weg war, konnte ich mich endlich, endlich ins Bett legen. La Perla trippelte auf der Decke hin und her, offenbar fühlte er sich ein bisschen einsam.

»Ich wünschte, du wärst heute Abend dabei gewesen«, flüsterte ich in die Dunkelheit und streichelte sein samtweiches Gefieder. »GG war total aus dem Häuschen und hat sich gefreut wie ein kleines Kind. Und ich bin wie eine Göttin über den Laufsteg geschwebt. Na ja, das Ende war eher nicht so göttlich.« Dann erzählte ich dem Beo noch von Sarah, den sieben Zwergen, den Fotos für die Presse, bis schließlich mein Kopf zur Seite sackte. Ich war so müde wie noch nie zuvor in meinem Leben.

Am Sonntag erwachte ich erst mittags um kurz nach eins.

In der Wohnung war es totenstill, was mich sofort alarmierte. Erst nachdem ich mich vergewissert hatte, dass Stephanie und Kristen schliefen und sich dabei hoffentlich auskurierten, ging ich in die Küche, um für uns alle Frühstück zu machen. Besonders Stephanie musste jetzt unbedingt mal etwas essen. Sie hatte sich in den letzten Tagen nämlich nur von Tee und heißer Brühe ernährt. Als ich den Wasserkocher angestellt hatte, klingelte es an der Tür. Huch, wer war das denn?

Hatte Felicia sich etwa ausgesperrt?

Ich drückte den Knopf der Gegensprechanlage. »Ja? Wer ist da?«

»Ich bin's GG. Ich habe Frühstück mitgebracht. Mach auf, mein Liebchen, und lass mich rein. Sonst frier ich mir hier unten nämlich meinen wunderhübschen Po ab.«

Während GG sich die fünf Stockwerke nach oben quälte, ging ich ins Esszimmer, um La Perla einzufangen, der mal wieder ausgebüxt war. Dann sah ich, dass Felicia einen Brief auf den Esszimmertisch gelegt hatte: »Bin spontan nach Berlin gefahren und weiß noch nicht, wann ich wiederkomme. Melde mich«, stand drauf. *Oha!*

Ich ging wieder zur Tür, als ich Schritte hörte: »Mamma Mia, was für eine Schinderei«, japste GG, der in den letzten Wochen seine Sporttermine geschwänzt hatte und nun offenbar etwas aus der Übung war. Oder hatte er gestern Nacht zu viel gefeiert? »Hier, ich hoffe, du magst so was.« Ich nahm ihm dankbar zwei Coffee to go ab und eine Tüte voller Franzbrötchen, Plunderstückchen und Zimtwecken. »Vielen Dank, das ist ja lieb! Schön, dass du vorbeischaust, dann können wir noch über gestern Abend quatschen. Wir müssen nur ein bisschen leise sein, weil Kristen und Stephanie die Grippe haben und schlafen.«

»Oh, die Armen«, murmelte GG und folgte mir in die Küche, wo wir uns auf Mamas Küchenbank plumpsen ließen. »Wie war's denn gestern, nachdem ich weg war? Seid ihr noch irgendwohin gegangen?«

»Es war super, schade, dass du nicht dabei warst. Wir sind später zusammen mit Sarah in die Zwergen-WG gefahren und haben bis morgens um fünf Party gemacht.«

»Hast du dir denn schon überlegt, was du mit deinem Preisgeld anfangen willst?« Viel lieber hätte ich gefragt: *War Daniel auch dabei?*

Bevor GG antworten konnte, klingelte das Telefon. Es war mein Vater, der sich immer noch Sorgen um Stephanie machte. »Leider hat es jetzt auch noch Kristen erwischt«, erzählte ich und berichtete, dass ich letzte Nacht den Notarzt gerufen hatte.

Paps lobte mich für meine Umsichtigkeit und versprach, ein paar Tage früher als geplant zurückzukommen. »Und was ist mit dir? Fühlst du dich denn fit oder bist du die Nächste, die flachliegt?«, wollte er wissen.

»Nein, nein, mir geht's gut. Ich kümmere mich um die beiden und du wirst sehen – in ein paar Tagen sind alle wieder übern Berg!« Paps wirkte nicht besonders überzeugt: »Und Felicia? Hilft sie dir wenigstens?«

»Die ist . . . äh, heute Morgen spontan nach Berlin gefahren«, antwortete ich etwas zögernd, weil ich mir nicht sicher war, wie Paps auf diese Nachricht reagieren würde. Schließlich bedeutete das, niemand würde sich um die beiden Kranken kümmern, wenn ich heute wieder zum CLC-Festival ging.

»Aber du willst doch heute sicher zu diesem Kultur-Event?«, fragte er dann auch gleich und ich hatte die schlimmsten Befürchtungen. »Sag mal, Cynni-Maus . . . ich weiß, wie sehr du dich auf das Festival gefreut hast . . . und ich bitte dich auch nur äußerst ungern darum. Aber könntest du heute mir zuliebe zu Hause bleiben? Ich fühle mich nicht wohl bei dem Gedanken, dass die beiden alleine sind, wenn sie so hohes Fieber haben.«

In meinem Hals bildete sich ein dicker Kloß und Enttäuschung machte sich breit. »Aber ausgerechnet heute ist der Tag, an dem Maler, Bildhauer und Fotografen ihre Arbeiten zeigen«, antwortete ich mit zitternder Stimme. Wäre Felicia jetzt hier gewesen, ich hätte ihr den Hals umgedreht.

Egoistisches Miststück!!!

GG hörte mein Telefonat gespannt mit an und legte schließlich sein Croissant beiseite. »Darf ich mal?«, fragte er und deutete Richtung Telefonhörer. Ich war verwirrt, was wollte er denn? »Hallo Herr Aschenbrenner, mein Name ist Gernot Gernsbach, ich bin ein Freund von Cynthia und frühstücke gerade mit ihr. Wäre es Ihnen recht, wenn ich mich anstelle Ihrer Tochter um Ihre Frau kümmere? Stephanie und ich haben uns ja schon einmal sehr nett unterhalten und Cynthia freut sich so auf den letzten Festival-Tag . . .«

Ich hörte Paps am anderen Ende der Leitung murmeln

und hielt den Atem an. Würde es GG schaffen, ihn von dieser Lösung zu überzeugen?

Schließlich gab er den Hörer an mich zurück. »Das scheint ja ein äußerst netter, junger Mann zu sein«, sagte Paps und ich musste grinsen. Wahrscheinlich hielt er Gernot jetzt für meinen Freund. »Wenn du meinst, dass er und Stephanie gut miteinander klarkommen, wünsche ich dir einen schönen Abend auf dem Festival. Und danke noch mal, dass du das alles so toll geregelt hast. Ich weiß, dass es zwischen Stephanie und dir nicht immer so gut läuft ... aber sie bedeutet mir wirklich sehr viel. Du kennst sie nur noch nicht so gut wie ich ... sie meint vieles gar nicht so, sie ist einfach nur unsicher ...«

»Du brauchst mir nichts zu erklären«, versuchte ich, meinen Vater zu beruhigen. »Es ist doch alles gut. Genieß du deine Zeit in Asien, kauf tolle Steine oder was auch immer und wir kümmern uns in der Zeit darum, dass hier alle wieder fit sind, wenn du zurückkommst.« Paps seufzte: »Ich hab dich furchtbar lieb, Cynni-Maus, und bin stolz auf dich. Du bist in diesem Jahr sehr erwachsen geworden.«

»Ich habe dich auch lieb«, flüsterte ich und legte auf. Mein Vater musste ja nicht mitbekommen, dass ich schon wieder kurz davor war zu heulen.

»Und, alles gut? Hat mein Vorschlag ihn überzeugt?«

»Zum Glück ja. Danke, dass du für mich einspringst. Den heutigen Abend möchte ich wirklich um nichts auf der Welt verpassen. So, jetzt muss ich mal nach den beiden Kranken sehen und ihnen Frühstück bringen. Außerdem werde ich sie informieren, dass du sie heute sitten wirst ...«

Stephanie war wach, als ich in ihr Zimmer kam. Sie sah eindeutig besser aus als in der vergangenen Nacht. »Hey, du hast ja wieder Farbe«, sagte ich fröhlich und stellte ihr schwarzen Tee sowie einen Teller mit einem Plunderstück auf den Nachttisch. »Das Antibiotikum scheint allmählich zu wirken«, antwortete Stephanie lächelnd. Ungeschminkt sah sie erstaunlicherweise viel jünger und sympathischer aus als mit der drei Meter dicken Make-up-Schicht, die sie sonst trug. Vielleicht wollte sie dahinter ja nur ihre Unsicherheit verstecken?

»Ich soll dich übrigens ganz lieb von Paps grüßen und dir gute Besserung wünschen. Er ruft später noch mal an. Kristen bringe ich gleich auch was zu essen, Felicia ist spontan nach Berlin gefahren und will sich noch melden – und Gernot hat angeboten, auf euch aufzupassen, damit ich zum Abschlussball des Festivals gehen kann.«

Stephanie stopfte sich ein Kissen in den Rücken und nippte an ihrem Tee. »Ach ja, der Abschlussball! Darf ich mal das Kleid sehen, das du anziehen wirst, oder ist das ein Geheimnis?«

»Nein, ist es nicht. Ich zeig's dir gern nachher, bevor ich losgehe. So, jetzt muss ich zu Kristen. Ruf einfach, wenn du was brauchst.«

»Liebchen, es ist allerhöchste Zeit fürs Styling!«, sagte GG mit Blick auf die Uhr, nachdem ich Kristen versorgt und zu Ende gefrühstückt hatte. »Okay, dann verschwinde ich mal unter die Dusche. Kommst du solange alleine klar?«

GG lächelte. »Aber sicher doch. Ich unterhalte mich solange mit La Perla und schmiede Zukunftspläne. Irgendwas muss ich ja schließlich mit dem Preisgeld machen.«

»Na dann viel Spaß euch beiden, bis gleich.«

Eine Stunde später stolzierte ich geschniegelt und gestriegelt vor GG auf und ab, begleitet von meinem wild flatternden Beo, den das glitzernde Gold meines Abendkleids offenbar anzog wie ein Magnet. »Bäumchen rüttel dich und schüttel dich, wirf Gold und Silber über mich«, kreischte er drauflos und GG fing schallend an zu lachen. »Scheinbar bin ich in diesem Fall dein Bäumchen«, sagte er zu mir gewandt. Verständnislos starrte ich ihn an. »Wie jetzt, du bist mein Bäumchen?!?«

»Ich seh' schon, Liebchen, du bist furchtbar aufgeregt und nicht ganz auf deiner sonstigen geistigen Höhe. Also will ich mal so nett sein und dir ein wenig auf die Sprünge helfen: Aschenputtel bekommt im Märchen die drei Ballkleider von einem Baum geschenkt . . . klingelt da was bei dir?«

»Ach so. Jetzt kapier ich's auch. Also danke, mein Freund der Baum, du bist ein großer Held! Übrigens: Was sagst du zu meiner Frisur, ist die so okay?« GG musterte mich kritisch. Ich hatte mein Haar locker hochgesteckt, damit das tiefe Dekolleté meines Traumkleids besser zur Geltung kam. »Ich finde, du siehst aus wie eine Prinzessin. Fehlt nur noch eine Tiara oder ein Diadem und du bist die Königin der Herzen!«, antwortete er schließlich ernst.

»Bleibt leider nur noch ein Problem«, antwortete ich mit einer Mischung aus Belustigung und Traurigkeit: »Um Königin zu sein, braucht man einen König . . . doch der ist leider schon einer gewissen Violetta versprochen, wie du dich vielleicht erinnerst.«

»Ach was, Liebchen, das wird schon. So hinreißend wie

du aussiehst, hast du spätestens um Mitternacht mindestens zehn Königssöhne an jeder Hand!«

»So, genug geträumt. Ich schaue jetzt noch kurz bei Stephanie vorbei und dann muss ich auch los, wenn ich mir die Ausstellung noch in Ruhe ansehen will«, antwortete ich energisch, um alle Gedanken an Daniel zu verscheuchen.

»Okay, ich komme mit«, erwiderte GG und folgte mir den Flur hinunter. Stephanie lächelte, als wir eintraten. Ihr Teller war leer gegessen und ihre Augen wirkten schon klarer als noch vor zwei Stunden. »Hallo, Herr Gernsbach. Nett, dass Sie heute auf uns aufpassen wollen. Aber eigentlich ist das gar nicht nötig. Es geht mir schon viel, viel besser. Und, kaum zu glauben, ich habe sogar schon wieder Hunger! Cynthia, haben wir noch irgendwas Herzhaftes im Haus? Vielleicht eine Dosensuppe oder so was? Du siehst übrigens wirklich toll aus, das Kleid ist ein Traum!«

»Danke für das Kompliment. Aber Dosensuppe ist leider alle. Ich kann dir aber gerne was vom Lieferservice bestellen. Wie wäre es mit Pizza, Sushi oder indisch?« Bei »indisch« leckte sich Stephanie genüsslich über die Lippen. »Weißt du, worauf ich jetzt wirklich Appetit hätte, auch wenn es komisch klingt? Auf diesen Linseneintopf, den du neulich gekocht hast.« Ich überlegte: Hatten wir die Zutaten dafür da? Wohl eher nicht . . .

»Weißt du zufällig, ob der ›Veggie-Himmel‹ auch außer Haus liefert?«, fragte ich GG. WENN jemand dieses Gericht toll kochen konnte, dann ja wohl JamieTim oder Alka.

»Keine Ahnung, aber ich kann es herausfinden«, antwortete GG und holte sein Handy aus der Tasche. Während er mit Alka telefonierte, tauchte Kristen in einem

Snoopy-Nachthemd (!!!) und mit Puschelpantoffeln an den Füßen im Türrahmen auf.

»Hallo«, murmelte sie und gähnte.

»Wir bestellen gerade Essen beim ›Veggie-Himmel‹, möchtest du auch was? Das Chili sin carne soll sehr gut sein«, antwortete ich und bekam bei dem Gedanken daran langsam auch Hunger. Wenn ich aber halbwegs pünktlich sein wollte, musste ich mir das Essen auf jeden Fall verkneifen.

»Ich wünsch dir viel Spaß, Liebchen«, sagte GG und küsste mich zum Abschied auf die Wange. »Du siehst fantastisch aus und wirst sie alle in die Tasche stecken. Zu schade, dass ich nicht dabei sein kann.« Auch Kristen kam mit bis an die Tür, bewunderte mein Outfit und rief mir »Feier für mich mit« hinterher.

Dann trat ich auf die Straße und atmete die kalte Winterluft ein.

Daniel hin oder her – heute Abend würde ich mich amüsieren, komme, was wolle.

Nur schade, dass heute weder Paule noch GG an meiner Seite waren. Zu zweit machten solche Sachen einfach noch viel mehr Spaß.

32.

Frierend und nervös betrat ich das Festzelt, das heute in einen Ausstellungsraum verwandelt worden war. An den mit Silberfolie verkleideten Wänden hingen Fotografien und Bilder, auf Podesten aus Plexiglas standen Skulpturen und Figurinen. So viel unterschiedliche moderne Kunst an einem Ort war wirklich beeindruckend. Die Innenausstattung erinnerte in seiner Coolness ein wenig an Andy Warhols *Factory*. Vor allem weil auch hier im hinteren Teil des Raums ein Münzfernsprecher hing. Auf dieses Kommunikationsmittel hatte der telefonsüchtige Künstler damals nicht verzichten können.

Wegen des Abschlussballs trugen die meisten Besucher bereits Abendgarderobe: die Herren dunklen Anzug oder Smoking, die Damen Haute Couture.

»Du siehst sensationell aus«, begrüßte mich Daniel und küsste – Hilfe! – meine Hand. Ich zog sie so schnell zurück, als hätte ich einen elektrischen Schlag bekommen, und stammelte: »Danke schön . . . du aber auch.« *Daniel trug ebenfalls einen Smoking.* »Oh Gott, wie peinlich«, murmelte er und wurde tatsächlich ein bisschen rot. »Du musst ja denken, ich hab sie nicht mehr alle. Keine Ahnung, was da plötzlich in mich gefahren ist. Du siehst einfach aus wie eine Märchenprinzessin und na ja . . . zu der Zeit gab man den Damen ja wohl noch einen Handkuss, oder?«

»Jetzt bin ich aber beleidigt«, empörte sich Violetta, die neben ihm stand. Wo war die denn auf einmal hergekommen? Sie trug ein enges bordeauxfarbenes Kleid, dessen elegante Schlichtheit von atemberaubend schönen Chandeliers überstrahlt wurde. »Ddddu hast tttolle Ohrringe«, stotterte ich, durch den Kuss komplett aus der Fassung gebracht. Was auch immer geschah, ich würde meine rechte Hand unter keinen Umständen mehr waschen. Denn diese Berührung war wohl das Einzige, das ich von Daniel bekommen würde.

»Die sind von einer gewissen Stephanie Wolters, die einen Antiquitätenladen in der City hat. Sie sind aber nicht antik. Die Inhaberin hat sie selbst designt.«

Wow, Stephanie war also doch ganz begabt, wer hätte das gedacht? Diese Neuigkeit blieb allerdings nicht die einzige Überraschung: Gegenüber dem Münzfernsprecher standen nämlich drei große Flachbildschirme auf einem Podest, ähnlich wie in der »Ersten Liebe«. Doch anders als dort liefen hier keine Surfer-Videos in der Dauerschleife, sondern . . . Hilfe, ich musste schnellstens hier weg! Ich hatte plötzlich das Gefühl, dass der Boden unter meinen High Heels anfing zu schwanken. »Toller Film, oder?«, fragte Daniel und zog mich und Violetta zu den Monitoren. »Ganz Hamburg hat ja mehrere Tage lang gerätselt, wer hinter diesen genialen Bildern und dem Kürzel *AP* stecken könnte. Und guck mal: Der- oder diejenige hat genau wie GG *Free your mind* über die Bilder gesprüht.« Vor Schreck wurde ich stocksteif und brachte keinen Ton raus. Violetta schien genauso begeistert zu sein wie Daniel: »Endlich mal Street-Art-Kunst für Frauen«, schwärmte sie begeistert. Mühsam schaffte ich es endlich, ein »Echt toll, wirklich« zu murmeln und dann »Sorry, bin gleich wieder da«. Bloß weg hier!!!

Erst einmal auf die Toilette, mich sammeln und überlegen, wen ich anrufen konnte. Pauline war mit Leopold im Kino und Louisa bei ihren Großeltern. Blieb also nur noch GG. »Was soll ich denn jetzt machen?«, flüsterte ich in meinem WC-Versteck, nachdem ich ihm erklärt hatte, was passiert war. Wie gut, dass gerade keiner außer mir auf der Toilette war. Gernot dachte einen Moment lang nach, bevor er antwortete. »Am besten du beruhigst dich erst einmal und versuchst einfach, so zu tun, als sei nichts passiert. Vielleicht schaffst du es ja, unauffällig herauszufinden, wieso dieser Beitrag überhaupt auf der Ausstellung gezeigt wird und wie die Petersens an das Material gekommen sind. Setz auf alle Fälle ein Pokerface auf. Im Grunde kann dir ja auch gar nichts passieren. Also good luck, Liebchen, und meld dich, wenn du Hilfe brauchst, ich bin ja quasi nebenan. Und schöne Grüße von Stephanie und Kristen, wir spielen gerade Scrabble.«

Nachdem ich aufgelegt hatte, war ich ein kleines bisschen ruhiger. Gernot hatte recht. Wie sollte irgendjemand herausfinden, dass ICH *AP* war? Es ging nur darum, die Nerven zu behalten. Und vor Daniel und Violetta würde ich einfach behaupten, dass ich Kopfschmerzen bekommen hatte und deshalb an die frische Luft gegangen war.

Auf dem Weg zurück summte ich, um mir ein bisschen Mut zu machen, den Song von Lady Gaga: »Oh, oh, oh, oh, I'll get him hot, show him what I've got. Can't read my, can't read my, no, he can't read my poker face . . .«

Und tatsächlich: Es half!

»Na, wieder alles klar bei dir?«, fragte Daniel besorgt, der immer noch fasziniert auf die Fernseher starrte. »Ich wollte gerade nach dir suchen. Du warst auf einmal so blass und sahst aus, als hättest du ein Gespenst gesehen.«

»Danke, es geht schon wieder. Ich hatte nur mit einem Mal entsetzliche Kopfschmerzen und musste dringend raus. Hoffentlich habe ich mich nicht bei Stephanie und Kristen angesteckt, die liegen nämlich beide mit Grippe im Bett. Wo ist denn Violetta abgeblieben?«

»Die hat eine Freundin getroffen, während du weg warst, und ist zusammen mit ihr in den anderen Raum zur Sektbar gegangen.«

»Okay, das klingt gut, da werde ich auch gleich mal hingehen. Aber sag mal, wieso wird dieser Beitrag hier überhaupt gezeigt? Auf dem Schild steht *Künstler unbekannt*, also hat die- oder derjenige sich doch wohl kaum für den Wettbewerb beworben. Außerdem wollen diese Street-Art-Leute doch immer anonym bleiben, oder nicht?«

»Der Beitrag wird auch nicht offiziell ins Rennen geschickt, weil er tatsächlich nicht angemeldet wurde. Dad und ich fanden aber, dass er gut zur Ausstellung und zu dem passt, wie sich Hamburgs Kunstszene gerade präsentiert. Mein Vater hat das Ganze neulich im Hamburg Journal gesehen und ich habe beim NDR eine Kopie bestellt. Ich persönlich habe ja schon eine kleine Vermutung, wer hinter dem Ganzen stecken könnte . . .« Mein Herz überschlug sich beinahe vor Aufregung.

Was für ein Spielchen spielte Daniel hier eigentlich?

Wenn er wusste, dass ich *AP* war, wieso sagte er es dann nicht einfach? Dieses Katz-und-Maus-Spiel war wirklich nicht besonders fair!

»Ich schaue mir jetzt mal die anderen Sachen an«, unterbrach ich ihn und drehte mich auf dem Absatz um. Keine Ahnung, wie lange ich noch Fassung behalten und mein Pokerface aufrechterhalten konnte. Also schlenderte ich betont langsam von Kunstwerk zu Kunstwerk und tat so, als sei ich vollkommen in meine Betrachtungen vertieft. Tatsächlich konnte ich mich aber kaum darauf konzentrieren, was ich sah. Irgendwie nahm ich Daniel die Begründung, der Film würde so gut zur Ausstellung passen, nicht ganz ab. Da hätte man ja alle möglichen künstlerischen Arbeiten zeigen können, deren Urheber sich nicht angemeldet hatten. Keine Ahnung, wie ich darauf kam – aber plötzlich fiel mir eine Aktion von Banksy, Daniels Lieblingskünstler, ein. Er hatte eine von ihm gemalte Mona Lisa mit *Smiley*-Gesicht im Louvre aufgehängt, unbemerkt von dem Museumswächter, der in unmittelbarer Nähe auf einem Stuhl friedlich vor sich hin schlummerte. Hatte Daniel einfach nur seinem Idol nacheifern wollen und versucht, selbst so etwas wie Aktionskunst zu schaffen?

Mitten in meine Überlegungen schallte eine Frauenstimme übers Mikrofon: »Meine Damen und Herren, bitte begeben Sie sich nun zur Verleihung des diesjährigen Kunstpreises und räumen Sie zu diesem Zweck den Saal. Während nebenan die Preisverleihung stattfindet, werden wir diesen Raum in einen Ballsaal verwandeln, damit Sie anschließend zusammen mit allen Künstlern des Festivals feiern und tanzen können. Das Verlagshaus Petersen bedankt sich für Ihr zahlreiches Erscheinen und wünscht Ihnen noch einen angenehmen Abend.« Einen Moment lang überlegte ich, die Chance zu nutzen und einfach jetzt schon zu gehen.

Was sollte der Abend auch noch groß bringen? Ein Tänzchen mit Daniel und Violetta zusammen?

Doch aus meinem Plan wurde nichts, denn in diesem

Moment sagte eine Stimme: »Hast du etwas dagegen, wenn ich dich nach nebenan begleite, Cynthia?« Vor mir stand ein Typ, der mir irgendwie bekannt vorkam, und reichte mir galant den Arm. Er trug einen anthrazitfarbenen Anzug, darunter ein relativ weit aufgeknöpftes Hemd ohne Krawatte, seine dunklen, längeren Haare waren zurückgegelt. »Woher kennst du meinen Namen?«, fragte ich alarmiert und befürchtete schon, ich hätte es mit einem verdeckten Ermittler zu tun, den Daniel auf mich angesetzt hatte. »Sagt dir der Name Jojo was?«, fragte er und legte beim Lächeln eine Zahnlücke frei. Ich überlegte. Vor gar nicht so langer Zeit hatte ich den Namen schon mal gehört, nur wo? »Stell dir mich einfach mit einem Skateboard unterm Arm vor«, fuhr Jojo fort und dirigierte uns zu den wenigen noch freien Sitzplätzen vor der Bühne. Da fiel es mir wieder ein: »Du bist der Skater, der neulich nachts auf mich aufgepasst hat?!?« Jojo nickte zustimmend. »Was machst du hier?«

»Es ist mein Job, über kulturelle Events dieser Art zu berichten«, erklärte er grinsend, aber ich konnte ihm immer noch nicht folgen. »Wenn ich nicht gerade skate oder etwas ganz anderes mache, schreibe ich als freier Journalist für Tageszeitungen, Kunstmagazine und andere Medien. Außerdem habe ich auch einen eigenen Blog: Jojos secret world. Da solltest du bei Gelegenheit mal reinschauen.«

Allmählich gelang es mir, eins und eins zusammenzuzählen: »Kann es sein, dass du derjenige warst, der dem Abendblatt die Fotos meiner Bilder zugespielt hat?« Ich wusste nicht, ob ich mich freuen oder wütend sein sollte – oder am Ende gar Angst vor Jojo haben musste. Dabei war er mir in dieser Nacht doch so sympathisch gewesen.

Wenn man bedenkt, dass Pauline mich sogar mit ihm verkuppeln wollte . . .

»Nun guck nicht wie ein verschrecktes Reh, ich verrate dich schon nicht. Ich find's toll, was du machst, und kann dich nur ermutigen weiterzumalen, weil du wirklich talentiert bist. Deshalb bin ich in jener Nacht auch noch mal zum Bauzaun gegangen und habe Fotos von deinen Bildern gemacht«, flüsterte Jojo mir zu und ich entspannte mich endlich ein bisschen. Offenbar hatte er wirklich nicht vor, mir zu schaden.

Dann begann die Preisverleihung. Den ersten Preis bekam ein Fotograf, Platz zwei und drei gingen an eine Bildhauerin und einen Collagen-Künstler. Von allen dreien hatte ich bisher noch nie gehört. Aber zwei von ihnen hatten ihren Abschluss an der HBFK bei Dr. Wolfram B. Rohrbach gemacht, las ich im Programmheft.

Nachdem Daniel und sein Vater zum dritten Mal in Folge die Schecks überreicht hatten, erklärte Johann Petersen den Wettbewerb offiziell für beendet – und den Ball für eröffnet. »Für die Musik wird heute Abend Hamburgs bekannter und äußerst beliebter DJ Jonathan Drexler, genannt Johnny D, sorgen. Ich wünsche Ihnen allen einen tollen Abend und freue mich, Sie im nächsten Jahr wieder hier begrüßen zu dürfen.«

Wow, Johnny D, einer von den sieben Zwergen! Sarah hatte mir gestern schon erzählt, dass er als DJ sehr erfolgreich war und mittlerweile auch in London, Dublin und New York auflegte. Ich ging zusammen mit Jojo zurück in den ehemaligen Ausstellungsraum. Dort waren die Skulpturen auf den rollbaren Podesten hinter eine Absperrung geschoben worden, sodass man beim Tanzen nicht dagegenstieß und sie trotzdem noch sehen konnte.

Die warholsche Silberfolie bildete eine grandiose Kulisse für die Party, zusammen mit einer gigantischen Discokugel, die offenbar gerade erst aufgehängt worden war. »Hab ich dir schon gesagt, dass du heute Abend traumhaft schön bist?«, fragte Jojo mit einem gewissen Glitzern in den Augen, das garantiert nicht nur durch die Beleuchtung entstand. »Der Sprayer-Look stand dir zwar auch gut, aber da konnte man natürlich nicht so gut erkennen, wie toll du wirklich aussiehst! Und was für eine super Figur du hast.« Ich lächelte geschmeichelt und überlegte, ob an GGs Prognose, ich würde heute Abend jeden Mann im Saal verzaubern, vielleicht doch etwas dran war. Warum sollte ich mich auch nicht über Jojos Kompliment freuen?

Daniel war schließlich mit Violetta zusammen und Jojo gefiel mir. Ich musste jetzt eigentlich nichts anderes mehr tun, als mich zu amüsieren. Das war ja schließlich auch Sinn einer Party, oder? Johnny D hatte eindeutig ein gutes Händchen bei seiner Musikauswahl und schaffte es, alle Gäste – egal, ob Jung oder Alt – zum Tanzen zu motivieren. »Darf ich bitten?«, fragte Luc, den ich zuvor gar nicht gesehen hatte. Obwohl Jojo und ich gerade mitten in ein Gespräch vertieft waren, gab Jojo sein Okay zum Partnerwechsel und so tanzte ich eine ganze Weile mit Luc, was irre viel Spaß machte. Er hatte ein super Rhythmusgefühl und bewegte sich toll, was bei Typen leider nicht immer der Fall war. »Weißt du eigentlich, dass fast alle Männer heute Abend nur Augen für dich haben?«, flüsterte er mir ins Ohr, als wir uns zu einer Ballade eng aneinanderschmiegten. Ich versuchte, den Anblick von Daniel und seiner Freundin zu ignorieren, die ganz in unserer Nähe tanzten. Violetta hatte den Kopf auf Daniels Schulter gelegt, Daniel wiederum schien diese Berührung zu genießen, denn er tanzte mit geschlossenen Augen. »Nein, wusste ich nicht, aber ich freue mich sehr, wenn das so ist«, antwortete ich grinsend und genoss den Moment. Luc lächelte ebenfalls und zog mich fester an sich, gefolgt von Jojos Blicken, wie ich aus den Augenwinkeln feststellen konnte. »Aber jetzt mal etwas ganz anderes: Hättest du zufällig Lust, bei einer meiner nächsten Inszenierungen das Bühnenbild zu machen? Frank ist nämlich für die nächste Spielzeit komplett ausgebucht und ich würde mich darüber freuen, wenn wir zusammenarbeiten würden.« Mein Herz fing schon wieder wie wild an zu klopfen. Das war ja der Wahnsinn! Wenn das so weiterging, würden nach und nach alle meine Wünsche in Erfüllung gehen.

Bis auf den einen, ganz großen, nämlich mit Daniel zusammen zu sein. »Was für eine Frage, natürlich habe ich Lust! Vorausgesetzt, das Ganze lässt sich mit der Schule vereinbaren. Im Moment stehe ich wegen Mathe leider etwas auf der Kippe . . .«

»So, mein Lieber. Jetzt würde ich gerne mal mit Cynthia tanzen, wenn du nichts dagegen hast«, mischte sich nun Jojo energisch ins Gespräch, der immerhin geduldig das Ende des Stücks abgewartet hatte. »Wohl eher, wenn ICH nichts dagegen habe, oder?«, lachte ich und winkte Luc hinterher, der sich verzog und die Sektbar ansteuerte. Mittlerweile hatte auch Daniel wieder seine Augen geöffnet und sah, dass ich nun in Jojos Armen lag . . .

Eine Stunde später stellte ich mich komplett erschöpft, aber überglücklich an die Bar und bestellte Mineralwasser. Nach Luc und Jojo hatte ich noch mit Lucs Assistenten Ben und mit dem Fotografen getanzt, der den ersten Platz gemacht hatte. Außerdem mit einigen anderen, deren Namen ich bereits vergessen hatte. Mittlerweile war es Viertel vor zwölf und die ersten Gäste verließen die Party. Schließlich war morgen Montag und alle mussten wieder arbeiten oder – wie ich – zur Schule. »Amüsierst du dich?«, fragte Daniel, gesellte sich zu mir und orderte einen Gin Tonic. »Bis auf meine Füße schon. Ich kann es ehrlich gesagt kaum erwarten, die Dinger endlich in die Ecke zu pfeffern. So schön sie auch sind, auf Dauer sind sie ein echtes Folterwerkzeug.« Daniel lachte, als ich ihm demonstrativ die Höhe meiner Absätze zeigte. »Dafür verdienst du eigentlich einen Orden oder eine Nominierung für die nächste Model-Castingshow. Wer so was überlebt, erträgt auch ein zickiges Jurorenteam, nehme ich mal an.« Wir lachten und quatschten noch eine Weile, bis plötzlich – oh nein, was wollten die denn hier? – zwei Polizisten auftauchten. Sie sahen sich suchend um und gingen dann in den Partyraum. Den Raum, wo immer noch mein Street-Art-Film lief . . .

33.

Ich rannte und rannte und blieb – verdammter Mist, auch das noch – mit dem Absatz meines rechten Schuhs in einem Spalt des Kopfsteinpflasters stecken. Unter der pudrigen Schneeschicht war es glatt und rutschig, was meine Flucht nicht gerade erleichterte. *Bitte lass sie mich nicht erwischen!*, war alles, was ich denken konnte, während ich mit zitternden Händen die Haustür aufschloss, den linken Schuh in die Hand nahm und barfuss nach oben rannte, als sei der Teufel persönlich hinter mir her.

Oben angekommen, hörte ich die Mitternachtsglocken läuten.

Bevor ich in die Wohnung ging, musste ich mich unbedingt beruhigen. Wenn Stephanie oder Kristen mich so sahen, würden sie sofort Verdacht schöpfen und fragen, was passiert war. Ich musste erst mal wieder zu Atem kommen und mich darüber freuen, dass die Polizei nicht schnell genug gewesen war, mich zu schnappen und wegen *Beschädigung öffentlichen Eigentums* zu verhaften.

Fünf Minuten später hatte ich mich so weit unter Kontrolle, dass ich die Wohnungstür aufschließen konnte. Hoffentlich schliefen schon alle.

Im Flur war es zum Glück dunkel, bei Stephanie und Kristen brannte ebenfalls kein Licht, also konnte ich mich unbemerkt in mein Zimmer schleichen. Erschöpft und erleichtert warf ich mich auf mein Bett und zog mir die Decke über den Kopf.

Warum musste dieser schöne Abend nur so brutal enden?

Und wer hatte mich bei der Polizei verpfiffen?

Für so eine miese Nummer kamen im Grunde nur zwei Personen infrage: Daniel und Jojo. Obwohl ich beide sympathisch fand, kannte ich sie ja eigentlich kaum. Was wusste ich schon, wie die beiden wirklich tickten?

Oder ging die Aktion am Ende auf Violettas Konto, der es nicht passte, dass Daniel mich gern mochte?

Jetzt hör endlich auf, du wirst die Antwort sowieso nicht herausfinden, versuchte meine innere Stimme, mich zu beruhigen. *Versuch lieber zu schlafen, damit du morgen halbwegs fit für die Schule bist. Tu einfach so, als sei das alles gar nicht passiert . . .*

Als der Wecker klingelte, fühlte ich mich, als sei ich von einem Bus überrollt worden. Jeder Knochen und jede Muskelfaser taten mir weh und mein Kopf dröhnte, als hätte ich die Nacht durchgetrunken. Bei einem Blick in den Spiegel musste ich feststellen, dass ich weiß war wie die Wand. *So viel zum Thema Ballkönigin,* dachte ich seufzend und hob das Kleid auf, das ich in meiner nächtlichen Panik achtlos auf den Boden geworfen hatte. Daneben lag – einsam und alleine – der linke Schuh.

Wie sollte ich Leopold nur erklären, dass ich einen Teil seines Meisterwerks verloren hatte?

Am besten rannte ich vorm Frühstück noch schnell nach unten und schnappte mir den Stiletto, bevor ihn die Stadtreinigung fand.

Doch das würde gar nicht so einfach werden: Als ich aus dem Fenster schaute, sah ich nämlich, dass es über Nacht wie verrückt geschneit hatte. Mindestens zwanzig Zentimeter Neuschnee bedeckten die Fleetinsel wie eine weiße Daunendecke. Natürlich hatte ich keinen blassen Schimmer, auf welcher Höhe ich den Schuh verloren hatte, was die Suche nicht unbedingt erleichtern würde. »Ich geh mal eben Brötchen holen«, rief ich Kristen zu, die gerade gähnend aus ihrem Zimmer kam.

Dann rannte ich die Stufen hinunter und stürmte hektisch auf den Platz, wo die Handwerker gerade dabei waren, das Partyzelt abzubauen. »Hat einer von Ihnen zufällig einen Schuh gefunden?«, rief ich in die Runde, doch meine Frage schien niemanden weiter zu interessieren. »Ich suche einen Pump aus Plexiglas mit einem Absatz, in den goldene Sterne eingelassen sind«, rief ich noch etwas lauter, was bei dem einen Elektriker ein Grinsen auslöste. »Nein, Süße, tut mir leid. Alles, was ich zu bieten habe, ist ein pinkfarbenes Modell mit lila Karos und einer weißen Schleife drauf.« Seine Kumpels fingen an zu lachen und ich spürte, wie Wut in mir hochkroch. »Sehr witzig, ich lach mich tot!«, fauchte ich und setzte die Suche auf eigene Faust fort.

Leider erfolglos. Nach einer Viertelstunde musste ich die Aktion abbrechen, weil ich sonst zu spät zur Schule kommen würde. Verfolgt von johlendem Gelächter und Gepfeife trat ich mit hängenden Schultern den Rückzug an. Es nützte alles nichts: Ich musste Leopold spätestens heute Nachmittag beichten, was passiert war.

»Du hast ihn wirklich auf dem Heimweg verloren?«, fragte Louisa zweifelnd, als ich ihr kurz vor Beginn des Unterrichts eine Zusammenfassung des gestrigen Abends gegeben hatte. »Ich werde ja wohl noch merken, wenn mir ein Schuh fehlt«, zischte ich gereizt zurück. Meine Nerven lagen absolut blank.

»Wir können ja in der Pause beim Fundbüro anrufen und fragen, ob ihn dort jemand abgeliefert hat«, bot Louisa an und ich bereute sofort, so zickig gewesen zu sein. Doch auch im Fundbüro wusste man nichts von einem einzelnen Plexiglas-Schuh. Ebenso wenig beim Organisations-Komitee des CLC-Festivals, wo ich als Nächstes anrief. »Vielleicht taucht er ja wieder auf, wenn der Schnee getaut ist«, versuchte Louisa, mir Mut zu machen, obwohl es draußen gerade schon wieder angefangen hatte zu schneien.

Da wartete man jahrelang auf weiße Weihnachten, und wenn es dann mal so weit war, verschwanden wertvolle Schuhunikate in der Winterpracht. Die Welt war manchmal wirklich verdammt kompliziert!

Als ich nach der Mathe-Nachhilfe nach Hause trottete, zerfloss ich beinahe vor Selbstmitleid: Gestern war noch alles wundervoll gewesen (von meinem Liebeskummer wegen Daniel mal abgesehen). GG hatte den Wettbewerb gewonnen, ich hatte die nette Sarah und ihre sieben Zwergen-Freunde kennengelernt, ich war GGs Modenschau gelaufen und hatte trotz meines Sturzes großen Spaß daran gehabt, und gestern Abend war ich das begehrteste Mädchen auf dem ganzen Ball gewesen. Luc hatte mir einen Job als Bühnenbildnerin angeboten, Jojo war so überzeugt von meinem Talent, dass er Fotos von meinen Arbeiten gemacht und an die Presse gegeben hatte, die mich bejubelte. Bald würde Paps wieder zu Hause sein und dann würden wir Weihnachten feiern, mein absolutes Lieblingsfest.

Heute allerdings sah alles anders aus. Heute war ich eine Street-Art-Künstlerin, die wegen ihrer illegalen Aktionen beinahe von der Polizei verhaftet worden wäre. Ich hatte das eigens für mich angefertigte Kunstwerk eines Designers verloren und zu allem Überfluss hatte ich in Mathe heute wieder einmal nur Bahnhof verstanden. Außerdem fror ich entsetzlich. Da kam mir endlich eine gute Idee: Ich würde mich erst mal in die heiße Badewanne setzen, dabei Ovomaltine trinken und mir dann überlegen, was ich Leopold als Ersatz für den Schuh anbieten konnte. Notfalls musste ich eben mein ganzes Erspartes auf den Kopf hauen und ihm den Schaden bezahlen.

Die Sache mit der Polizei war allerdings nicht so leicht zu lösen ... vielleicht sollte ich Paps einfach nach seiner Rückkehr beichten, was ich angestellt hatte?

Gedacht – getan.

Da Kristen und Stephanie beide einen Spätnachmittagsschlaf hielten, konnte ich mich ungehindert meinen Badeplänen widmen.

Sehr zur Freude von La Perla, der den glitzernden Seifenblasen-Badeschaum liebte und aufgeregt um mich herumflatterte, als ich heißes Wasser in die Wanne laufen ließ. Kurz bevor ich mich genussvoll hineingleiten lassen wollte, klingelte es an der Tür.

Oh Gott, war das etwa die Polizei?

Ich eilte zum Fenster, um nachzusehen, ob ein Streifenwagen vor unserem Haus parkte, aber ich konnte nichts erkennen. »Wer ist da?«, fragte ich mit zittriger Stimme und puddingweichen Knien. Es nützte ja nichts: Wenn ich verhaftet werden sollte, dann musste ich mich dem wohl oder übel stellen. Paule und Louisa hatten mir schließlich tausendmal gesagt, wie riskant die Sache war. »Ich bin's, Daniel. Kann ich raufkommen?« Daniel?!!!!???

Was wollte der denn hier?

Ich antwortete: »Okay, ich mach auf« und drückte den Summer. Wie gut, dass ich noch angezogen war ...

Kurze Zeit später stand er vor mir, eine Papiertüte mit dem Aufdruck einer Bäckerei in der Hand. »Ich hab dir was mitgebracht«, sagte er grinsend und trat ein. »Oh ... das ist aber lieb von dir . . .«, stammelte ich verwirrt. »Dann also, äh, danke. Aber lass uns mal besser in die Küche gehen, damit wir Stephanie und Kristen nicht stören.« La Perla flatterte uns aufgeregt hinterher. »Hey, der ist ja toll«, rief Daniel amüsiert, als der Vogel sich vertrauensvoll auf seine Schulter setzte. »Wie heißt er denn?«

»Laperla. Laperla«, antwortete der Beo und ich staunte. Es war das erste Mal, dass er seinen eigenen Namen sagte. Daniel lachte und ich packte währenddessen den Kuchen und zwei Becher heiße Schokolade aus der Tüte. Doch unter dem Gebäck befand sich noch etwas anderes, verpackt in Seidenpapier. »Den brauchst du noch, oder?«, fragte Daniel, nahm mir das verpackte Etwas aus der Hand und ich schaute gespannt zu, wie er betont langsam Leopolds Schuh auswickelte.

»Hey, Mann, du bist mein Held! Ich habe heute Morgen schon danach gesucht, aber ohne Erfolg«, kreischte ich los.

»Kein Wunder, ich habe den Schuh ja auch schon letzte Nacht, kurz nach deiner Flucht eingesammelt und in Sicherheit gebracht. Was war denn gestern mit dir los? Du bist von einem Moment auf den anderen einfach losgerannt!« In meinem Kopf wirbelte wieder mal alles durcheinander. Daniel war da, er hatte den fehlenden Schuh mitgebracht, ich musste Leopold also nichts mehr beichten ...

»Hallo Daniel, nett, dich zu sehen. Du hast Kuchen mitgebracht?«, fragte Kristen, die inmitten der Aufregung unbemerkt in die Küche gekommen war und schnurstracks auf die Süßigkeiten zusteuerte. Dann sah sie, dass Daniel den Stiletto in der Hand hielt, und fing an zu lachen. »Was soll denn das werden? Spielt ihr jetzt die Szene aus Aschenputtel nach? Gib mal her, vielleicht passt er mir ja und ich werde deine Königin.« Und zack, versuchte sie, sich auch schon in den Schuh zu quetschen, was ihr jedoch nicht gelang. »Größe einundvierzig ist eindeutig zu groß«, sagte sie augenzwinkernd und gab den Schuh an mich weiter. »Rucke di guh, Blut ist im Schuh!«, kreischte La Perla und nun gab es definitiv kein Halten mehr. Wir brachen alle drei in schallendes Gelächter aus, was den Beo dazu animierte, den Satz mindestens zehnmal zu wiederholen. So wachte Stephanie dann auch noch auf und kam ebenfalls in die Küche. Als sie hörte, was passiert war, amüsierte sie sich köstlich darüber, dass ich meinen Schuh verloren hatte, und fragte netterweise nicht nach den Umständen.

Sie schenkte mir lediglich einen fragenden Blick.

Nachdem sich alle wieder ein bisschen beruhigt hatten und La Perla wieder in meinem Zimmer war, setzten wir uns um den Küchentisch, aßen Kuchen und tranken Tee. »Wann kommt Felicia denn eigentlich wieder?«, erkundigte sich Daniel. Stimmt, die gab es ja auch noch. »Morgen Abend«, antwortete Stephanie und ich dachte: *Schade, ohne sie ist es hier wesentlich entspannter. Kann sie nicht einfach für immer wegbleiben?*

Nachdem Kristen und Stephanie wieder in ihre Zimmer gegangen waren, erinnerte ich mich daran, dass ich noch das Badewasser ablassen musste. Daniel folgte mir Richtung Badezimmer und wirkte auf einmal etwas verlegen. »Hättest du zufällig Lust auf einen kleinen Spaziergang im Schnee? Ich würde gern ein bisschen mit dir reden, über den Polizeibesuch gestern beim Festival und deinen überstürzten Aufbruch und das alles«, sagte er und ich bekam schon wieder Herzrasen. An sich war so ein Winterspaziergang ja etwas sehr Romantisches ... aber unter diesen Umständen klang es eher nach einer Art Verhör. So wie es aussah, blieb mir jetzt langsam nichts anderes mehr übrig, als reinen Tisch zu machen. Also schnappte ich mir meine Daunenjacke und die Thermoboots und folgte Daniel, der mich Richtung Hafen lotste.

34.

Wir stapften eine Weile schweigend nebeneinanderher und ich konnte mich kaum zurückhalten, nicht einfach nach Daniels Hand zu greifen. Als wir an den Landungsbrücken angekommen waren und auf die Elbe schauten, in der bereits einige Eisschollen schwammen, drehte er sich plötzlich zu mir um und sah mir fest in die Augen. »Ich muss dich etwas fragen, Cynthia: Bist du AP?«

Ich schluckte schwer und versuchte krampfhaft, den Kloß in meinem Hals wieder loszuwerden. Aber ich hatte mir fest vorgenommen, jetzt ehrlich zu sein. »Ja, das bin ich. Ich bin diejenige, die die Bilder auf den Bauzaun am Fleet geklebt hat. Und ich habe auch noch einen Elektrokasten, ein paar Gehwegplatten, eine Litfaßsäule und eine Parkbank an der Alster auf meinem Gewissen. Du kannst mich also anzeigen, wenn du willst.«

Daniel sagte zunächst gar nichts, sondern sah mich ernst an. Dann begann er, prustend zu lachen: »Bist du deshalb gestern so schnell abgehauen? Dachtest du, die Polizei sei deinetwegen auf der Party aufgetaucht?«

Ich trat verlegen von einem Fuß auf den anderen. »Um ehrlich zu sein, ja. Was sollte ich denn sonst denken? Die ganze Zeit lief mein Film, Jojo wusste mittlerweile auch, dass ich *AP* bin . . .«

»Apropos Jojo. Auch wenn ich es nur ungern zugebe, weil ich ziemlich eifersüchtig bin: Du hast einen netten Freund«, sagte Daniel und war plötzlich wieder todernst.

Eifersüchtig? Netter Freund? Dachte Daniel etwa, ich sei mit Jojo zusammen?

»Und du hast eine wunderschöne, supernette Freundin. Violetta hat echt Glück, mit dir zusammen sein zu dürfen.« *Ups, hatte ich das gerade wirklich gesagt?*

»Wir sind nicht zusammen. Wie kommst du denn auf die Idee?«, fragte Daniel und wirkte ziemlich geschockt.

»Du hast immer von ›meiner Freundin‹ gesprochen, wenn von ihr die Rede war«, erklärte ich. »Und wo wir gerade dabei sind: Jojo ist nicht mein Freund. Er hat mich nur mal bei einer meiner nächtlichen Aktionen beobachtet, Fotos von den Bildern gemacht und dann ans Abendblatt weitergegeben. Auf der Party habe ich ihn exakt das zweite Mal in meinem Leben gesehen. Ich habe überhaupt keinen Freund, wenn du es genau wissen willst.«

»Hast du nicht?« Daniel strahlte über das ganze Gesicht. »Aber Felicia hat doch behauptet, dass du . . . sonst hätte ich dich doch längst . . .«

»Was hat diese dumme Kuh . . . »

»Du magst Felicia nicht, oder?«, grinste Daniel.

»Nein, ich mag sie nicht. Und sie mich auch nicht. Das war von der ersten Minute an so und wird sich in diesem Leben auch nicht mehr ändern. Und da wir gerade von ihr sprechen: Ich verstehe wirklich nicht, weshalb du mit ihr so dicke bist.«

»Aber das bin ich überhaupt nicht. Wir machen zusammen Sport, gehen ab und zu aus und trinken einen Kaffee zusammen. Das ist alles. Aber damit ist jetzt wahrscheinlich sowieso Schluss. Ich habe ihr vorgestern Abend nämlich ziemlich deutlich gesagt, dass ich definitiv nichts von ihr will.«

»Ist sie deshalb so spontan nach Berlin abgehauen?«

»Keine Ahnung, aber ehrlich gesagt interessiert mich

das auch nicht besonders. Ich würde viel lieber wissen, wie du auf die absurde Idee kommst, ich sei mit Violetta zusammen.«

»Na ja, das hat ganz einfach mit dem kleinen Buchstaben ›m‹ zu tun. Du hast sie als *meine* Freundin vorgestellt, nicht als *eine* Freundin.« Daniel seufzte.

»Aber sie ist nun mal meine Freundin. Wir kennen uns seit dem Kindergarten, sind durch dick und dünn gegangen und sie ist mit meinem besten Freund Serge zusammen.«

»Und wieso hängt sie dann immer mit dir rum, anstatt mit diesem . . . Serge?«

»Weil Serge gerade ein Jahr in Afrika ist. Er arbeitet dort als Entwicklungshelfer. Mitte März kommt er wieder.«

»Das heißt also, dass wir beide solo sind«, sagte ich und wusste nicht, ob ich lachen oder weinen sollte. Wie absurd das alles war. So viele unnötige Missverständnisse.

»Nein, das heißt es nicht«, widersprach mir Daniel und nahm mich in den Arm. »Ab jetzt sind wir nicht mehr solo, sondern so zusammen, wie man nur zusammen sein kann.«

Anstelle einer Antwort stellte ich mich auf die Zehenspitzen, schlang die Arme um seinen Hals und wenige Sekunden später berührten sich unsere Lippen das erste Mal.

Auf diesen Moment hatte ich unendlich lange gewartet.

Ihn zu küssen, war noch tausendmal schöner, als ich es mir je vorgestellt hatte.

Ich schwebte auf rosaroten Wolken und hatte nicht vor, diesen Zustand jemals wieder enden zu lassen, egal was auch passieren würde.

»Weißt du, was wirklich schade ist?«, fragte Daniel in einer kurzen Kusspause und betrachtete mich mit todernster Miene.

Oh nein, was war denn jetzt schon wieder?

»Dass du jetzt, wo wir einander endlich gefunden haben, ins Gefängnis musst . . .«

Epilog

Es war der erste Todestag meiner Mutter. Ich stand vor dem verschneiten Grab und stellte einen Strauß Christrosen und Schneeglöckchen in die Vase.

Der Bodhi-Baum aus Sri Lanka war von einer dicken Schneeschicht bedeckt, genauso wie der Kopf der Engelsfigur.

»Hallo Mama«, flüsterte ich und hatte das Gefühl, dass der Schnee und die Kälte meine Worte verschluckten, so still war es auf dem Friedhof. »Bitte entschuldige, dass ich dich seit Weihnachten nicht mehr besucht habe. Aber es war so viel los, dass ich kaum wusste, wo mir der Kopf steht. Erst die Feiertage, dann mein erstes Silvester zusammen mit Daniel und dann die Verlobung von Paps und Stephanie. Er hat es dir ja gestern schon selbst gesagt, also kann ich jetzt ganz offen mit dir darüber reden. Es ist seltsam, aber ich freue mich wirklich für die beiden. Du weißt ja, wie wenig ich die Grazien am Anfang gemocht habe ... Was Felicia angeht, hat sich daran auch immer noch nichts geändert. Aber sie geht zum Glück bald weg, weil sie einen Studienplatz für Sportmanagement an der Uni Bayreuth bekommen hat. Dann kann ich endlich in das größere Zimmer umziehen, was La Perla sicher klasse finden wird. In einem Monat habe ich übrigens einen neuen Präsentationstermin bei Professor Rohrbach und gehe davon aus, dass meiner Bewerbung an der HBFK nichts mehr im Weg stehen wird. Nach den Sommerferien geh ich von der Schule, um dort anzufangen. Ich kann es kaum erwarten, endlich das zu machen, was mir am meisten am Herzen liegt: malen, malen, malen. Was für ein Glück, dass die Polizei damals gar nicht meinetwegen auf der Party aufgetaucht war, sondern wegen eines Diebs, der mehreren Gästen das Portemonnaie geklaut hatte. Und was für ein Glück, dass alle meine Freunde und auch Paps mich ermutigt haben, weiter meinen Weg zu gehen. Sie sind stolz auf mich und sie glauben an mich. Ich darf im nächsten Monat sogar in der ›Ersten Liebe‹ ausstellen, ist das nicht toll? Jetzt weiß ich auch, was du damals gemeint hast, als du gesagt hast, dass du fest daran glaubst, dass ich eines Tages meine schüchterne Hülle abstreifen und ganz aus mir rauskommen würde . . . tja, ich glaube, jetzt ist es so weit.«

»Komm, wir müssen los, meine Süße«, sagte Aurelia und nahm mich behutsam bei der Hand. »Wir wollen doch nicht zu spät kommen, wenn wir schon alle zusammen bei den Petersens zum Kaffee eingeladen sind. Du weißt ja: Eine Gräfin Aurelia zu Waldenburg weiß, was sich gehört. Außerdem kann ich es kaum erwarten, endlich deinen Daniel kennenzulernen.«

Ich lächelte beim Gedanken daran, dass ich Daniel gleich wiedersehen würde.

Das Leben war wirklich wunderschön!

Rezept

Indisches Linsengericht à la ›Veggie-Himmel‹:

Zutaten (ACHTUNG: für VIER Personen ;-):
300 ml Gemüsebrühe
200 ml Kokosmilch (ungesüßt)
200 g Linsen (je nach Geschmack, in der Ursprungsvariante rot)
30 g frischer Ingwer
1 Knoblauchzehe
30 g Kokoschips
4 EL Öl
1 TL Kurkuma
1 TL Kreuzkümmel
2 EL Zitronensaft (frisch gepresst)
3 Stiele frische Minze
Salz
Pfeffer

Zubereitung:
Kokosmilch und Gemüsebrühe in einem Topf aufkochen, danach die Linsen dazugeben und ca. zwölf Minuten weich garen. Währenddessen den Knoblauch hacken oder pressen und den Ingwer schälen.
Danach die Kokoschips in einer Pfanne (ohne Fett) vorsichtig rösten und anschließend in eine Schale legen. Das Öl in die Pfanne geben, dann Ingwer, Knoblauch und Kreuzkümmel andünsten. Anschließend die Kurkuma darunterrühren.
Die Linsenmischung mit etwas Öl, Salz, Pfeffer und dem Zitronensaft würzen und weitere zehn Minuten quellen lassen.
Währenddessen die Minzblätter waschen, abzupfen und zusammen mit den Kokoschips über das aufgequollene Dal streuen.
Dazu passen gebratene (Bio-)Garnelen und Papdam.

Danksagung

An dieser Stelle würde ich gern die Gelegenheit ergreifen, einmal ganz ausführlich Danke zu sagen. Damit diese drei Märchenbücher innerhalb so kurzer Zeit entstehen konnten, brauchte es natürlich (außer meiner Nervenstärke ;-)) viel, viel Unterstützung von außen:

Zunächst einmal danke an *Herrn Oldenbourg*, der als Verleger viel Vertrauen in mich gesetzt und mich auf das Thema Märchen »losgelassen« hat. Dann natürlich den tollen, liebenswerten und engagierten *Arena-Mitarbeitern.* Stellvertretend für alle namentlich *Sabine Franz,* die meinen Weg von der ersten Sekunde an liebevoll und enthusiastisch begleitet hat. Sabine: Good luck für die Zukunft, ich werde dich sehr vermissen!

Ein speziell »aschenputteliger« Dank geht an:

Johannes Stahl (www.burg-halle.de), dessen tolles Buch *Street Art* ein unerschöpflicher Inspirationsquell war und der freundlicherweise den Kontakt zu *Daniela Krause von Klub 7 (www.klub7.de)* hergestellt hat. Dani: Herzlichen Dank für deine freimütigen Einblicke in eure Arbeit, neben der »Kindchenbespaßung«!

Peter Wolff für seinen kreativen Input in Sachen Sprayerbadge und sonstiger künstlerischer Motive. Und fürs Durchhalten an meiner Seite in einer sehr, sehr stressigen Zeit.

Peter Dorsch: Danke, dass du mir immer wieder Einblicke in deine *amüsante* Bühnenarbeit gewährst. In diesem Fall speziell auch noch in die Welt der ... na, du weißt schon ... ;-)

Sabrina von der schönen Bar »Erste Liebe« *(www.ersteliebebar.de):* Euer Marmorkuchen ist ein Hit – und kaum bezwingbar!

Und last but not least *Malin Wegner:* Ich freue mich auf unsere Zusammenarbeit!

Gabriella Engelmann

Goldmarie auf Wolke 7

Eine himmlische Liebesgeschichte

Marie schwebt auf Wolke 7, als sie einen Job im Laden »Traumzeit« ergattert. Traumhaft ist vor allem auch der Ire Dylan, den sie dort kennenlernt. Dann geschehen plötzlich viele magische Dinge, die Marie sich nicht erklären kann. Die mysteriöse Nives spinnt ihre Schicksalsfäden und im Leben von Marie und ihrer Stiefschwester Lykke ist bald nichts mehr, wie es einmal war.

Arena

Auch als E-Book erhältlich

256 Seiten • Klappenbroschur
ISBN 978-3-401-06726-1
www.arena-verlag.de

Susane Colasanti

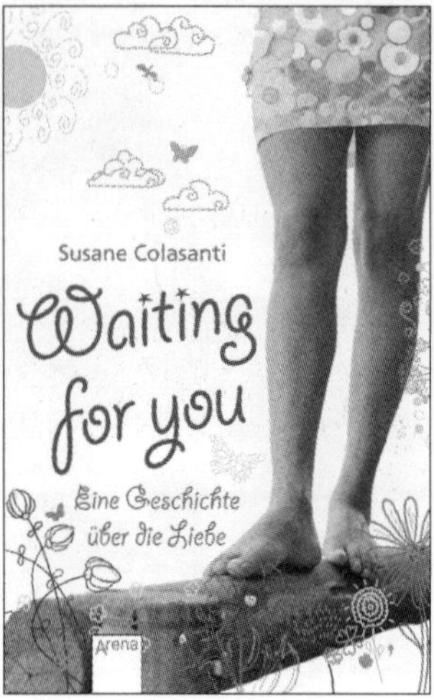

Waiting for you
Eine Geschichte über die Liebe

Marisa ist in Derek verliebt. Leider hat er bereits eine Freundin. Nash ist für Marisa eindeutig der Falsche – auch wenn er das anders sieht. Und als wäre das Leben nicht schon kompliziert genug, verknallt sich ihre beste Freundin ständig in ältere Typen, ihre Eltern spielen völlig verrückt und Marisa fühlt sich auf einmal zu einem Jungen hingezogen, von dem sie noch nicht mal weiß, wer er eigentlich ist.

Arena

296 Seiten • Arena Taschenbuch
ISBN 978-3-401-50656-2
www.arena-verlag.de